GABRIELLA
ENGELMANN

Strandkorb-
träume

ROMAN

Besuchen Sie uns im Internet:
www.knaur.de

Wenn Ihnen dieser Roman gefallen hat und Sie auf der Suche sind
nach ähnlichen Büchern, schreiben Sie uns unter Angabe
des Titels »Strandkorbträume« an: frauen@droemer-knaur.de

Originalausgabe April 2018
Knaur Taschenbuch
© 2018 Gabriella Engelmann
© 2018 Knaur Verlag
Ein Imprint der Verlagsgruppe
Droemer Knaur GmbH & Co. KG, München
Alle Rechte vorbehalten. Das Werk darf – auch teilweise –
nur mit Genehmigung des Verlags wiedergegeben werden.
Redaktion: Silvia Kuttny-Walser
Covergestaltung: ZERO Werbeagentur, München
Coverabbildung: mauritius images / imageBROKER / Sabine Lubenow
Illustrationen im Innenteil: Vasilyeva Larisa/shutterstock.com
Satz: Wilhelm Vornehm, München
Druck und Bindung: CPI books GmbH, Leck
ISBN 978-3-426-52091-8

2 4 5 3 1

*Für den kleinen Niels.
Schön, dass Du jetzt da bist.*

1.

Larissa

Friedliche Stille lag über dem Watt, als Larissa mit ihrem Töchterchen Liuna-Marie von Keitum in Richtung Munkmarsch spazierte. Auf dem wogenden Seegras und dem trockenen Watt glitzerten noch Spuren des Schnees, der vor Tagen in samtweichen Flocken vom Himmel gefallen war. Austernfischer saßen auf den Sandbänken, Möwen kreisten auf silbrigen Schwingen über der Nordsee am grünen Kliff.

Über allem spannte sich ein strahlend blauer Februarhimmel, es duftete nach Meer, Algen und Sonne.

Nicht mehr lange, dann würden Seeschwalben und andere Zugvögel aus den warmen Winterquartieren zurückkehren. Dann würde der Frühling auf Sylt Einzug halten und der Insel, die seit der Jahreswende in trägem, erholsamem Schlaf lag, neues Leben einhauchen.

»Freust du dich auch schon so auf den Sommer, Liu-Maus?«, fragte Larissa und beugte sich über den Buggy, in dem ihre Kleine saß. Kaum zu glauben, dass sie schon eindreiviertel Jahre alt war. Wie schnell die Zeit doch verging, obwohl es hieß, auf den nordfriesischen Inseln tickten die Uhren langsamer. »Dann kitzelt die Sonne deine Nase, du kannst im Sandkasten spielen, und wir fahren mit Papa nach Hörnum zum Baden. Na, wie findest du das?« Liu lachte und klatschte Beifall, wie immer gut gelaunt und fröhlich. Ein kleiner Sonnenschein bei Tag, doch eine echte Nachteule, wenn es ums Schlafen ging, insbesondere bei Vollmond.

Während Larissa sich den Sommer auf Sylt in den schönsten Farben ausmalte, durchfuhr plötzlich ein scharfer Schmerz ihren Unterleib, dann wurde ihr übel.

Erschrocken blieb sie stehen, atmete tief durch und legte beide Hände schützend auf den Bauch, der sich schon sanft wölbte. Lius Geschwisterchen war an einem ganz besonderen Datum gezeugt worden, in der Nacht von Heiligabend im vergangenen Jahr. Einem Jahr voller Krisen und Bangen um die Zukunft, das am 24. Dezember ein unverhofft glückliches Ende gefunden hatte und nun durch diese erneute Schwangerschaft gekrönt worden war.

Bitte nicht schon wieder, dachte Larissa, die von einer Woge der Verzweiflung erfasst wurde. *Leon und ich freuen uns doch so sehr auf das Kind!* Erst nach zwei vorangegangenen Fehlgeburten hatte Liuna-Marie das Licht der Welt erblickt und sollte nun ein Geschwisterchen bekommen, auch wenn der Zeitpunkt für diese Schwangerschaft denkbar ungünstig war: Die Zukunft des Buchcafés *Büchernest* war immer noch ungewiss, außerdem stand am 21. Februar eine große Hochzeit bevor.

Ganz zu schweigen von der vielen Arbeit und Aufregung, die die Kooperation mit einem neuen Keitumer Hotel nach seiner Eröffnung mit sich bringen würde.

Ein zweiter stechender Schmerz im Bauch raubte Larissa beinahe den Atem, und sie beschloss, sofort kehrtzumachen. Auf der Suche nach Trost und Zuspruch rief sie den einen

Menschen an, der ihr neben ihrem Mann und ihrer besten Freundin Nele am nächsten stand: Tante Bea.

»Alles in Ordnung, Lissy?«, fragte die alte Dame, als Larissa sie bat, möglichst schnell bei ihr daheim vorbeizuschauen. Irgendjemand musste auf Liuna-Marie aufpassen, weil Larissa sich bei ihrer Gynäkologin untersuchen lassen wollte.

Leon war zurzeit in der Westerländer Redaktion unabkömmlich. Und Nele vollauf beschäftigt mit dem Umbau des ehemaligen Reiterhofs.

»Ich hoffe«, antwortete sie mit gepresster Stimme, und steckte nach dem Telefonat das Handy in die Tasche ihres gefütterten Parkas.

Keine zehn Minuten später trafen Tante und Nichte zeitgleich vor dem hübschen Friesenhäuschen ein, in dem Larissa und Leon zur Miete wohnten. Liuna-Marie war mittlerweile eingeschlummert, Bea hob sie vorsichtig aus dem Buggy, den Larissa im Flur abstellte. »Meine kleine Zuckerschnute«, flüsterte Tante Bea, die von der ersten Sekunde an vernarrt in die Kleine gewesen war, genau wie ihr Lebensgefährte Adalbert, den Bea bald heiraten würde. »Soll ich sie nach oben ins Bettchen bringen?« Larissa nickte, ging in die Küche und stellte den Wasserkocher an. Stärkender Friesentee und ein Gespräch mit Bea würden ihr jetzt guttun. Doch zuerst musste sie ihre Gynäkologin anrufen und um einen kurzfristigen Termin bitten.

Kurz darauf saßen die beiden Frauen auf dem Sofa im geräumigen Wohnzimmer des Friesenhäuschens und schauten auf das prasselnde Feuer im offenen Kamin. Neben sich das große Panoramafenster mit Blick auf einen traumschönen Garten, Larissas großer Stolz.

»Gut, dass du morgen früh zu Frau Doktor Seebald kannst, dann hast du Klarheit«, sagte Bea und streichelte ihrer Nichte über die Wange. Ihre Hände waren kühl, dennoch durchströmte Larissa ein wohltuendes Gefühl von Wärme und Geborgenheit. »Mach dir keine Sorgen, mein Liebling, es wird alles gut. Das ist sicher nichts weiter als ein kleines Formtief. Vielleicht mag das Baby ja auch den Ostwind nicht, der bis gestern um die Häuser gepfiffen hat. Schnabulier ein bisschen Zwieback, bestimmt hat dein Kleines nur Hunger und wollte dich daran erinnern, dass du für zwei essen musst.«

»Du hast bestimmt recht«, entgegnete Larissa seufzend und nahm eine Scheibe leicht gebutterten Zwieback vom Teller. Der Tee tat ihr gut, denn er wärmte und erfüllte sie mit neuer Energie. Beas Anwesenheit tat das Übrige.

»Erzähl doch mal, weißt du endlich, was du zur Trauung anziehen willst? Ich kenne keine Braut, die zehn Tage vor der Hochzeit immer noch dermaßen unentschlossen ist«, fragte sie, teils aus Interesse, teils um sich von ihren Sorgen abzulenken.

»Aber genau das macht mich doch so charmant und einzigartig, nicht wahr?«, antwortete Bea augenzwinkernd. Die Einundsiebzigjährige war trotz der Spuren, die das Leben hinterlassen hatte, eine aparte Erscheinung: groß, schlank, grauhaarig. Zurzeit trug Bea die ehemals fast raspelkurzen Haare ein wenig länger, was sie deutlich weicher und auch ein bisschen jünger wirken ließ. Die blauen Augen blitzten wie immer neugierig und aufmüpfig. Kapitänswitwe Bea Hansen hatte im Lauf ihres Lebens schon so einiges erlebt und vielen Stürmen getrotzt. »Aber um deine Frage zu beantworten: Ich denke, es wird doch der Hosenanzug. Zum Biikebrennen trage ich natürlich Jeans, einen dicken Pullover und die älteste Jacke, die im Schrank hängt. Nach dem Fest wird es zwar Tage dauern, bis der Rauchgestank sich verzogen hat, aber das ist ja nichts Neues, also gibt es keinen Grund zu jammern.«

Bea hatte recht: Die großen Feuer, die am 21. Februar traditionell überall in Nordfriesland entzündet wurden, um die Wintergeister zu vertreiben, und die früher auch dazu gedient hatten, die Walfänger zu verabschieden, bevor sie auf ihre große Reise ins Ungewisse aufbrachen, konnten jedes Outfit ruinieren. Der starke, beißende Rauch, aber auch der unkontrollierte Funkenflug waren nicht zu unterschätzen. Doch das wusste jeder, der diesen Brauch kannte.

»Der Hosenanzug steht dir super«, stimmte Larissa zu. »Aber ich würde noch viel lieber wissen, was du auf der Feier tragen willst. Doch wohl kaum Jeans und Daunenjacke?!«

Obwohl: Das wäre Bea, die sich selten um Konventionen scherte und alles andere als eitel war, ohne Weiteres zuzutrauen.

In diesem Moment durchfuhr Larissa ein weiterer scharfer Schmerz, der diesmal so heftig war, dass sie ohnmächtig wurde.

Das Nächste, was sie sah, als sie wieder zu sich kam, war das besorgte Gesicht ihrer Gynäkologin, die gerade mit Bea sprach, während sie Larissas Blutdruck maß. »Ihre Nichte muss sich unbedingt schonen, wenn sie das Kind behalten will«, hörte sie die Stimme von Frau Dr. Seebald wie durch einen Wattenebel. »Ab sofort gilt mindestens bis zum Ablauf des dritten Monats strengste Bettruhe. Und wenn ich strenge Bettruhe sage, dann meine ich das genau so. Das WC befindet sich doch hoffentlich oben beim Schlafzimmer? Andernfalls müssten wir sie ins Krankenhaus …«

»Auf gar keinen Fall ins Krankenhaus!«, flehte Lissy vollkommen verängstigt. »Lassen Sie mich bitte hier zu Hause bleiben.«

»Was müssen wir tun, um eine Einweisung ins Krankenhaus zu vermeiden?«, fragte nun auch Bea und sah die Gynäkologin mit schmalen Augen an. »Die kleine Liu braucht ihre Mutter, und Lissy würde es daheim eindeutig besser gehen. Zumal, wenn es sich um einen so langen Zeitraum handelt.«

»Nun, wie gesagt«, fuhr Frau Dr. Seebald fort. »Larissa darf nicht mehr als ein paar Schritte machen, und es sollte immer jemand da sein, der sie im Auge behält, falls nach dem Aufstehen der Kreislauf streikt. Zudem müssten wir uns darauf verständigen, wer ihr gegebenenfalls eine Thrombosespritze verabreichen könnte.«

»Wir kümmern uns um alles, ohne Wenn und Aber«, antwortete Bea so energisch, dass die Gynäkologin dem Sanitäter zunickte.

Larissa spürte, wie ein freundlicher Herr sie sanft hochhob, die Treppe zum Schlafzimmer nach oben trug und dann ebenso vorsichtig ins Bett legte, begleitet von Bea, die jeden Schritt aufmerksam verfolgte.

Larissa wollte gern etwas sagen, aber sie konnte nicht, weil ihre Gedanken durcheinanderwirbelten wie Blütenblätter nach einem Frühjahrssturm. Die Hochzeit, der Wiederaufbau des *Büchernests*, die Kooperation mit dem Hotel, Liuna-Marie ... Wie sollte sie das nur alles bewältigen, wenn sie ab sofort schachmatt gesetzt war?

»Na, meine Süße, wie fühlst du dich?«, fragte Bea, die sich einen Stuhl ans Bett gezogen hatte und Larissa eine Strähne des dunkelblonden Haars aus dem Gesicht strich. »Du machst ja vielleicht Sachen.«

Larissa murmelte: »Grauenvoll«, wobei das noch milde ausgedrückt war. »Ich habe mich doch so auf eure Hochzeit gefreut. Und auf die Wiedereröffnung des *Büchernests*, und ...«

Schon kullerten Tränen der Verzweiflung über ihre Wangen.

Bea machte »Schsch« und legte einen Finger auf Larissas spröde Lippen. »Du machst dir jetzt erst mal über gar nichts Gedanken, sondern konzentrierst dich auf das Baby. Alles andere regeln Nele, Vero, Olli und ich. Wir haben schon ganz andere Hürden gemeistert und halten immer zusammen, egal, was passiert. Die Hochzeit holen wir nach, sobald du wieder auf den Beinen bist. Ich kann auf gar keinen Fall vor den Traualtar treten, wenn du nicht dabei bist.«

Larissa wurde schon wieder schwarz vor Augen.

Es hatte so lange gedauert, bis Bea Adalbert endlich eine Chance gegeben, und mindestens ebenso lange, bis sie seinen Heiratsantrag angenommen hatte. Bis sie, Larissa, das Bett verlassen durfte und das Kind geboren war, würde noch viel Zeit vergehen – und wer wusste schon, was währenddessen geschah? Bea und Adalbert waren zwar bis auf wenige Zipperlein fit, aber das konnte sich in diesem Alter leider schnell ändern.

Was, wenn ihre Schwangerschaft die Eheschließung der beiden auf lange Sicht verhinderte?

Das würde sich Larissa nie verzeihen ...

2.
Sophie

»Was machst du denn für ein Gesicht, Sophie? Sag bloß, dir schmeckt die Sachertorte nicht!«

Theres musterte mich prüfend, während sie das Glas hob, um einen Schluck vom *Einspänner*, einer Wiener Kaffeespezialität, zu trinken. Ich selbst hatte mir einen *Verlängerten* bestellt, Sahne türmte sich schließlich schon neben dem Tortenstück.

»Doch, doch«, stammelte ich, überlegte aber gleichzeitig, ob ich die Glasur des Kuchens nicht lieber abpulen und stehen lassen sollte. Sie hatte nämlich die Konsistenz einer ganzen Tafel Schokolade und war mindestens ebenso gehaltvoll. »Es ist nur ... Sorry, aber ich habe heute so schlechte Laune, dass noch nicht mal Schokolade hilft. Tut mir leid, dass man das merkt.«

Theres beugte sich vor, als wolle sie mir etwas Vertrauliches verraten. Ein Hauch von Schlagsahne, in Wien Schlagobers genannt, glänzte auf ihren wunderschönen vollen Lippen. Und ich hatte tiefen Einblick in das sexy Dekolleté ihres hautengen schwarzen Kleides. »Willst du mir nicht sagen, was du auf dem Herzen hast? Dann haben wir es hinter uns und können die Zeit hier im *Sacher* genießen, bevor wir hinausgeworfen werden, weil sich die Warteschlange schon bis zur Albertina kringelt.«

»Alles in Ordnung bei den werten Damen?«, fragte wie aufs Stichwort der Kellner und unterzog unseren Tisch mit zusammengekniffenen Augen einer kritischen Begutachtung. Bestimmt hatte er Anweisung, dafür zu sorgen, dass wir hier möglichst schnell wieder verschwanden, um den Platz für neue Gäste frei zu machen. Schließlich konnten es viele Touristen kaum erwarten, endlich in diesem altehrwürdigen Hotel die Torte essen zu können.

»Alles bestens«, antworteten Theres und ich im Chor.

Theres klimperte mit den langen schwarzen Wimpern, was den Kellner aber nicht im Mindesten zu beeindrucken schien. »Wann die Herrschaften nix mehr bestellen wollen, bring ich Eana die Rechnung«, sagte er im typischen Wiener Singsang, einer Operettenmelodie nicht unähnlich.

»Ob der in seinem früheren Leben bei der Leibgarde von Sissi, pardon: Sisi gearbeitet hat? Der wirkt, als hätte er einen Stock im Oasch«, mutmaßte Theres, sichtlich erheitert, als der Kellner gegangen war. Was bestimmt daran lag, dass sie zu ihrem Einspänner einen Cognac bestellt hatte.

Ich flüsterte: »Däs kann i Eana leida net sogn«, was mich selbst zum Lachen brachte. Nach drei Monaten in Wien konnte ich den Dialekt schon ziemlich gut imitieren und hatte Spaß daran.

»Na, wer sagt's denn, jetzt schaust du doch schon viel fröhlicher aus der Wäsche«, freute sich Theres. »Erzähl mir aber bitte trotzdem, was los ist, bevor wir hier gleich mitsamt der Rechnung hochkant rausfliegen. Hast du dich wieder mit

David gestritten? Geht es sich mit euch beiden denn immer noch nicht aus?«

Obwohl Theres und ich uns erst seit zwei Monaten kannten, wusste sie nahezu alles über die komplizierte Verbindung, die David und mir das Leben schwer machte. Der gemeinsame Umzug nach Wien sollte der Neuanfang einer Beziehung sein, die zuvor bereits zweimal in die Brüche gegangen war.

Aber wie hieß es doch so schön: Aller guten Dinge sind drei.

»Kannst du dich noch an die letzten Folgen von *Sex and the City* erinnern?«, fragte ich, und Theres nickte. »Weißt du noch, wie Carrie einsam durch Paris irrt, während Alexandr Petrovsky seine Ausstellung vorbereitet?«

Theres nickte erneut und schnappte sich die Glasur meiner Sachertorte, die nun neben dem Kuchenboden auf dem Teller lag. »Na klar. Sie stromert durch die graue Stadt, es nieselt, ein Mädchen streckt ihr die Zunge heraus, eine Taube kackt ihr auf den Kopf. Die Arme hockt stundenlang allein in Cafés herum und muss eine Verabredung sausen lassen, weil der werte Herr ihren Beistand braucht. Ich hätte mir das nie im Leben bieten lassen.«

»Aber die schlimmste Szene ist die, als er nach einem großen Streit, bei dem er versprochen hat, ab jetzt für sie da zu sein, im Museum ihre Hand loslässt, weil er die Mitarbeiter der Ausstellung begrüßt«, fuhr ich fort, und mein Herz wummerte so laut, dass es die Gäste am Nebentisch sicher hören konnten. »Ich fürchte, David hat ebenfalls meine Hand losgelassen, und zwar diesmal für immer.«

Nachdem ich laut gesagt hatte, was mich bedrückte, fühlte ich mich seltsam erleichtert und zugleich schwer wie Blei.

Es war, als schleppte ich seit Jahren eine Fußfessel samt schwerer Eisenkugel mit mir herum, die mich am Gehen hinderte, mir aber gleichzeitig Halt gab, weil sie schon so lange zu mir gehörte.

Sie loszuwerden würde nicht einfach sein.

»Wie meinst du das genau?«, fragte Theres und riss die violetten Augen auf. »Hat er gesagt, dass er sich von dir trennen will? Hat er ... ich meine, hat er eine andere? Womöglich eine seiner Studentinnen?«

»Ich hoffe nicht«, erwiderte ich und fühlte mich kaum fähig, dieses lähmende Gefühl in Worte zu fassen, das mich seit Wochen quälte. Erinnerungen an Zeiten wurden wach, die ich verdrängt hatte. David und Katharina ... Und später David und Pauline. Doch das wollte ich Theres nicht sagen. Denn wenn ich es aussprach, wäre dieser Betrug wieder real. Und ich noch verzweifelter, als ich es ohnehin schon war. »David hat sich hier in Wien in kürzester Zeit ein Leben aufgebaut, das ihn erfüllt und das er liebt. Er geht voll in seiner Professur an der Uni auf, trifft sich mit Kollegen, arbeitet an seinen Vorträgen ...«

»... und du hast keinen Job, der dich ablenkt und genauso ausfüllt«, vervollständigte Theres den Satz. »Ach du je, hast du immer noch keine Rückmeldung von den Buchhandlungen, bei denen du dich beworben hast?«

Ich schüttelte den Kopf und kämpfte mit den Tränen. »Die meisten antworten noch nicht einmal, geschweige denn, dass sie mich zum Vorstellungsgespräch einladen. Keine Ahnung, ob es daran liegt, dass ich aus Hamburg komme.«

»Oder einfach daran, dass die Krise im Buchhandel auch vor Österreich nicht haltgemacht hat. Was ist denn mit anderen Jobs in dieser Art? Zum Beispiel im Museumsquartier? Oder in einem anderen Geschäft? Du könntest dich auch hier bei einer Eventagentur bewerben, schließlich hast du ein gutes Zeugnis von deiner alten Firma.«

»Auch das habe ich schon alles gemacht«, erwiderte ich und erschrak darüber, dass meine Stimme allmählich verschwand, so wie ich mich an der Seite von David immer mehr auflöste.

Was war nur aus der fröhlichen Fünfundzwanzigjährigen geworden, die gemeinsam mit Kollegin Anne in Hamburg-Eimsbüttel *Spiebula*, einen Laden für Kinderbücher und Spielzeug, betrieben hatte?

Die David ein Kinderbuch für seine Nichte empfohlen und dabei sein Herz im Sturm erobert hatte.

Wo war die Sophie, die das Leben liebte, viel lachte, ganze Nächte lang lesen konnte, damit sie am nächsten Tag tolle neue Empfehlungen für ihre Kunden parat hatte.

Über zehn Jahre waren vergangen, seit Davids und mein Weg sich gekreuzt hatten. *Spiebula* gab es seit vier Jahren nicht mehr, weil der Vermieter die Pacht so drastisch erhöht hatte, dass Anne und ich unseren heiß geliebten Laden aufgeben mussten. In anderen Stadtteilen waren die Mieten ebenfalls unerschwinglich, zudem hatte eine große Krise den Einzelhandel erfasst, was uns wenig Hoffnung auf einen Neuanfang gab.

Und so hatte Anne schließlich als Assistentin in einem Großhandel für Spielwaren angeheuert, und ich war über Umwegen bei einer Eventagentur gelandet, die relativ gut zahlte.

»So, die Damen, bitte sehr, die Rechnung«, sagte der Kellner und blieb demonstrativ am Tisch stehen, während ich nach meinem Portemonnaie kramte.

»Lass nur«, winkte Theres ab »Bist eh eingeladen.«

Ich bedankte mich, bot an, mich beim nächsten Treffen zu revanchieren, und so kehrten wir keine Minute später dem wunderschönen Salon den Rücken und schlenderten Richtung Ausgang. Lange hatte ich auf diesen Tag gewartet, an dem ich endlich Gelegenheit haben würde, ins *Sacher* zu gehen, und genoss diesen Luxus immer noch, trotz meiner trüben Stimmung. Mein Blick fiel auf ein rotes Samtsofa, vor dem ein Couchtisch aus weißem Marmor stand, flankiert von zwei mit hellem Stoff bezogenen, antiken Sesseln. Über dem Sofa thronte ein Ölgemälde, das Kaiser Franz Josef zeigte, eingefasst in einen opulenten Goldrahmen.

»Komm, lass uns ein Selfie machen«, schlug ich vor, weil das Sofa frei war und sich gerade keine Gäste in diesem Raum aufhielten, der aussah wie in einem Museum.

»Coole Idee«, befand Theres, und so setzten wir uns flugs nebeneinander, reckten die Hälse, entschieden uns dann aber gegen den lächerlichen Kussmund, Markenzeichen vieler Selfies. »Irgendwie ist mein Arm zu kurz«, schimpfte Theres, reckte und streckte sich und versuchte den optimalen Winkel für das Foto zu finden. »Enrik fand auch, dass irgendetwas mit meinen Proportionen nicht stimmt.« Während sie das sagte und dabei fröhliche Grimassen schnitt, sprach ihre Stimme eine ganz andere Sprache. Sie war mit einem Mal leise und brüchig, wie immer, wenn Theres, was allerdings selten vorkam, von ihrer verflossenen Liebe erzählte.

»Aber er hat dich vergöttert«, entgegnete ich. »Und das mit den Proportionen ist totaler Quatsch. Du bist eine bildschöne Frau. Doch wer so klein und zierlich ist wie du, der hat nun mal keine langen Affenarme. Im Übrigen würde das auch ziemlich doof aussehen.« Nun hellte sich das Gesicht von Theres merklich auf, wir alberten und kicherten noch eine Weile herum und hatten schließlich mehrere Selfies im Kasten, die ich später nach Hamburg schicken würde. Das Herumalbern tat gut, allerdings erfasste mich eine Welle von Einsamkeit, als Theres sich von mir verabschiedet hatte, weil sie noch mit ihrer Mutter verabredet war.

Allein und auch ein bisschen verloren spazierte ich durch die Straßen, vorbei an zahllosen Touristen, die Wien eher durch die Linse ihrer Kameras wahrnahmen als durch die Augen.

Mein Weg führte mich an der Hofburg vorbei und irgendwann in Richtung Burgtheater. Als ich das Programmangebot in der Schautafel studierte, klingelte mein Handy. Die Anruferin war Nele, eine gute Bekannte, die auf der Nordseeinsel Sylt lebte.

»Moin Sophie«, begrüßte sie mich fröhlich, klang aber ein wenig atemlos. »Störe ich?«

Ich verneinte, überquerte die Straße und setzte mich auf die Bank im kleinen Park schräg gegenüber vom Theater. Zurzeit waren die Äste der Forsythienbüsche noch kahl. Doch schon bald würden im Prater wieder die Bäume blühen, wie einst Hermann Prey so schön gesungen hatte.

»Sag mal, wie geht's dir denn so in Wien? Hast du dich gut eingelebt?« Ich gab Nele einen kurzen Abriss der vergangenen drei Monate, ließ allerdings die erneute Beziehungskrise mit David unerwähnt. So ein Thema war eher etwas für ein Vieraugengespräch.

»Das heißt also, du hast im Moment keinen Job?«

»Das stimmt leider«, antwortete ich. »Aber wieso sagst du

das so fröhlich? Ich kann daran ehrlich gesagt gar nichts Positives finden.«

»Sorry, das stimmt natürlich.« Neles Tonfall wurde ernster. »Aber vielleicht kommt meine Frage gerade deshalb zur richtigen Zeit. Die Situation ist nämlich folgende ...«

Gespannt lauschte ich Nele, die mir wortreich erzählte, dass ihre gute Freundin Larissa schwanger sei und aufgrund von Komplikationen ab sofort das Bett hüten müsse. Aus diesem Grund suche sie händeringend nach einer Mitarbeiterin für das Buchcafé *Büchernest* in Keitum und außerdem jemanden, der sich mit der Organisation von Events auskannte. Es ging da offensichtlich um irgendeine Kooperation mit einem Hotel, das künftig Eventlesungen, Schreibworkshops und etliches mehr anbieten wollte. Erschlagen von den vielfältigen Informationen und Neles Redeschwall, versuchte ich dennoch zu folgen. »Und dabei bist du mir in den Sinn gekommen«, schloss sie triumphierend.

»Aber ich arbeite doch schon seit Ewigkeiten nicht mehr als Buchhändlerin«, protestierte ich, während wohliges Kribbeln aus den Zehenspitzen die Beine hinaufkroch und schließlich die Bauchgegend erreichte. Bilder aus meiner geliebten *Spiebula*-Zeit überfluteten mich, Erinnerungen an eine wunderschöne, unbeschwerte Lebensphase, in der ich geglaubt hatte, meinen Platz im Leben gefunden zu haben, mit David als Mann an meiner Seite.

»Ach Quatsch«, protestierte Nele. »Wie lange ist das her? Drei Jahre? So was verlernt man doch nicht. Bea wird dich einarbeiten, genau wie Lissy. Die kann dich zwar nur vom Bett aus couchen, pardon: coachen, aber immerhin.«

»Vier Jahre«, korrigierte ich Nele. In meinem Kopf rangelten widerstreitende Gedanken. Ein Teil von mir freute sich über diesen unerwarteten Vorschlag, der andere hatte Angst. Vor allem davor, welche Wirkung so ein Sylt-Aufenthalt auf meine krisengebeutelte Beziehung zu David haben würde.

»Für wie lange bräuchtet ihr mich denn?«, fragte ich, um mir ein genaueres Bild zu verschaffen. »Und wieso findet ihr niemanden von der Insel? Oder jemanden, der zumindest in Deutschland lebt.«

»Lissy ist gerade im dritten Monat schwanger und wird sicher nicht sofort nach der Geburt wieder einsteigen, zumal Liuna-Marie auch noch klein ist. Auf Sylt gibt es derzeit leider niemanden, der einspringen könnte, das haben wir alles längst gecheckt. Buchhändler vom Festland zu bekommen, könnte klappen, doch bezahlbarer Wohnraum auf Sylt ist echt knapp, wie du weißt. Ich lebe momentan in dem Haus, in dem auch das *Büchernest* übergangsweise untergebracht ist. Aber du könntest in Beas Gartenpavillon einziehen, wo ich auch schon oft gewohnt habe. Einen völlig Fremden würde sie dort nur im Notfall wohnen lassen.«

Es ging also um den Zeitraum eines ganzen Jahres.

»Bis wann muss ich mich entscheiden?«, fragte ich und versuchte meinen Herzschlag zu beruhigen. Ich hatte die Chance, endlich wieder in meinem Traumberuf zu arbeiten, dazu noch den Sommer auf einer wunderschönen Insel zu verbringen, Nele zu sehen. Und Abstand von der Misere mit David zu gewinnen.

»Sobald wie möglich«, antwortete Nele. »Aber mach dir bitte keinen Stress, immerhin habe ich dich mit dem ganzen Kladderadatsch total überfallen.«

Das stimmte zwar, passte aber zu Nele.

Die aus Bremen stammende Malerin war an guten Tagen ein echter Wirbelwind, an schlechten ein Tornado, der alles und jeden mit sich riss. Aber vielleicht musste man als Künstlerin so sein.

Schließlich entstand wahre, große Kunst fast immer auch aus großen Emotionen, auch wenn diese großen Gefühle zuweilen für das Umfeld anstrengend waren.

»Okay, ich denke darüber nach, rede mit David und melde mich dann so rasch wie möglich«, versprach ich.

»Alles klar«, erwiderte Nele. »Dann hoffe ich für uns alle, dass es klappt, und sage für heute Baba, oder wie heißt das noch mal in Wien?«

»Ja, genau so heißt das«, antwortete ich schmunzelnd. »Kannst aber auch ebenso gut Servus sagen. Bis ganz bald, Nele.«

3.
Sophie

Regen prasselte gegen die Scheiben der Dachgeschosswohnung in der Großen Stadtgutgasse, im historischen Stadtzentrum zwischen dem Stephansdom und dem Prater gelegen. Ich schaute auf das Fenster des gegenüberliegenden Altbaus und sah, wie sich das dort wohnende Pärchen innig küsste. Diese Liaison war relativ neu, denn vor der Blondine, die sich an den Mieter von gegenüber schmiegte, hatte er eine Rothaarige im Arm gehabt.

Bäumchen, wechsle dich …

An sich gehörte es nicht zu meinen Gewohnheiten, die Nachbarschaft zu begaffen, aber die Tage in Wien wurden lang und immer länger – irgendwann kam man unweigerlich auf dumme Ideen. Bevor ich zum ungebetenen Zaungast fremder Angelegenheiten geworden war, hatte ich für David und mich gekocht, denn ich wollte in Ruhe mit ihm über Neles Angebot sprechen. Hoffentlich war er pünktlich und wurde nicht wieder von Studenten belagert, wenn er die Uni verlassen und zu mir nach Hause kommen wollte.

Der Duft des Gemüsegratins durchzog die winzige Wohnung, die wir zum Start in unser neues Leben angemietet hatten, und mein Magen begann zu rumoren. Allerdings nicht nur weil ich Hunger hatte, sondern weil das Aufstellen von Pro-und-Kontra-Listen und auch das Grübeln über Neles Vorschlag mich mittlerweile ziemlich zermürbt hatten.

Theres hatte spontan gesagt: »Mach das auf alle Fälle«, als ich sie angerufen und um Rat gebeten hatte. »Bestimmt tut euch beiden ein wenig Abstand gut, und du kannst endlich wieder das machen, was dir so fehlt.«

Als der Küchenwecker klingelte, weil es Zeit war, den geraspelten Käse auf das Gratin zu streuen, war David bereits zwanzig Minuten zu spät dran. Genervt suchte ich nach dem Handy, das ich stets irgendwo in der Wohnung herumliegen ließ, weil es mir nicht so wichtig war wie den meisten anderen Menschen.

Und tatsächlich: David hatte mir geschrieben, dass er es nicht vor zwanzig Uhr schaffen würde.

Noch eine Dreiviertelstunde warten, dachte ich seufzend und entkorkte den Rotwein, den ich für heute Abend ausgewählt hatte. Einen kleinen Schluck des Blaufränkischen aus dem Burgenland, den wir neulich in einem exquisiten Weinladen besorgt hatten, goss ich in mein Glas. Ansonsten sollte er atmen und sich entfalten können. Gedankenverloren schnupperte ich zunächst am Wein und trank dann den ersten Schluck, an dessen Verkostung ich mich kaum mehr erinnern konnte. Ich wusste nur noch, dass wir anschließend ziemlich angeheitert im *Trzesniewski* Schnittchen gegessen und danach im *Bräunerhof* Kaffee getrunken hatten. *Verlängerter* und *Einspänner*, untermalt von Schrammelmusik und mit Thomas-Bernhard-Devotionalien im Blick.

In diesem Kaffeehaus hatte der große österreichische Schriftsteller zahllose Stunden verbracht und wurde immer noch verehrt wie ein Heiliger.

An unseren ersten Tagen in Wien war es uns gut gegangen in dieser Stadt der Romantiker, Künstler, Dichter und Denker.

Wir hatten jede Sekunde genossen, waren Arm in Arm herumspaziert, schick essen gegangen – oder eher rustikal in einem der zahllosen Beisel, die wir genauso schnell lieb gewannen wie die tollen Museen und Theater, die Architektur, die Lebendigkeit und den viel zitierten Wiener Schmäh.

Vielleicht muss unsere Beziehung einfach mal wieder atmen, dachte ich mit Blick auf die geöffnete Flasche.

Aber wie oft denn noch?, hielt eine andere Stimme dagegen. *Ihr habt euch doch schon zweimal getrennt.*

»Hallo Schatz, tut mir leid, dass ich schon wieder so spät dran bin«, rief David. »Brrrr, was für ein Mistwetter.«

Ich ging in den Flur, gab David einen Begrüßungskuss und nahm ihm den nassen Schirm ab. »Schon okay, daran bin ich ja mittlerweile gewohnt«, gab ich zur Antwort und stellte den Regenschirm in das Duschbecken unseres winzigen Badezimmers unter der Dachschräge.

Mist! Ich klang wie eine grässliche Zicke!

»Mhm, das duftet ja köstlich«, schwärmte David. Küsste mich flüchtig auf die Wange und öffnete die Tür des Backofens. Ein Schwall heißer Luft entwich und beschlug binnen Sekunden die Küchenfenster. »Ich sterbe gleich vor Hunger. Lieb, dass du für uns gekocht hast.«

Eines musste man David lassen: Er freute sich immer über meine Zuwendung und nahm sie nicht als selbstverständlich. »Am Wochenende bügle ich als Dankeschön unsere Sachen, versprochen. Gibt's eigentlich irgendetwas Neues in Sachen Bewerbungen?«

Ich schüttelte den Kopf, verteilte zwei dampfende Portionen Gratin auf unsere Teller und versuchte mich nicht darüber zu ärgern, dass die Käseraspel an einigen Stellen leicht verkohlt waren. »Zumindest nicht, was Wien betrifft.«

So, nun war es raus.

»Nanu?« David zog verwundert eine Augenbraue hoch und schenkte uns beiden Wein und Wasser ein. »Hast du ein Jobangebot aus Hamburg?«

»Noch nördlicher«, murmelte ich, erschrocken darüber, dass der Stein nun unaufhaltsam ins Rollen geraten war. »Genauer gesagt: von Sylt. Nele hat mich gefragt, ob ich für ungefähr ein Jahr im *Büchernest* aushelfen könnte, weil es wohl Probleme bei der Schwangerschaft ihrer Freundin, der Buchhändlerin Larissa, gibt und auch sonst jede Menge zu tun ist.«

»Nele, Nele?« David schien in der Schublade seiner zahllosen Kontakte die Orientierung verloren zu haben, doch dann fiel es ihm wieder ein: »Ach ja, Nele – die temperamentvolle, rothaarige Malerin, bei deren Vernissage wir waren. Wie hieß noch diese tolle Galerie auf der Fleetinsel?«

»*ArtFuture*«, antwortete ich und erinnerte mich an den schönen Abend mit der Malerin, ihrer Freundin Larissa und der Galeristin Paula.

»Und wer war noch mal Larissa, und was ist dieses *Büchernest*? Sorry, ich habe einfach zu viel im Kopf, um mir das alles merken zu können.«

Ich erklärte David, dass das *Büchernest* ein Buchcafé war, entstanden aus dem *Möwennest*, Neles ehemaligem Café, und der *Bücherkoje*, der Buchhandlung von Larissas Tante Bea, einer Kapitänswitwe, die in Keitum lebte. »Du hast aber schon verstanden, dass ich ein ganzes Jahr auf Sylt leben würde, falls ich das Angebot annehme?«, beendete ich meine Ausführungen und versuchte dabei in Davids Augen zu lesen. Doch es gelang mir nicht. Sein Mund lächelte zwar, als er fragte: »Würdest du das denn gern machen?«, doch seine Augen blickten seltsam leer, als sei er in Gedanken ganz woanders.

Dieser Blick war es, der mich schließlich veranlasste, »Ja« zu sagen, obwohl ich das gar nicht wollte.

»Na, dann ist doch alles klar«, entgegnete David und aß den Teller leer. »Es tut dir bestimmt gut, endlich wieder etwas um die Ohren zu haben und in deinem erlernten Beruf zu arbeiten. Zurzeit bist du ja ein wenig … nun ja, unausgeglichen … und irgendwann wird die Situation natürlich auch in finanzieller Hinsicht schwierig. Schließlich wollen wir ja nicht ewig in dieser Dachkammer hocken, nicht wahr?«

So wie David das sagte, klang es, als wären wir beide in einem Rattenloch zusammengepfercht. Als wäre er mein persönlicher Gefangener. Und was sollte das heißen – unausgeglichen?! Wie würde es ihm denn ergehen, wenn er arbeitslos wäre, ohne Freunde und Familie an seiner Seite?

»Wir können ja pendeln und versuchen, uns einmal im Monat zu sehen.«

Der letzte Satz gab den Ausschlag: kein Bedauern, kein *Ich werde dich vermissen*, kein *Das ist aber eine lange Zeit*. David wirkte abgeklärt, beinahe erleichtert, mich los zu sein.

»Dann ist es also beschlossene Sache?«

Das Fragezeichen hinter diesem Satz hätte ich mir im Grunde sparen können, denn ich kannte die Antwort.

Gescheitert im dritten Anlauf.

»Dann rufe ich wohl mal Nele an«, sagte ich, stand auf und hatte das Gefühl, der Boden schwankte unter meinen Füßen. Das war's dann also, das banale Ende einer großen Liebe, die zehn Jahre lang immer wieder tapfer allen Widerständen, Seitensprüngen, Streits und Differenzen getrotzt hatte.

Eine Liebe, von der ich geglaubt hatte, sie kitten und bewahren zu können, wenn ich nur genug Geduld hatte, genug um sie kämpfte.

Aber manchmal ist Liebe eben nicht genug, hatte Theres erst neulich gesagt, als wir mal wieder über ihren Ex-Freund Enrik Schaefer gesprochen hatten, der auf der Nordseehallig Fliederoog lebte.

Nele stieß einen begeisterten Schrei aus, als ich ihr sagte, ich würde den nächstmöglichen Flug nehmen. Vielleicht gab es ja sogar eine direkte Verbindung zwischen Sylt und Wien?

Sie nannte mir das Gehalt, das im üblichen Rahmen lag, und versicherte mir erneut, dass ich kostenfrei in Beas Gartenpavillon wohnen könnte, und wie sehr sich alle über meine Entscheidung freuten. Nachdem ich versprochen hatte, mich zu melden, sobald meine genauen Reisedaten feststanden, fragte ich Theres, ob ich ein oder zwei Nächte bei ihr schlafen könnte, bis ich nach Sylt abfuhr.

David stand die ganze Zeit schweigend hinter mir, während ich telefonierte. Ich konnte ihn zwar nicht sehen, aber ich spürte seine Anwesenheit. Das war immer schon so gewesen.

Doch damit war nun Schluss.

Und zwar ein für alle Mal.

4.
Larissa

»Hey Süße, wir sind alle Probleme auf einen Schlag los!«, rief Nele triumphierend, als sie gegen Mittag in Larissas Schlafzimmer stürmte. »Sophie hat zugesagt und wird schon morgen hier sein. Ich hole sie um eins am Bahnhof ab und bringe sie erst zu Bea, danach kommen wir hierher, und ihr beide könnt euch ein bisschen beschnuppern.«

»Echt jetzt?!« Larissa hatte Mühe, diese Neuigkeit zu glauben. Schon seit Tagen kämpfte sie gegen ihre trübe Stimmung an und verlor dabei nicht selten. So gern sie sonst im Bett lag – in diesem Fall war es vollkommen anders. »Aber das ist ja fantastisch. Weiß Bea schon Bescheid? Wird Sophie im Pavillon wohnen?«

Nele nickte, ihre grünen Augen funkelten, als sie sich vorsichtig neben Larissa auf Leons Betthälfte setzte. »Ich habe es Bea schon vor zwei Tagen gesagt, damit sie alles vorbereiten kann. Dir wollte ich aber erst davon erzählen, wenn auch wirklich alles in trockenen Tüchern ist.«

Trotz der Freude musste Larissa schlucken.

Würde das ab jetzt immer so sein? Blieb sie bei allem außen vor, weil sie das Bett hüten musste?

Würde Sophie jetzt einfach ihren Platz einnehmen, und das Leben ging für alle anderen ganz normal weiter?

Draußen schien die Sonne, Vogelgezwitscher kündigte den Frühling an, doch Larissa war dazu verdonnert, all das nur von diesem Platz aus zu erleben. Die Betreuung ihrer Tochter lag nun größtenteils in der Hand von Anke, Liuna-Maries Tagesmutter, die zum Glück bereit gewesen war, die übliche Betreuungszeit zu verlängern und die Kleine so lange bei sich zu behalten, bis Bea, Vero oder Leon sie abholten. Immerhin war sie so gut wie nie allein, weil immer jemand da war, um bei ihr nach dem Rechten zu sehen und ihr behilflich zu sein.

Dennoch presste Larissa tapfer ein »Hey, das ist wirklich super« hervor. »Etwas Besseres hätte uns in dieser Situation nicht passieren können. Ich habe Sophie zwar nur kurz damals auf der Vernissage gesprochen, doch sie schien sehr sympathisch zu sein. Aber was sagt denn ihr Freund dazu, der damals auch dabei war? Wie hieß er noch gleich? Daniel oder ...«

»David«, korrigierte Nele und strich ihren bunten Minirock glatt, der beim Hinlegen ein bisschen zu weit nach oben gerutscht war. »Wenn ich Sophie richtig verstanden habe, sind die beiden jetzt getrennt. Die Entscheidung, hierherzukommen, hat ihrer ohnehin schwierigen Beziehung offenbar den Rest gegeben. Ich persönlich glaube aber, dass das ganz gut so ist. David ist zwar ein cooler Typ, doch ziemlich speziell. Irre viel mit sich selbst beschäftigt und quasi mit der Uni verheiratet. Wenn du mich fragst, ist der nichts für Sophie, so gern ich ihn auch mag.«

»Na, das kommt mir doch irgendwie alles recht bekannt vor«, erwiderte Larissa. »Paula ist damals nach Sylt geflüchtet, um sich über ihre Ehe mit Patrick klar zu werden. Ich wurde von Stefan betrogen, bevor Bea mich fragte, ob ich sie in der *Bücherkoje* vertreten kann ... Schon verrückt, wie sich manche Vorkommnisse ähneln oder sogar wiederholen. Aber so ist es eben mit der Liebe ... Apropos: Wie läuft's denn drüben im Reiterhof mit dem Umbau?«

Diese Frage zielte eigentlich auf etwas ganz anderes ab, nämlich auf Sven, Neles Techtelmechtel seit Ende des vergangenen Jahres.

Ein Strahlen zog über Neles Gesicht.

»F-a-n-t-a-s-t-i-s-c-h!«, hauchte sie und schmiegte ihr Gesicht an Larissas Wange. »Ach Lissy, wer hätte gedacht, dass ich jemals so glücklich mit einem Mann sein könnte?«

Larissa schmunzelte. Nele und die Liebe, ein sehr spezielles Thema, das stetig für Turbulenzen sorgte.

Mit dem smarten Sven, künftiger Besitzer des Reiterhofs in Keitum, stand das Barometer allerdings schon länger auf Hoch.

»Ich freue mich für dich, denn du hast es mehr als verdient. Aber jetzt erzähl mal, wie lange brauchen Sven und sein Großvater noch, bis sie offiziell mit der Vermietung beginnen können?«

»Momentan ist alles so weit fortgeschritten, dass der größte Teil der Hochzeitsgäste von Bea und Adalbert dort wohnen kann. Der Rest verteilt sich, je nach Geldbeutel, auf das Hotel *Aarnhoog*, den *Benen-Diken-Hof* und auf diverse Ferienwohnungen. Nach den Feierlichkeiten wird dann weitergewerkelt. Wir hoffen, dass zu Pfingsten alles startklar ist.«

Nele hatte hochrote Wangen vor Vorfreude, denn sie stand Sven in Sachen Einrichtungs- und Dekotipps mit Feuereifer zur Seite. Als Malerin besaß sie das nötige Gespür für Farben und hatte, auch was ihr eigenes Styling betraf, einen tollen Geschmack.

»Ach ja, die Hochzeit«, seufzte Larissa traurig. »Könnt ihr die bitte via Livestream übertragen? Und mir was vom Grünkohl aufheben?«

Wenn sie an das bevorstehende Ereignis dachte, wurde der Kloß in ihrem Hals unerträglich groß. Es hatte sie viel Kraft gekostet, Tante Bea zu überreden, trotz ihrer Unpässlichkeit alles wie geplant stattfinden zu lassen. Den Ausschlag für Beas Zustimmung hatte schließlich die Tatsache gegeben, dass viele Gäste extra nach Sylt anreisen mussten, schon lange vorher Urlaub genommen und ihre Unterkunft auf der Insel gebucht hatten. Alles wieder rückgängig zu machen wäre ein gewaltiger Kraftakt gewesen.

»Keine Bange, du bekommst das volle Programm, meine Süße«, antwortete Nele und tätschelte Larissas Arm. »Grünkohl, rote Grütze mit Vanilleeis, Hochzeitstorte und so weiter. Und ich versorge dich natürlich stündlich über WhatsApp mit neuen Fotos und Videos. Leon und du werdet das Gefühl haben, live dabei zu sein. Am nächsten Tag feiern wir dann im kleinen Kreis bei euch und veranstalten hier oben eine Pyjamaparty. Vero ist schon dabei, alles auszukundschaften, was es an Fingerfood gibt, damit wir ein kleines Büfett aufbauen können. Sie schaut übrigens gleich vorbei, um die genaue Auswahl mit dir zu besprechen. Kommst du denn sonst soweit klar? Soll ich dir heute Abend neue Bücher, DVDs oder Hörbücher mitbringen?«

»Danke, ich habe alles, was ich brauche. Momentan verschlinge ich die Bücher von Guillaume Musso, die ich bislang aus Zeitmangel nicht lesen konnte. *Vielleicht morgen* ist megaspannend«, meinte Larissa und musste gähnen. Dieses viele ungewohnte Liegen machte sie müde, genau wie die Schwangerschaft. »Wie läuft's denn jetzt eigentlich im *Büchernest?* Finden die Leute überhaupt den Weg zu uns in die Süderstraße?«

»Der Brüller ist es zurzeit nicht, wenn ich ehrlich bin«, antwortete Nele, die nun wieder aufrecht saß. Ihre Mittagspause war gleich vorüber, und sie musste Bea ablösen, die in der Buchhandlung die Stellung hielt. »Im Februar ist auf Sylt ja eh tote Hose, und wenn sich mal einer zu uns verirrt, kannst du leider darauf wetten, dass wir den Titel, den der Kunde haben möchte, gerade nicht am Lager haben. Aber es dauert ja nicht mehr lange, dann kommt wieder Leben in die Bude, wir stocken den Warenbestand auf, und alles wird wieder gut. Wäre zwar besser, wenn Ostern in diesem Jahr ein bisschen früher wäre, damit der Rubel rollt, aber was soll's. Man kann nichts erzwingen.«

Ja, man kann nichts erzwingen, dachte Larissa bedrückt, nachdem Nele gegangen war. Sie schaute auf die Uhr, deren Zeiger sich nur quälend langsam vorwärtsbewegten.

Wenn Bea, Vero und Olli sich nicht immer wieder die Klinke in die Hand gegeben hätten, wäre Larissa bestimmt schon durchgedreht.

Zu schade, dass ihre gute Freundin Paula, die seit einer ganzen Weile ebenfalls auf Sylt lebte und die *Büchernest*-Kita *Inselkrabben* betreute, mal wieder in Hamburg bei ihrem Mann Patrick war. Sie nutzte die Zeit, bis die Kita am alten Standort wiedereröffnet wurde, da es im neuen Haus leider keinen Platz für diese Einrichtung gab.

Unfassbar, welche Konsequenzen der Wasserschaden, versehentlich verursacht von Tante Bea, für jeden Einzelnen von ihnen gehabt hatte: Praktikantin Tinka und Rieke, Auszubildende im dritten Lehrjahr, waren von der *Buchhandlung Klaumann* übernommen worden und würden nicht mehr wiederkommen.

Paula war fast nur noch in Hamburg. Olli, Larissas bester Freund und ein echter Sonnyboy, arbeitete seit dem Jahreswechsel als Kellner im *Samoa Seepferdchen*, obwohl der Mittzwanziger eigentlich gelernter Koch war und Vero sonst im Café des *Büchernests* unter die Arme gegriffen hatte. Für Larissa selbst stand immer noch die berufliche Existenz auf dem Spiel, weil nach wie vor nicht klar war, ob das *Büchernest* am alten Standort wieder in Betrieb genommen werden konnte. Momentan war der Laden geschlossen.

Eine leere, traurige Hülle, die darauf wartete, endlich wieder mit Leben gefüllt zu werden. Wenn Beas und Larissas Rechnung nicht aufging, wären sie am Ende doch gezwungen, die Pforten ihres heiß geliebten Buchcafés für immer zu schließen.

»Hallo Süße«, unterbrach Vero, Beas beste Freundin, Larissas trübe Gedanken und lugte durch den Türspalt. »Darf ich reinkommen?«

»Was für eine Frage«, erwiderte Larissa, die froh über Veros Timing war. »Wärst du bitte so lieb, mir vorher noch einen frischen Fenchel-Anis-Tee zu kochen? Die Kanne ist nämlich leer.« Vero ging wieder nach unten, wie Larissa am Knarzen der Holztreppe hören konnte.

Wie gut, dass sie in dieser herzlichen Gemeinschaft lebte und so liebevoll umsorgt wurde. Seit Tagen lag der Schlüssel immer nur für kurze Zeit unbenutzt unter dem Blumentopf an der Haustür, weil ständig jemand da war, der nach dem Rechten schaute, etwas vorbeibrachte oder Larissa einfach mit dem neuesten Inselklatsch unterhielt.

Ohne meine Lieben wäre das alles gar nicht auszuhalten, dachte Larissa, als Vero ein Tablett mit Tee und Kuchen brachte und neben ihr auf den Nachttisch stellte.

»Mhm, Zitronenpuffer«, freute sich Larissa. »Wie lecker! Wenn du mich weiter so verwöhnst, werde ich noch so dick und rund, dass alle denken, ich bekomme Zwillinge.«

5.

Sophie

Der Turm der Kirche St. Severin in Keitum – da werden Bea und Adalbert bald getraut, dachte ich, als der Zug nach der Fahrt über den Hindenburgdamm die Insel erreichte.

Ich hatte es sehr genossen, das wechselnde Lichterspiel von Sonne und Wolken zu beobachten, das das Wattenmeer zu einer einzigartigen, atemberaubenden Schönheit machte.

Der Anblick von umherstolzierenden Möwen, von Buhnen, Schlicksand und Algen zeigte mir: Ich war wieder daheim im Norden. Als gebürtige Hamburgerin hatte ich die nordfriesischen Inseln schon häufiger besucht, aber bislang Amrum und Föhr den Vorzug gegeben, weil diese in meinen Augen ursprünglicher waren als Sylt.

Während die Bahn Morsum hinter sich ließ, packte ich gähnend meine Siebensachen zusammen, um startklar zu sein, wenn der Zug in Keitum hielt. Den Großteil meines Gepäcks hatte ich zuvor von Wien aus per Paketpost nach Sylt geschickt.

Wenn alles nach Plan lief, wartete mein Hab und Gut bereits in Beas Gartenpavillon auf mich.

»Da bist du ja!«, rief Nele entzückt und fiel mir um den Hals, kaum dass ich auf dem Bahnsteig stand. Ihr schweres, pudriges Parfüm kitzelte meine Nase, genau wie eine ihrer langen roten Locken, um die ich sie glühend beneidete. Ich selbst trug meine brünetten Haare halblang, eher langweilig. »Gut siehst du aus.«

»Findest du?«, erwiderte ich reflexartig, statt mich zu freuen. »Tja, was Make-up nicht alles kaschieren kann.« Tränensäcke, Ränder unter den braunen Augen, geschwollene Lider. Spuren von durchweinten Nächten, in denen ich um meine Liebe zu David getrauert hatte. »Ich gebe das Kompliment aber gern zurück. Die Sylter Luft scheint dir zu bekommen.«

»Tja, die gute Nordseeluft und ein gewisser Mann namens Sven«, gab Nele grinsend zurück und schnappte sich den größeren meiner beiden Trolleys. »Macht es dir etwas aus, wenn wir zu Fuß gehen? Es ist so ein schöner Vorfrühlingstag, und zu Bea laufen wir nur gute zehn Minuten. Das mit dem Paket hat übrigens geklappt. Das Monsterteil wartet schon auf dich.«

»Kein Problem«, antwortete ich. »Ein bisschen Bewegung wird mir guttun, denn ich fürchte, ich bin in Wien gleich in mehrfacher Hinsicht eingerostet. Ich habe schon überlegt, wieder mit dem Walken anzufangen.«

»Wenn du magst, kannst du dich Bea und Adalbert anschließen, die seit einiger Zeit auf Sportler des Jahres machen. Bea muss ihren Bluthochdruck in Schach halten, und Adalbert will sich das Bäuchlein abtrainieren, das ihm das Zusammenleben mit Bea beschert hat. Er gibt übrigens auch Yoga- und Meditationskurse, falls du auf so etwas Lust hast.«

Ich trabte los, blieb dann aber abrupt stehen. »Sag mal, war hier früher nicht ein Café?«, fragte ich mit Blick auf die

Schaufensterscheibe des Bahnhofsgebäudes, auf der der Schriftzug des Hotels *Benen-Diken-Hof* prangte.

»Das ist schon eine Ewigkeit her«, antwortete Nele. »Jetzt ist hier ein Büro untergebracht, das sich um die Vermietung von Ferienwohnungen kümmert.« Hinter der Fensterscheibe war stylisches Mobiliar zu sehen, das nicht so recht zum friesischen Stil passen wollte. »Wann warst du denn das letzte Mal auf Sylt?«

»Vor vier Jahren. David hat mich nach der Schließung von *Spiebula* eingeladen und mir einige wunderschöne Tage im *Fährhaus Munkmarsch* geschenkt. Aber es kommt mir momentan so vor, als sei diese Reise Lichtjahre her.«

»Dieses Gefühl kenne ich«, antwortete Nele schmunzelnd und dirigierte mich aus dem Bahnhofsgebäude. Ich nahm aus dem Augenwinkel ein meerblaues Schild mit weißem Schriftzug wahr, auf dem *Atelier geöffnet* stand. Hinter dem Schild ragte eine Drahtkonstruktion auf, auf der ein Fisch in den Farben Weiß, Blau und Sonnengelb befestigt war, offenbar die Arbeit eines Glasbläsers.

Einen kurzen Fußmarsch später, der uns an traumschönen reetgedeckten Friesenhäuschen vorbeiführte, erreichten wir das Kapitänshaus, in dem Larissas Tante Bea seit einiger Zeit mit ihrem gleichaltrigen Lebensgefährten Adalbert lebte. Ein Haus wie aus dem Bilderbuch.

»Da seid ihr ja«, sagte sie, nachdem sie die Tür geöffnet hatte, und gab mir zur Begrüßung die Hand. Ihr Händedruck war fest und energisch, genau wie das Kinn, das sie leicht nach oben reckte. »Schön, dich – pardon: Sie zu sehen, Sophie. Wie war die Anreise? Wien liegt ja nicht gerade um die Ecke.«

»Wir können gern beim Du bleiben«, bot ich an und folgte Bea ins Innere des Hauses. Es duftete appetitlich nach Essen, und ich merkte, dass ich durchaus einen Happen vertragen konnte.

»Habt ihr Hunger?«, fragte Bea prompt, und ich stellte meine Trolleys im Flur ab, in dem eine antike Kommode und ein Korbstuhl standen. Unzählige gerahmte Bilder reihten sich auf der Kommode, auf einigen von ihnen war ein großer Berner Sennenhund zu sehen.

»Moin ihr Lieben«, ertönte nun eine neue weibliche Stimme, die Vero, Beas Freundin gehörte. Die rundliche, sympathische Vero, die ebenfalls auf Neles Vernissage gewesen war, umarmte mich, ehe ich wusste, wie mir geschah. »Es gibt Kartoffel-Krabben-Suppe, wenn ihr mögt.« Zu Bea sagte sie: »Ich habe zwei große Töpfe voll gekocht, damit Lissy und Leon auch was davon abhaben können. Besuchst du sie nachher?«

»Na klar«, sagte Bea und führte uns in das große Wohnzimmer, in dem auch der Esstisch stand. »Adalbert kommt später vielleicht auch noch«, beantwortete sie meine unausgesprochene Frage nach dem fünften Gedeck. »Allerdings ist das noch nicht ganz sicher, weil er gerade mit der Pastorin über etwas Bestimmtes verhandelt, das uns allen sehr am Herzen liegt. Und so etwas braucht eben manchmal 'n büschen Zeit.«

Vero, Bea und Nele tauschten verschwörerische Blicke, doch ich fragte nicht weiter nach. Hätten die drei mich in ihr Geheimnis einweihen wollen, hätten sie es bestimmt getan.

»Ich hoffe, du magst Blumenkohl, denn davon habe ich diesmal ordentlich was in die Suppe gemischt. Er verleiht ihr so eine herbe, würzige Note«, sagte Vero und hob den Deckel der bauchigen Terrine mit friesischem Muster, die auf einer Warmhalteplatte in der Mitte des ovalen Esstisches stand. »Ein paar geraspelte Karotten schwimmen auch darin herum, gesund ist das Ganze auf alle Fälle.«

»Und es duftet köstlich«, gab ich zur Antwort. »Vielen Dank für die Einladung zum Mittagessen.«

»Wir haben zu danken«, erwiderte Bea, die einen üppig gefüllten Brotkorb herumreichte, während Vero meinen tiefen Teller füllte. »Schließlich warst du kurzfristig bereit, dein Leben auf den Kopf zu stellen, um uns in dieser schwierigen Situation zur Seite zu stehen. Du ahnst gar nicht, wie froh wir darüber sind, dass du da bist.«

Nachdem wir eine Weile genüsslich geschmaust und ein bisschen geplaudert hatten, stellte ich die Frage, die mir auf der Fahrt hierher unaufhörlich durch den Kopf gegangen war: »Nennt mich ruhig begriffsstutzig oder doof, aber ich verstehe noch nicht ganz, weshalb ihr mit dem *Büchernest* erst in das neue Haus umgezogen seid und danach wieder zurück an den alten Standort wollt. Wäre es nicht einfacher gewesen, erst zu renovieren und dann wieder neu zu eröffnen?«

»Das ist keine doofe Frage, sondern eine äußerst berechtigte«, sagte Bea und legte die Serviette beiseite, mit der sie sich zuvor den Mund abgetupft hatte. »Wie du bestimmt von Nele weißt, hat der Wasserschaden nicht nur unseren gesamten Warenbestand vernichtet, sondern auch das Mobiliar und die Balken der Galerie im ersten Stock. Die waren zwar ohnehin marode, wie der Gutachter festgestellt hat, doch die Reparatur wäre ohne den Wasserschaden Sache des Vermieters gewesen. Und glaub mir, das wird eine enorm teure Geschichte.«

»Dann gehört dir das Buchcafé also gar nicht?«, fragte ich, weil ich irgendwie davon ausgegangen war, dass die gesamte Immobilie in Beas Besitz war.

»Wo denkst du hin?«, mischte sich nun Vero ein. »Weißt du, was ein Haus auf Sylt in dieser Lage kostet? Ein halbes Vermögen. Erst recht in der heutigen Zeit, wo hier der Wohnraum so knapp geworden ist, und die Immobilienbranche boomt wie verrückt.«

»Nein, wir sind nur Pächter«, stellte Bea klar. »Mir gehören aber das Kapitänshaus, der große Garten mit dem Pavillon und momentan ein ziemlicher Batzen Schulden.«

»Deshalb kam uns das Angebot von unserer Freundin Ineke Alwart, übergangsweise in die Süderstraße zu gehen, gerade recht«, übernahm nun Nele das Ruder. »Wir haben also zurzeit Räume, in denen wir die Buchhandlung kostenfrei unterbringen konnten, und jede Menge Unterstützung von den Verlagen, mit denen wir jahrelang gut zusammengearbeitet haben. Sie stellen uns einen Großteil der Bücher auf Kommissionsbasis zur Verfügung, was bedeutet, dass die Rechnung dafür erst fällig wird, wenn die Ware auch verkauft ist. Der Haken bei der Sache ist allerdings, dass wir nur ein eingeschränktes Sortiment führen können, weil wir den Ball natürlich insgesamt flach halten müssen, solange nicht geklärt ist, wann wir wieder an den alten Standort zurückkehren. Dass momentan aufgrund der Nebensaison auf Sylt kaum etwas los ist und die Touris sich lieber in Westerland mit Lesestoff eindecken, ist dabei natürlich nicht besonders hilfreich.«

Genau wie Larissas Schwangerschaft, dachte ich. Schließlich war nun ein doppeltes Gehalt fällig: Lissys und meins.

Ein leichter Schauder erfasste mich, und ich war kurz davor, zu fragen: Und wieso zieht ihr mich dann in den ganzen Schlamassel mit rein? Das klingt beinahe so, als könnte ich meine Siebensachen bald wieder packen.

»Nun mal nicht den Teufel an die Wand, du machst Sophie ja Angst«, wies Bea Nele zurecht. »Du weißt genau, dass auf Sylt bald wieder jede Menge los ist. Allein zur Biike ist die Insel wieder über mehrere Tage ausgebucht. So schnell geben wir nicht auf! Das haben wir noch nie getan und werden auch jetzt nicht damit anfangen. An Pfingsten wird der neu umgebaute Reiterhof eröffnet, und dann geht es rund mit den Literatur- und Kunstevents. Ihr werdet sehen: Bald läuft Keitum dem noblen Kampen in Sachen Buchkultur den Rang ab.«

»Na, das klingt doch wunderbar«, erwiderte ich erleichtert. »Aber trotzdem bitte noch mal für mich zum Mitschreiben: Wovon hängt es denn jetzt ab, wann ihr wieder an den alten Standort zurückgeht? Wenn ihr genug Geld beisammenhabt? Wenn ein weiterer Kredit bewilligt wird?«

»Am ehesten davon, dass wir ein Konzept entwickeln, das uns langfristig genug Einnahmen bringt«, ergriff nun Vero wieder das Wort. »Wie du selbst am besten weißt, ist es heutzutage nicht ganz einfach, Bücher zu verkaufen. Das Café lief streckenweise besser als der Laden. Wir wollten uns an sich schon vor dem Wasserschaden zusammensetzen und beratschlagen, wie es in Zukunft weitergehen soll, ob wir eventuell neue Warengruppen ins Sortiment aufnehmen und dafür andere Themenbereiche ganz aufgeben. Vielleicht sogar einen Teil des Ladens untervermieten an jemanden, der dort seine Produkte anbietet und uns ein bisschen von der Mietlast abnimmt. Doch dann kam die Geburt von Liuna-Marie dazwischen, Bea ging es nicht besonders gut, und so haben wir die ganze Sache immer weiter hinausgeschoben.«

»Ja, so etwas kenne ich selbst sehr gut«, entgegnete ich seufzend und dachte dabei an David und mich. Statt endgültig zu klären, ob wir überhaupt in der Lage sein würden, unsere Probleme zu lösen, hatten wir die Flucht nach vorn angetreten und waren nach Wien gegangen.

Doch wie sagte es der Sänger Bosse in einem seiner Songs so schön? *Kommt alles auf den Tisch, wenn die Zeit gekommen ist.*

6.
Nele

Nele ging pfeifend die Süderstraße entlang in Richtung des ehemaligen Reiterhofs.

Sven hatte versprochen, heute Abend zu kochen und endlich mal wieder in Ruhe Zeit mit ihr zu verbringen. Gemeinsam Pläne zu schmieden und an einem Projekt zu arbeiten machte zwar Spaß, fraß aber für Neles Geschmack momentan ein bisschen viel Romantik und Leidenschaft auf. Immerhin kannten die beiden sich erst knapp drei Monate und waren frisch verliebt.

Kurz vor dem Eingang von Svens Apartment, das auf dem Reiterhof untergebracht war, zupfte Nele noch einmal die Träger des BHs zurecht, den sie gestern gekauft hatte, und freute sich jetzt schon diebisch aufs Svens Gesicht, wenn er die Dessous zu sehen bekam: lila-schwarze Spitze, rattenscharf. Als sie die Hand auf die Türklinke legte, hielt sie jedoch einen Moment verwundert inne.

Hörte Sven Radio? Oder ein Hörbuch?

Es lief Musik, doch Nele vernahm außerdem zwei Stimmen, die eines Mannes und die einer Frau.

Nanu?!

Normalerweise betrat Nele Svens Wohnung, ohne vorher anzuklopfen oder zu läuten. Doch diesmal blieb sie stehen und lauschte.

»Ich bin mir sicher, dass ich euch eine große Hilfe sein kann«, sagte die weibliche Stimme. »Ihr braucht gute Pressearbeit, wenn das alles hier ein Erfolg werden soll, ihr seid schließlich nicht die einzigen Hoteliers auf Sylt. Der Hof muss von Anfang an in aller Munde und richtig hip sein, damit die Leute buchen.«

»Das weiß ich auch«, erwiderte die männliche Stimme mit leicht genervtem Unterton – eindeutig Sven. »Und ich bin dir auch sehr dankbar, Olivia, dass du uns das anbietest. Aber ich habe dir schon am Telefon gesagt, dass wir ganz gut allein zurechtkommen. Du hättest wirklich nicht persönlich vorbeikommen müssen, um mich davon zu überzeugen, dass du deinen Beruf als PR-Fachfrau ausgezeichnet beherrschst. Das weiß ich, schließlich haben wir lange genug zusammengearbeitet.«

In Neles Kopf ratterte es.

War diese Olivia, die offenbar unangemeldet bei Sven aufgetaucht war, etwa seine Ex-Freundin? Nele ärgerte sich, dass sie immer vom Thema abgelenkt hatte, wenn Sven versucht hatte, mit ihr über seine Vergangenheit zu sprechen. Der sympathische und äußerst attraktive Unternehmensberater hatte bis zum Herbst des vergangenen Jahres in seiner Wahlheimat Hamburg gelebt und gearbeitet. Eine Zeit lang sogar gemeinsam mit seiner damaligen Freundin, die im selben Unternehmen beschäftigt war, für das Sven seit seinem Umzug nach Sylt weiterhin Aufträge als freier Mitarbeiter übernahm. Aber hieß die nicht Carina? Oder Nina? Neles Namensgedächtnis war schon immer hundsmiserabel gewesen.

»Olivia, es tut mir leid, aber du musst jetzt gehen. Ich bekomme gleich Besuch, und ...«

Wieso sagt er nicht ehrlich, dass er gerade Abendessen für mich, seine Freundin, kocht?, fluchte Nele tonlos und stand auch schon mitten im breiten Flur, der in die Wohnküche überging.

»Hallo zusammen«, grüßte sie betont fröhlich und gab Sven einen langen zärtlichen Kuss. Voller Genugtuung bemerkte sie aus dem Augenwinkel, wie Olivia irritiert einige Schritte zurückwich, auch Sven schien nicht begeistert von Neles Überfall. Er schob sie ein Stückchen von sich und wandte sich dann zu Olivia. »Es ... es tut mir leid, aber du siehst ja ...«

»*Was* tut dir leid?«, fragte Nele und stemmte kampflustig die Hände in die Hüften. »Dass du nicht ehrlich gesagt hast, dass deine feste Freundin zum Essen kommt?« Kaum waren die Worte über ihre Lippen geschlüpft, wäre sie am liebsten im Boden versunken. *Impulskontrolle defekt*, nannte Larissa dieses Phänomen, was Neles Temperament äußerst charmant, aber ein bisschen zu milde umschrieb.

»Dann lasse ich euch beide wohl besser mal allein«, sagte Olivia gefasst und nahm ihren Mantel, den sie über die Stuhllehne gelegt hatte. Sie war eine hochgewachsene, bildschöne Blondine mit ebenmäßigen Zähnen, seidigem schulterlangem Haar und gletscherwasserblauen Augen.

In diesen Augen glitzerte es nun verdächtig.

Doch es waren keine Tränen, wie Nele bestürzt registrierte, sondern eher so etwas wie ... Triumph.

»Ich bringe dich noch eben an die Tür«, murmelte Sven und half Olivia in den Mantel, während Nele sich suchend in der Wohnküche umschaute. Doch wovon erhoffte sie sich Hilfe? Schließlich konnte kein Küchengerät der Welt die Zeiger der Uhr zurückdrehen und damit ihren peinlichen Eifersuchtsanfall ungeschehen machen.

»Was war das denn bitte?«, fragte Sven, nachdem er seinen Gast höflich verabschiedet hatte.

So ernst hatte er Nele zuletzt angeschaut, als sie einen kleinen Zusammenprall in der Keitumer Apotheke gehabt hatten, wo sie einander zum ersten Mal begegnet waren.

»Ich ... äh ...«, stammelte Nele, sonst selten um einen Spruch verlegen. »War das deine Ex-Freundin aus Hamburg?«

Sie hoffte mit dieser Frage davon abzulenken, wie kindisch sie sich eben benommen hatte.

»Ja, das war Olivia Thomsen, mit der ich fast zehn Jahre zusammengelebt und zusammengearbeitet habe. Sie möchte meinem Großvater und mir gern bei der Pressearbeit für das neue Hotel helfen und hat uns dafür sogar ein unschlagbar günstiges Honorarangebot gemacht. Aber ich habe abgelehnt.«

Nele wollte gerade sagen: »Das habe ich gehört«, biss sich jedoch auf die Lippen. Sven sollte nicht wissen, dass sie an der Tür gelauscht hatte. Stattdessen fragte sie mit Herzklopfen: »Aber wieso denn? Ihr könnt doch jede Unterstützung brauchen, die ihr kriegen könnt«, und versuchte an Svens Miene abzulesen, ob er wirklich sauer auf sie war. »Mit jemandem zusammenzuarbeiten, den du kennst und dem du vertraust ... das ist doch ... also, besser kann es doch eigentlich gar nicht kommen ...«

Bevor sie sich komplett um Kopf und Kragen redete, wurde sie in der Luft herumgewirbelt und landete auf dem Bett im angrenzenden Schlafzimmer. Zwei Sekunden später vergaß sie die Welt um sich herum, denn alles, was zählte, waren Svens leidenschaftliche Küsse, seine Hände, die unter ihr Kleid glitten, und sein Blick, als er die neue Unterwäsche entdeckte. Diese Investition hat sich gelohnt, dachte Nele wohlig seufzend, als beide in inniger Umarmung verschmolzen ...

»Kann es sein, dass hier was anbrennt?«, fragte Nele nach einer Weile und zog die Nase kraus, weil ein beißender Geruch ins Schlafzimmer zog.

»Oh, Mist, die Pastasauce!«, schimpfte Sven, sprang aus dem Bett und hechtete Richtung Küche. Nele zog sich hastig das Kleid über, »vergaß« aber die Unterwäsche und folgte Sven, der gerade einen Topf in die Spüle beförderte und fluchend seine rechte Hand rieb.

»Hast du dich verbrannt?«, rief Nele besorgt und eilte zu ihm.

»Ja, der Griff war glühend heiß«, brummte Sven.

Nele öffnete den Wasserhahn, schnappte sich seine rechte Hand und hielt sie unter das eiskalte Wasser.

»Hast du Brandsalbe im Haus?«, fragte sie Sven, der immer noch das Gesicht verzog. Wie war das noch gleich mit der berüchtigten Männergrippe und sonstigen Leiden?, dachte Nele ironisch, als Sven mit verzerrtem Blick verneinte, und kicherte innerlich, weil er immer noch splitterfasernackt war. »Dann rufe ich mal eben bei Larissa und Bea an. Irgendeine wird schon so ein Zeug daheim haben. Du kühlst deine Hand währenddessen brav weiter.«

»Aye, aye, Käpt'n«, erwiderte Sven und salutierte mit der linken Hand.

Wie sich herausstellte, war Adalberts Hausapotheke bestens sortiert, sodass Nele keine zehn Minuten später im Besitz einer Salbe sowie eines Fläschchens Lavendelöl war.

»Erst ein paar Tropfen davon auf die Verbrennung«, erklärte der liebenswürdige, hochgewachsene Adalbert, als er Nele das ätherische Öl gab. »Das desinfiziert und lindert den Schmerz. Erst später die Creme. Aber trotzdem immer weiter kühlen, bis der Schmerz nachlässt. Dann träufelst du die Lavendelessenz auf ein Tuch und legst es neben Svens Kopfkissen, dann schläft der nach dem Schrecken wie ein Baby.«

»Was du alles weißt«, meinte Nele bewundernd. »Wer dich an seiner Seite hat, braucht keinen Arzt mehr. Und wo ich schon mal da bin: Kann ich dir denn noch bei irgendetwas in Sachen Hochzeit helfen? Seid ihr soweit startklar?«

Nele wusste, dass Adalbert viel aufgeregter war als Bea.

Für ihn ging ein riesengroßer Traum in Erfüllung.

»Danke, meine Liebe, aber hier ist ausnahmsweise mal alles im grünen Bereich. Sophie ist übrigens sehr nett, sie richtet sich gerade im Pavillon ein. Wir haben vorhin noch kurz zusammengesessen und ein Glas Wein getrunken. Toll, dass du sie hierhergeholt hast. Und ... «, Adalbert grinste schelmisch, »... ich kann es kaum erwarten, Larissas Gesicht zu sehen, wenn ...«

»Geht mir genauso«, gab Nele zur Antwort. »Hast du Leon eigentlich schon eingeweiht?«

»Aber klar doch«, sagte Adalbert und fuhr sich über den akkurat gestutzten, schlohweißen Bart. »Er freut sich ebenfalls sehr über deine schöne Idee. Bea ist schon kräftig am Suchen.«

Auf dem Rückweg zum Reiterhof spielten Neles Finger mit dem Fläschchen Lavendelöl, und sie erinnerte sich an Adalberts Bemerkung wegen Svens Schlaf. Eigentlich möchte ich viel lieber, dass er die ganze Nacht wach bleibt, dachte sie und verspürte erneut dieses Kribbeln, das sie jedes Mal überfiel, wenn Sven in ihrer Nähe war oder sie an ihn dachte. Obwohl sie schon oft und gern ihr Herz verschenkt hatte, war sie noch nie so innig verliebt gewesen wie in diesen Mann. Ein seltsames Gefühl.

Wundervoll und erschreckend zugleich.

7.
Sophie

»Moin Sophie, wie war die erste Nacht in deinem neuen Reich?«, fragte Nele, als sie, wie verabredet, an die Tür des Pavillons geklopft hatte, um mich abzuholen.

Heute war mein erster offizieller Arbeitstag als Buchhändlerin im *Büchernest*, und ich war ziemlich aufgeregt.

»Geht so«, antwortete ich und ließ Nele herein, die mir einen Thermobecher in die Hand drückte und heute wieder aussah wie eine Mischung aus Pippi Langstrumpf und der Schauspielerin Emma Stone. Der Duft von frisch gebrühtem Kaffee stieg mir verlockend in die Nase, und ich freute mich über diese nette Geste. »Was aber nicht an der Unterkunft lag, sondern daran, dass ich in der ersten Nacht in einem fremden Bett immer schlecht schlafe. Außerdem bin ich traurig, dass David überhaupt nicht angerufen und mich gefragt hat, wie es mir geht und ob ich gut auf Sylt angekommen bin.«

Sollte ich ehrlich zugeben, dass mir die Decke heute Nacht auf den Kopf gefallen war, und wie sehr ich meine Entscheidung, nach Sylt zu kommen, bereut hatte?

Öffnete ich damit nicht Tür und Tor für eine andere Frau?

Ich vermisste David so intensiv, dass ich kaum atmen konnte.

Und ich hatte Panik davor, meiner neuen Aufgabe nicht gewachsen zu sein.

»Wartet er nicht vielleicht darauf, dass *du* dich meldest? Männer sind in dieser Hinsicht manchmal etwas bequem und nicht besonders feinfühlig«, erwiderte Nele und runzelte die Stirn. »Bestimmt will er dir Zeit geben. Oder die Situation erst mal sacken lassen. Immerhin wart ihr lange ein Paar.«

Ihre Mascara war verlaufen, die Haare nur nachlässig zu einem Knoten am Oberkopf gezwirbelt, und sie trug immer noch das grüne Kleid vom Vortag. Ganz offensichtlich hatte sie entweder verschlafen oder die Nacht gar nicht daheim verbracht.

»Süße, nun mach nicht so ein trauriges Gesicht, das wird schon alles wieder. Im Übrigen bringt es gar nichts, herumzuhocken, Trübsal zu blasen und darauf zu warten, dass die Typen das machen, was man sich von ihnen wünscht. Manchmal muss man ihnen einen Schubs geben! Aber lass uns darüber lieber auf dem Weg zum *Büchernest* weiterquatschen, wir kommen sonst zu spät.«

Bewaffnet mit unseren Kaffeebechern, machten wir uns auf in Richtung Bahnhof. Links und rechts vom Weg reckten gelbe Winterlinge, fliederfarbene Krokusse und Schneeglöckchen ihre zarten Blütenköpfchen der Sonne entgegen. Efeu rankte über die kahlen Friesenwälle wie eine grüne Decke, die man über einen langen Tisch geworfen hatte.

Ein verheißungsvoller Hauch von Frühling lag in der Luft.

»Hörst du die Vögel?«, fragte Nele verzückt, blieb einen Moment stehen, atmete tief durch und trank dann einen Schluck

Kaffee. »Nicht mehr lange, und sie sind alle wieder aus ihren Winterquartieren zurück. Du wirst sehen, nach dem Biikebrennen geht es mit dem Frühling steil bergauf. Und du hast bald die einmalige Chance, alle bösen Geister, die dich quälen, mitsamt den Flammen zur Hölle zu schicken. Ich bin jedes Jahr wieder komplett von den Socken, wenn ich vor einem der großen Feuer stehe, die auf Sylt, Amrum und Föhr entzündet werden. Das hat so etwas Erhabenes, Magisches, Archaisches. Wenn du möchtest, können wir aber auch ein spezielles Anti-David-Räucherritual ausführen. Das geht schneller, stinkt aber ziemlich.«

»Danke, aber von so was lasse ich besser die Finger«, erwiderte ich und versuchte das Ziehen in der Magengegend zu ignorieren, das der Gedanke an meine große Liebe auslöste. »Stattdessen konzentriere ich mich lieber auf das, weshalb ich hier bin, nämlich auf meinen Job bei euch im Laden.«

»Damit kannst du jetzt sofort loslegen«, sagte Nele und öffnete die obere Hälfte der Klönschnacktür, die zu einem wunderschönen reetgedeckten Haus mit hellblauen Fensterläden und ebensolchen Gaubenfenstern gehörte.

Dann drehte sie ein Holzschild auf die Seite, auf dem *Kem iin, we ha eebe* stand.

Meine Augen wanderten neugierig über das Mobiliar, die Buchregale, eine Vitrine, die ausladenden Sofas, den dänischen Ölofen und die schweren, hellen Leinenvorhänge.

»O mein Gott, das ist ja unfassbar schön. Hier möchte man sofort einziehen«, rief ich aus, vollkommen verzaubert von diesem unerwarteten Anblick. »Das ist ja eine Mischung aus Wohndesignladen und Buchhandlung. Das ist total hübsch und ... hyggelig, wie die Dänen sagen.«

In der Tat waren die im Sortiment befindlichen Bücher nicht nur in Regalen untergebracht, sondern auch in alten geöffneten Lederkoffern, einer riesigen Seemannskiste und in Obstkisten. Ansichtsexemplare von sogenannten *coffeetable books* lagen passenderweise in sauber angeordneten Stapeln auf dem großen Couchtisch, auf dem sich auch Kissen in Pastelltönen türmten und Kuscheldecken bereitlagen. Neben dem Ölofen stand ein Tisch mit einem antiken silbernen Samowar. Davor warteten dickwandige Gläser und Dosen mit Tees in verschiedenen Geschmacksrichtungen auf ihre Liebhaber.

»Das ist der Knaller, oder?«, fragte Nele schmunzelnd und legte ihren Tabletcomputer auf den Sofatisch. »Ich will hier ehrlich gesagt auch nicht wieder weg. Warte erst mal, bis du mein Wohnatelier siehst. Ich schwöre dir, du drehst durch.«

Vollkommen begeistert schritt ich den Raum ab und versuchte herauszufinden, welche Warengruppen wo untergebracht waren.

»Einige Rubriken wirst du sicher vermissen«, erklärte Nele und deutete auf die große Buchvitrine im Landhausstil. »Hier drin findest du eine große, bunt gemischte Auswahl aktueller Romane. Unterhaltung steht Seite an Seite mit Hochliteratur, weil wir wollen, dass die Kunden sich unabhängig von Genres umsehen können. Die Krimis sind allerdings separat untergebracht, und zwar in der Seemannskiste. Unser Schwerpunkt liegt dabei auf nordischen, maritimen Themen, richtig blutige Thriller suchst du bei uns vergebens.«

Meine Augen wanderten weiter auf und ab, und ich versuchte mir zu merken, was Nele sagte. »Die Kochbücher sind nebenan im Esszimmer untergebracht, das an die Küche grenzt, Veros Reich. Dazwischen stehen auch ein paar Gartenbücher, zum Beispiel über Kräuter, aber das hast du bestimmt schnell heraus. Ansonsten führen wir nur wenige Sachbücher, bis auf die aktuellen Top Ten der Bestsellerliste. So ein eingeschränktes Sortiment ist auf Dauer natürlich nicht tragbar, aber der Standort ist schließlich nur eine Übergangslösung. Auch wenn ich, ehrlich gesagt, künftig am liebsten nur noch in einer Umgebung wie dieser arbeiten möchte.«

»Aber das frühere *Büchernest* war doch auch sehr schnuckelig«, wandte ich ein, da ich mir zuvor viele Bilder im Internet angesehen hatte. »Die gemütlichen Korbstühle, die Sitzsäcke in der Kinderbuchabteilung. Apropos, wo sind hier die Kinderbücher?« *Früher immerhin mein Spezialgebiet.*

»Auch nebenan«, antwortete Nele und zog mich mit sich. »Du bekommst bestimmt gleich einen Nervenzusammenbruch, wenn du siehst, wie klein die Auswahl ist, aber das geht zurzeit leider nicht anders. Wenn du Nachschub suchst, musst du übrigens ein bisschen kraxeln. Das Warenlager befindet sich nämlich unterm Dach.«

Das geräumige Esszimmer war ebenfalls traumschön, der weiß lasierte Fußboden passte wunderbar zu den teils hellgrau gestrichenen, teils naturbelassenen Holzmöbeln. Um den Tisch standen Stühle in unterschiedlichen Farben und Designs. Hier konnten problemlos zehn Leute genüsslich tafeln, in der großen Küche war genug Platz, um ein mehrgängiges Menü zuzubereiten.

Als ich an die winzige Küche unter der Wiener Dachschräge dachte, begann mein Herz wieder heftig zu pochen.

Was David wohl gerade tat?

Ein fröhliches »Moin ihr Süßen« unterbrach meine düsteren Gedanken. Vero kam herein, bewaffnet mit zwei randvoll bepackten, geflochtenen Körben, die Nele ihr abnahm und auf die Anrichte stellte. »Alles frisch vom Markt«, erklärte sie stolz. »Und die hier sind aus meinem Kräutergarten im neuen Gewächshaus.«

Fasziniert beobachtete ich, wie Beas Freundin verschiedene Büschel Kräuter in Einmachgläsern arrangierte, die sie zuvor aus einem der Schränke geholt und mit Wasser gefüllt hatte. »Sophie, du musst unbedingt bald zu uns zum Essen kommen, damit Hinrich dich in Ruhe kennenlernen kann. Sobald der ganze Hochzeitstrubel vorbei ist, würde ich dich sehr gern bekochen und auch Olli dazu einladen. Der arme Kerl arbeitet beinahe rund um die Uhr, weil er gerade auf einen teuren Urlaub spart, und ist dünn wie ein Hering. Wenn ihr mich fragt, ist das gar nicht gesund.«

»Vielleicht hängt sein perfekt definierter, sehniger Body eher mit Jürgen zusammen als mit Überarbeitung«, mischte Nele sich grinsend in die Unterhaltung. »Seit Olli ihn kennt, achtet er peinlichst darauf, was er isst, und rennt ständig ins Fitnessstudio. Chipsorgien mit Bier und simplen Komödien auf DVD waren gestern, heute sind nur noch Arthouse-Filme und Veggie-Chips angesagt, vorwiegend aus Roter Bete und Dinkel, weil die ja so gesund sind. Der totale Horror. Und schwer verdaulich.«

»Aber Olli hat recht«, fiel Vero Nele ins Wort. »Rote Bete enthält Vitamine, Mineralien, wertvolle Pflanzenstoffe und senkt den Blutdruck.«

Nele tätschelte Veros leicht erschlaffte Wange und gab ihr dann einen dicken Schmatz. »Das ist ja alles schön und gut, aber wenn ich Chips esse, müssen es auch echte Chips sein: fettig, überwürzt, mit reichlich Glutamat, eben die volle Dröhnung. Lissy und ich freuen uns jetzt schon wie verrückt auf den Moment, wenn sie bei so was wieder reinhauen darf.«

»Wie geht's Larissa denn überhaupt?«, fragte ich, nachdem ich der Unterhaltung von Nele und Vero gelauscht und nebenbei das Kinderbuchsortiment taxiert hatte. Die Auswahl war wirklich sehr schmal. »Dreht sie nicht allmählich durch?«

»Lissy war schon immer sehr tapfer«, erwiderte Vero, die nun die Einkäufe aus den Körben holte: Kartoffeln, Staudensellerie, Möhren, Fenchel, Wirsing und vieles mehr. »So zart sie auch aussieht, man sollte sie besser nicht unterschätzen. Sie ist eine echte Kämpfernatur und freut sich wie verrückt auf das Baby. Seit Lius Geburt wünschen Leon und sie sich kaum etwas sehnlicher als ein Geschwisterchen für die Kleine. Jetzt sind wir natürlich alle sehr gespannt, ob es ein Junge oder wieder ein Mädchen wird. Und darauf, wer die Patenschaft übernimmt. Ich persönlich tippe ja auf Olli. Morgen kommt übrigens Paula, Lius Patentante, bei der damals Neles Ausstellung stattgefunden hat. Sie reist zusammen mit ihrem Mann Patrick und dessen Sohn Benjamin ein paar Tage früher an, um ebenfalls bei den Hochzeitsvorbereitungen zu helfen. Außerdem müssen wir uns dringend mit Bea und ihr zusammensetzen und beratschlagen, was künftig aus der Kita *Inselkrabben* wird, die wir hier zurzeit aus Platzmangel nicht unterbringen können.«

»Keine Ahnung, ob ich mir jemals all diese Namen werde merken können«, sagte ich, weil ich zum Teil echte Mühe hatte, zu folgen. Ohne ein Gesicht zum Namen gesehen zu haben, fiel es mir schwer, mich daran zu erinnern, wer Olli, Hinrich oder Patrick waren. Doch das würde sich alles spätestens mit der Hochzeit ändern.

»Ich könnte jetzt noch eins draufsetzen und dir die Namen Dorothea und Helen um die Ohren hauen, Paulas Freundinnen aus Hamburg. Aber das wäre vermutlich wirklich *too much*. Konzentrieren wir uns also besser auf das Wichtigste. Und das ist für mich momentan, dass ich dir Sven sobald wie möglich vorstellen möchte. Ich bin ja so gespannt, wie du ihn findest!«

Nele strahlte wie zwanzig Tausend-Watt-Birnen, und ich verspürte einen kleinen Stich. Natürlich gönnte ich ihr das Liebesglück aus vollem Herzen, schließlich hatte ich schon oft erlebt, wie schwer Nele unter Liebeskummer litt, wenn mal wieder ein falscher Mann ihren Weg gekreuzt hatte. Dann hörte sie – ohne Rücksicht auf Verluste – Death-Metal-Musik in einer Lautstärke, die niemand außer ihr ertragen konnte.

Doch ich hätte gern auch mal ein Stück vom Kuchen namens Glück abbekommen, es war wirklich an der Zeit.

»Wollen wir drei nicht heute Abend die Insel unsicher machen?«, fragte Nele, die nun ganz in ihrem Element war. »Wir könnten nach Kampen fahren, uns von Sven ausführen lassen und dort einen auf dicke Hose machen, wenn du Lust hast.«

»Das müsst ihr wohl verschieben«, wandte Vero ein, die nun dabei war, Möhren zu schälen. »Sophie ist doch heute Abend bei Lissy, schon vergessen? Und du übrigens auch.«

»Ach ja, stimmt«, erwiderte Nele und zog ihre sommersprossige Nase kraus. »Okay, auch gut. Dann eben ein andermal. So, genug geplaudert, ich zeige dir jetzt das Programm, das ich aufs Tablet geladen habe, damit du Bestellungen für Kunden ausführen kannst. Wenn du bis halb sechs Uhr abends orderst, hast du alles, was du brauchst, am nächsten Morgen gegen zehn Uhr hier im Laden.«

Sprach's und zog mich mit sich in das riesige Wohnzimmer. Ich schaute ihr über die Schulter, während sich vor meinen Augen die Onlineverbindung zu den beiden wichtigsten Buchgrossisten aufbaute, die die Insel täglich mit Ware belieferten. Mich hatte die enorme Logistik, die es ermöglichte, Kundenwünsche innerhalb so kurzer Zeit zu erfüllen, immer schon fasziniert. Und für Sylt mussten die Bücher auch noch über den Hindenburgdamm gebracht werden. »Das Programm ist echt leicht zu bedienen, das kriegst du ganz schnell hin«, versicherte Nele, während ich versuchte, mir alles zu merken. Bei *Spiebula* hatte ich die Bücher meist telefonisch bei einem Großhändler geordert. Das war einfach und bequem gewesen. »Wenn du willst, können wir auch gleich mal zusammen bestellen, wir brauchen nämlich einige Krimis von Gisa Pauly, wie es aussieht. Die *Mamma-Carlotta*-Reihe läuft wie verrückt.«

»Und wo ist die Kasse?«, fragte ich, weil ich nirgendwo eine entdecken konnte. Nele grinste und führte mich zu einer antiken Kommode, auf der eine silberne Schatulle stand. »Nicht dein Ernst, oder?«, fragte ich verwirrt. »Ein Griff, und die ist weg, wenn ich mal kurz oben bin, um Ware herunterzuholen.«

»Haha, reingefallen«, feixte Nele und zog ein kleines Gerät aus einer Schublade des großen Couchtisches. »Dieses Schätzchen hier ist ein EC-Karten-Lesegerät. Du solltest es aber möglichst genau hier bedienen und nicht damit durch den

Raum spazieren, sonst reißt die Verbindung ab. Die schweren Dachbalken, *you know?* Das Tablet dient übergangsweise zum Erfassen der Warengruppen und allem Pipapo, aber das hast du dir ganz schnell angeeignet.«

Da war ich mir allerdings gar nicht so sicher.

»Und was ist mit Bargeld? Es haben doch nicht alle Kunden ihre EC-Karte dabei.«

Nele nestelte an ihrer bunten Umhängetasche, die ein ganzes Zelt beherbergen konnte, und zog ein großes, längliches Portemonnaie heraus. »So was habe ich beim Kellnern benutzt, als ich in den Sommerferien in einer Kneipe gejobbt habe«, meinte ich und wog den schweren Geldbeutel in der Hand.

»Dann ist ja alles bestens, und es kann losgehen«, beschloss Nele, und schon stand die erste Kundin vor mir. »Können Sie mir einen schönen Sylt-Roman ohne Mord und Totschlag empfehlen?«, fragte sie, und ein wohliges Kribbeln überzog meinen Körper. Ich war wieder an einem Ort, den ich liebte, und für den Moment voll in meinem Element.

Ich war wieder mitten im Leben.

8.
Larissa

»Schatz, mach dir keine Sorgen, es wird alles gut gehen«, flüsterte Leon und gab Larissa einen langen zärtlichen Kuss. »Ich weiß, dass es eine schwierige Zeit für dich ist, und ich muss dir ein Kompliment machen: Du hältst dich sehr tapfer.«

»Findest du?« Lissy zog die Nase kraus und schmiegte sich enger an ihren Mann, der ihr in den letzten Wochen eine große Stütze gewesen war. Ohne seine Liebe und Zuversicht hätte Lissy so manches Mal den Mut verloren und wäre in Trübsinn versunken.

Jeden Morgen fiel es ihr schwer, ihn gehen zu lassen. Doch jetzt war er an ihrer Seite, genau wie ihre kleine Tochter – ein wirklich kostbarer Moment. »Na, Käferchen, findest du es auch so doof, dass Mama nicht mit dir rausgehen und spielen kann?«

Larissa betrachtete Liuna-Marie, die neben ihr und Leon auf dem Bett friedlich mit Bilderbüchern, einer Babypuppe und einem rosa Plüschschwein mit lila Ohren spielte, das Nele ihr zu Weihnachten geschenkt hatte. Wenn man auf seinen Bauch drückte, ertönte ein lustiges Grunzen und Quieken, das die Kleine zum Kichern brachte – und Leon häufig den letzten Nerv raubte.

»Gleich kommen Nele und Sophie, die jetzt im *Büchernest* arbeitet. Du kennst sie noch nicht, aber ich glaube, sie ist sehr nett.«

Liuna-Marie schaute ihre Mama mit himmelblauen Kulleraugen an und drückte dann, wie zur Bestätigung, auf den Bauch des Schweinchens, das auf den Namen Ferkel hörte.

»Beim nächsten Mal kontrolliere ich, was Nele verschenkt«, schimpfte Leon, der gerade Kaffee trank. »Ferkel ist ja ganz süß, aber ...«

»Nun oink hier nicht rum«, hielt Larissa schmunzelnd dagegen. »Du siehst doch, wie viel Spaß Liu hat. Immer noch besser als diese Klangleistenbücher, die einige Zeit so in waren und mich im Laden zum Durchdrehen gebracht haben. Wenn du wissen willst, was wirklich furchtbar ist, schenke ich dir die Version mit *Familie Feuerstein* und drücke den ganzen Tag auf den Yabba-Dabba-Doo-Knopf.«

»Untersteh dich«, drohte Leon, »sonst gehe ich doch zur Hochzeit und lasse dich hier alleine hocken. Und glaub mir, das ist mein voller Ernst.«

»Nee, schon klar«, sagte Nele, die nun im Türrahmen auftauchte. »Du bist ja auch auf der ganzen Insel bekannt dafür, dass du ein schlechter Ehemann bist und deine Familie gern mal im Stich lässt. So, Leute: aufgepasst! Tusch und Trommelwirbel, das hier ist Sophie. Sophie, du erinnerst dich ja noch an Lissy, und das sind ihr Mann Leon und unser süßer Krabbelkäfer namens Liuna-Marie, kurz Liu genannt.«

»Hallo alle zusammen«, grüßte Sophie, klebte mit ihrem Blick aber bereits an der Kleinen. »Und hallo Liu. Wie heißt denn das süße Schweinchen?«

»Ferkel«, gab Liuna-Marie zur Antwort und presste ihr Plüschtier an die Brust.

»Ah, so wie Ferkel aus *Puh der Bär?*«, fragte Sophie und gewann mit ihrer Frage sofort Larissas Herz.

»Da kennt sich aber jemand gut aus, wie toll«, sagte sie und gab Sophie, die nun neben ihrer Bettseite stand, die Hand. Larissa hatte Neles Bekannte anders in Erinnerung, nicht ganz so mager, ein bisschen frischer – und irgendwie glanzvoller. Doch das lag sicher an der Trennung von David. »Herzlich willkommen auf der Insel und in unserem Team. Wir freuen uns alle wie verrückt darüber, dass du uns aus der Patsche hilfst.«

»Mögt ihr was trinken? Einen kleinen Schluck Sekt zur Feier des Tages? Oder Kaffee, Tee, Kakao?« Leon schaute über den Rand seiner schmalen Brille hinweg in die Runde, und Larissa wurde warm ums Herz. Es gab Tage, an denen sie es immer noch nicht fassen konnte, dass das Leben ihr Leon geschenkt hatte. Und später Liuna-Marie, und bald auch noch …

»Nele, wie ich dich kenne, sicher Sekt?«, fuhr Leon fort und streichelte dabei seiner Tochter durchs flaumweiche helle Haar.

»Mit banalem Sekt gebe ich mich in diesem Fall aber nicht zufrieden«, antwortete Nele und zog einen Schmollmund. »Ist das alles, was du zu bieten hast? Immerhin habe ich euch die Rettung des *Büchernests* in Gestalt von Sophie auf dem Silbertablett serviert. Aber okay, es muss kein Champagner sein, ich nehme auch Crémant. Und Kaviar natürlich.«

»Saufnase«, erwiderte Leon ungerührt und zwickte Nele zart in die Wange, ehe er vom Bett aufstand.

»Ich hätte gern Kaffee, ich bin nämlich irgendwie groggy und verwirrt von den vielen neuen Dingen, die ich mir merken muss«, sagte Sophie.

Larissa entschied sich für Sanddorntee. »Ist ein bisschen viel auf einmal, nicht wahr?«, meinte sie. »Kommt, setzt euch doch bitte hin und steht hier nicht rum. Ihr seid dann nämlich so furchtbar groß. Also, erzählt mal, wie lief es heute im *Büchernest?*«

»Es war toll, aber auch eine echte Ansage«, antwortete Sophie und hatte mit einem Mal Farbe im Gesicht. »Dieses Haus ist ein Traum, und die Einrichtung erst! Man fühlt sich von der ersten Sekunde an wie im siebten Himmel. Wirklich schön, dass diese Ineke – oder wie hieß sie noch gleich? – euch das alles zur Verfügung gestellt hat. Wie lange dürft ihr da eigentlich bleiben?«

Larissa suchte Neles Blick, als läge die Antwort auf Sophies Frage in den Augen ihrer besten Freundin. »Im Moment erst mal auf unbestimmte Zeit«, sagte sie und störte sich selbst an der Zögerlichkeit in ihrer Stimme. »Ineke Alwart nutzt das Anwesen für Gäste, für Durchreisende, oder auch mal, um zu helfen, wie in unserem Fall. Sie ist so etwas wie die heimliche Wohltäterin Sylts, sie hat damals auch schon zur Finanzierung der *Inselkrabben*-Kita beigetragen. Du solltest dir mal ihre Bilder und Skulpturen ansehen, Sophie, die werden dir ganz sicher gefallen.«

»Ja, coole Idee«, stimmte Nele zu. »Das können wir nach der Hochzeit gern mal gemeinsam machen. Aber du lernst Ineke auf alle Fälle vorher kennen, denn sie ist einer unserer

Ehrengäste bei der Feier. Ich wollte sie sowieso noch fragen, ob sie uns nicht einige ihrer Arbeiten als Leihgabe für das neue Hotel zur Verfügung stellen kann.«

In diesem Moment kam Leon wieder ins Schlafzimmer und balancierte Getränke und Knabbereien auf einem großen Tablett. Sophie nahm es ihm ab und stellte es auf die Kommode am Fußende des geräumigen Doppelbetts.

»So, die Damen, ich versuche mal, unsere Kleine ins Bett zu bringen, und geselle mich dann wieder zu euch. Nele, öffnest du den Crémant, oder sprengst du mit dem Korken ein Loch in die Decke?«, fragte Leon grinsend.

»Haha, lustig«, maulte Nele und schwang den Korkenzieher. »Wenn du weiterhin so fies zu mir bist, hetze ich dir Sven auf den Hals. Und dann wirst du schon sehen, was du davon hast.«

»Buhuu, hab ich aber Angst«, gab Leon zurück, nahm Liuna-Marie auf den Arm und ging auf Larissas Bettseite, damit sie ihrer Tochter einen Kuss geben konnte.

»Gute Nacht, meine süße Maus, schlaf schön«, murmelte Larissa zärtlich und streichelte der Kleinen die Wange. »Bis morgen früh.«

»Oder später«, sagte Leon auf dem Weg zur Tür. Und zu Sophie gewandt: »Bei Liu weiß man nie. Sie ist echt nachtaktiv und würde am liebsten gar nicht schlafen.«

»Das kenne ich irgendwoher«, meinte Sophie und schenkte Liuna ein strahlendes Lächeln.

Sie liebt Kinder, das sieht man ganz deutlich, dachte Larissa und lehnte sich wieder zurück in ihr flauschiges Federkissen.

»Ich bin auch so gewesen, als ich klein war, und habe die Nächte durchgemacht, weil ich mich nicht von meinen

Büchern losreißen konnte. Wenn ich erst mal in einer Geschichte so richtig drin war, musste ich unbedingt wissen, wie sie ausging. Und ...«

Das Klingeln des Telefons unterbrach Sophie, Larissa warf einen Blick auf das Display. »Das ist Paula«, sagte sie und runzelte die Stirn. »Sie ruft von der Hamburger Festnetznummer an, merkwürdig. Ich dachte, sie sei schon auf dem Weg hierher. Sorry, ich muss da mal eben rangehen.«

Wie sich herausstellte, gab es einen guten Grund, warum Paula, Leiterin der Kita *Inselkrabben* und Larissas Freundin, noch in Hamburg war. Oder vielmehr einen äußerst traurigen.

»Benny hat sich beim Schwimmen beziehungsweise Springen in der Alsterschwimmhalle schwer am Rücken verletzt. Er wurde vorhin operiert, und momentan können die Ärzte noch nichts Genaues sagen. Aber Patrick und ich machen uns große Sorgen um ihn.« Benjamin war der Sohn von Paulas Mann Patrick aus einer früheren Beziehung, ein begeisterter Wassersportler und gerade volljährig geworden. Larissa hielt den Atem an, weil fürchterliche Bilder in ihr aufstiegen. »Ich ... ich rufe an, um zu sagen, dass wir vorläufig in Hamburg bleiben und uns um Benny kümmern, wir können einfach noch nicht sagen, wann wir nach Sylt kommen. Es tut mir leid.«

Eine Woge von Mitleid überflutete Lissy, die genau wusste, welche Ängste ihre beiden Freunde gerade durchmachten. »Du brauchst dich doch nicht zu entschuldigen«, sagte sie und umklammerte den Telefonhörer. »Ich bin in Gedanken bei euch und schicke euch alle guten Wünsche und viel Kraft. Benny ist ein zäher, durchtrainierter Junge, er wird das Ganze gut überstehen, das fühle ich. Vergesst jetzt einfach, was hier passiert, und konzentriert euch ganz darauf, für ihn da zu sein. Und meldet euch bitte, wenn wir irgendetwas für euch tun können, ja?«

Kurz darauf beendete Larissa das Telefonat und erklärte, was geschehen war. Bedrücktes Schweigen herrschte nun im Raum, Sophie räusperte sich.

»Puh, das ist ja ein ganz schöner Schock«, sagte Leon, der mittlerweile wieder da war. Lissys Augen füllten sich mit Tränen, denn sie hing an ihrer Freundin Paula und mochte Benjamin sehr. »Ich hoffe, die drei kommen da gut durch, und es wird alles wieder.«

»Das wird es ganz bestimmt«, ergriff nun Nele das Wort, ging zu Larissa und nahm ihre Hand. »Und du, Lissy, denkst jetzt bitte ganz schnell an etwas anderes, ja? Es ist nicht gut für dich, wenn du Kummer hast oder dich sorgst. Die kleine Erbse oder Bohne in deinem Bauch braucht Ruhe und Frieden und keine Mama, die weint, okay?«

Larissa wusste, dass Nele recht hatte, und putzte sich die Nase. Frau Dr. Seebald hatte ihr neben der Bettruhe auch verordnet, sich von jeglicher Form von Stress fernzuhalten. Das Baby durfte auf gar keinen Fall zu früh zur Welt kommen.

»Hat jemand von euch Lust, mir ein bisschen über die Geschichte des *Büchernests* zu erzählen und von den Stammkunden, mit denen ich ab sofort zu tun haben werde?«, fragte Sophie. »Vero hat mir schon von Fiete, einem ihrer Gäste erzählt, der total ausrastet, wenn man sein Spiegelei vermurkst. Noch mehr in dieser Richtung, was ich über meine neuen Buchkunden wissen sollte?«

Sophies Ablenkungsmanöver gelang, bald schon flogen kleine lustige Anekdoten aus dem Buchhandlungsalltag durch den Raum wie Pingpongbälle, und Larissa entspannte sich nach und nach.

»Na, das kann ja heiter werden«, sagte Sophie, nachdem sie durch Lissy von einer Kundin gehört hatte, die sich ihre Bücher immer fingerdick in Frischhaltefolie einwickeln ließ, bevor sie sie mit nach Hause nahm.

»Die Frau hat eindeutig zu viel *Fifty Shades of Grey* gelesen«, kommentierte Nele, die bereits beim dritten Glas Crémant angelangt war.

»Wieso das denn?«, fragten Sophie, Leon und Larissa im Chor, und Nele wurde rot.

»Ich ... also, ich dachte nur, weil ... nun ja ... ach, keine Ahnung. Stimmt, ist irgendwie unlogisch«, stammelte Nele und umklammerte ihr Glas.

»Nele ist frisch verknallt, das merkt man«, antwortete Leon, ein belustigtes Lächeln auf den Lippen.

»Sagtest du eben *frisch*?«, kicherte nun auch Larissa, und schon begannen alle hemmungslos zu lachen.

»Na, hier ist ja was los«, ertönte auf einmal die Stimme derjenigen, mit der gerade keiner gerechnet hatte. »Worum geht's? Ich möchte auch was zu gackern haben.«

»Das möchtest du nicht wirklich wissen, Bea«, entgegnete Larissa, deren Fantasie immer noch Purzelbäume schlug, und wischte sich die Lachtränen aus dem Augenwinkel.

Auch sie hatte – wie beinahe die gesamte Nation – den soften Sadomaso-Bestseller gelesen und war zu ihrem eigenen Erstaunen schneller am Ende von Band drei gelandet als bei der *Edelstein*-Trilogie von Kerstin Gier, die sie sehr liebte.

»Wir unterhalten uns gerade über Macken von Stammkunden ... und andere spannende ... äh ... Vorlieben«, gab Leon zur Antwort und putzte die Brille mithilfe seines Hemds, das unter dem Pullover hervorlugte. »Es könnte dabei auch ein bisschen um Erotik gegangen sein.«

»Super. Da würde ich auch gern mitreden«, erwiderte Bea trocken und setzte sich ans Fußende von Larissas Bett. »Hat Nele noch einen Schluck übrig gelassen, oder soll ich eine neue Flasche holen? Ich möchte gern noch ein bisschen dazulernen, wenn ihr wisst, was ich meine. Schließlich haben Adalbert und ich bald Hochzeitsnacht.«

9.

Sophie

Verschlafen räkelte ich mich im Bett und hielt meine Augen geschlossen, weil ich noch nicht bereit war, dem Morgen ins Gesicht zu blicken.

Heute fand das Biikebrennen statt, ein großer Festtag auf der Insel. Doch die Hochzeit von Bea und Adalbert würde die traditionelle Feier sogar noch in den Schatten stellen. In den vergangenen Tagen hatte sich fast alles nur noch um dieses große Ereignis gedreht. Die Arbeit im *Büchernest* war dadurch ein wenig in den Hintergrund gerückt, und mein eigener Kummer legte ebenfalls für ein paar Tage Pause ein. David hatte sich gestern zum ersten Mal gemeldet, seit ich nach Sylt gezogen war, allerdings nur mit einer WhatsApp-Nachricht.

Auf der Suche nach Antworten las ich seine Zeilen wieder und wieder und versuchte, aus ihnen schlau zu werden oder zumindest zu erfahren, wie David sich fühlte.

Es hatte eine Zeit gegeben, in der wir auch darüber gesprochen hatten, wie es wohl wäre, verheiratet zu sein.

Eine Familie zu gründen.

In der Nachbetrachtung musste ich mir allerdings eingestehen, dass eher ich es gewesen war, die dieses Thema angeschnitten und von einer Hochzeitsreise nach Andalusien geträumt hatte. Nicht weil ich unbedingt einen goldenen Ring an meinem Finger sehen oder mich Ehefrau nennen wollte, sondern weil ich mir eine Art Versicherung für unsere schwierige, unsichere Beziehung wünschte.

Das ist blanker Unsinn, und das weißt du auch!, schimpfte ich mich selbst, nachdem ich aufgestanden war und mein Gesicht mit eiskaltem Wasser wusch, um wach zu werden. Eine Eheschließung ist keine Garantie für dauerhaftes Glück.

Und es gibt im Leben für nichts eine Garantie.

Nachdem ich geduscht, Mascara aufgetragen und meinem blassen Teint mithilfe von Rouge einen Hauch Farbe verliehen hatte, steckte ich mir vor dem großen Spiegel im Eingang des Pavillons die Haare hoch. Diese Frisur ließ mein ovales Gesicht noch schmaler erscheinen, als es ohnehin war, aber ich fand diesen Look passend. Anschließend schlüpfte ich in ein hellblaues Kleid mit dunkelblauen Tulpenärmeln, das ich zuletzt getragen hatte, als David im vergangenen Sommer einen wichtigen Vortrag in Hamburg gehalten hatte.

»Du siehst echt scharf aus«, lobte Nele, die unbemerkt den Pavillon betreten hatte. Offenbar hatte ich gestern Abend vergessen, die Tür abzuschließen. »Das Kleid ist der Hammer. Wo hast du das her?« Sie umkreiste mich wie eine Biene voller Vorfreude auf eine Blüte. »Lass mich raten, aus dem Schanzen- oder dem Karoviertel? Ach, wie sehr ich solche extravaganten Läden vermisse. Nichts gegen die Sylter Mode, aber ich kann mittlerweile keine Streifen, keine Ringel und auch keine Anker mehr sehen, es muss doch noch etwas anderes Tragbares geben als dieses ganze maritime Gedöns, findest du nicht auch?« Ohne meine Antwort abzuwarten, widmete Nele sich mit kritischem Blick meiner Frisur: »Du weißt aber schon, dass wir nicht zu einer Hochzeit bei den Royals gehen, oder?«, sagte sie und runzelte die Stirn.

»Echt nicht?«, gab ich grinsend zurück, nicht bereit, mein Frisurenkunstwerk wieder zu zerstören. »Ich dachte, Bea und Adalbert sind so etwas wie echte Berühmtheiten auf Sylt. Das Königspaar von Keitum.«

»Sind sie auch«, erwiderte Nele und wühlte auch schon in meinen Haaren herum. Eine Minute später umspielten einzelne Strähnchen locker meinen Nacken.

»Schau mal, was das ausmacht«, sagte sie zufrieden. »Nun siehst du nicht mehr wie die olle Nanny von Kates und Williams Kindern aus, sondern eher wie das Kindermädchen, auf das der Ehemann ein Auge wirft, weil sie so hübsch ist, dass er sie am liebsten ...«

»Halt! Stopp!«, unterbrach ich sie. »Was hast du vor? Willst du mich etwa mit einem eurer Gäste verkuppeln? Ich warne dich, auf solche Aktionen stehe ich gar nicht.«

»Was denkst du denn, Sophie. So was würde ich nie tun«, entgegnete Nele und blickte scheinbar verschämt zu Boden. »Aber jetzt gib mal bitte ein bisschen Gas, wir wollen gleich zu Lissy, um sie abzuholen.«

»Sie abholen?«, fragte ich verdutzt. »Aber wie soll das denn gehen?«

»Komm mit, dann siehst du es«, antwortete Nele, schnappte sich meinen gefütterten Jeansmantel von der Garderobe und hielt ihn mir hin. »Auf, auf, die Trauung beginnt um Punkt zwölf Uhr.« Ich nahm meine Tasche und trabte hinter Nele her, die es wirklich eilig hatte.

Auf halbem Weg zu Larissa stoppten wir beim Hotel *Aarnhoog*, wo vier kräftig gebaute junge Männer im Eingang auf etwas oder jemanden zu warten schienen.

»Moin«, rief Nele fröhlich und winkte das Quartett zu sich. »Es geht los!« Und an mich gewandt: »Das sind liebe Bekannte von der Freiwilligen Feuerwehr Keitum, die sich heute extra für uns freigenommen haben. Jungs, das ist meine Freundin Sophie aus Wien, die uns übergangsweise im *Büchernest* aushilft.«

Irritiert spürte ich die taxierenden Blicke der vier Männer, die allerdings allesamt freundlich dreinblickten. Keine zehn Minuten später waren wir am Ziel, und Leon öffnete – wie auf ein geheimes Codewort – die Haustür.

»Alles startklar bei euch?«, fragte Nele und zwinkerte Larissas Mann verschwörerisch zu.

»Jou, alles klar«, antwortete Leon lächelnd und winkte uns herein. »Kaffee steht schon im Esszimmer bereit, ebenso belegte Brötchen als kleine Stärkung.«

»Sooo schwer ist Lissy aber doch gar nicht«, protestierte Nele und folgte Leon ins Innere des gemütlichen Friesenhäuschens.

»Sie nicht, aber die Chaiselongue«, entgegnete Leon und deutete auf eine meerblaue Recamiere, die dicht bei der Tür zum Flur stand. »Jungs, kriegt ihr das Ding geschleppt?«

Die vier umrundeten das Sofa ohne Seitenlehnen und musterten es prüfend.

»Gut, dass ihr da Rollen druntergeschraubt habt«, sagte der eine, die anderen nickten. »Damit können wir das Ding besser über die Rampe in den Transporter schieben.«

Nun begriff auch ich endlich, was hier vor sich ging: Larissa sollte offensichtlich auf der Chaiselongue liegend in die Kirche gerollt werden.

»Das ist ja eine süße Idee!«, rief ich begeistert. »Wann habt ihr das denn ausgekungelt? Und weiß Larissa davon?«

»Wovon weiß ich was?«, ertönte es von oben. »Leon, was ist da unten bei euch los? Klingt, als hätten wir jede Menge Besuch.«

»Seit Lissy das Bett hüten muss, hat sie Ohren wie ein Luchs, das ist schon fast unheimlich«, flüsterte Leon.

Dann rief er laut: »Alles okay, mein Schatz, ich komme gleich hoch zu dir.«

Doch nicht nur er ging in den ersten Stock, sondern auch die vier Feuerwehrleute, die allesamt muskulöse Arme hatten, wie ich beeindruckt feststellte. Nele und ich folgten. Leon reichte der mehr als verblüfften Larissa den Arm, sagte: »Darf ich bitten?«, und brachte seine Frau behutsam nach unten. Die Feuerwehrleute gingen vorneweg, um zur Stelle zu sein, falls Lissy ins Straucheln geriet. Dann führte Leon sie zur Chaiselongue, die Nele unterdessen mit Blumen in den Farben des Brautstraußes geschmückt hatte – Blau und Weiß.

»Wow, ihr seid ... also das ist ja ...«, stammelte Larissa, als sie die Rampe hinauf und in den Transporter gerollt wurde. Leon stieg neben ihr ein, die kleine Liuna-Marie im Arm, deren blondes Flaumhaar heute mit pinkfarbenen Haargummis, die Schmetterlinge zierten, zu zwei Zöpfen gebunden war. Passend dazu trug sie ein rosa und fliederfarben geringeltes Kleidchen. »Ihr wisst gar nicht, wie sehr ich mich freue. Wessen Idee war das denn?«

»Meine«, antwortete Nele. »Aber Bea hat die Chaiselongue bei einem Antikladen besorgt, Vero hat sie gereinigt und ein bisschen aufgepolstert, Hinrich hat die Rollen dranmontiert, Olli hat sie mit einem Kumpel zu euch gebracht, und Adalbert hat bei der Pastorin die Erlaubnis eingeholt, das Sofa in die Kirche bringen zu dürfen.«

»Und ich habe das Ganze koordiniert«, erklärte Leon und strahlte Larissa an. »Das war echtes Teamwork.«

Mir wurde warm ums Herz, als ich sah, wie sehr sich Larissa freute und wie deutlich man spürte, wie die Sylter Gemeinschaft zusammenhielt.

Ich selbst hatte etwas in dieser Art kaum je erlebt, vielleicht weil ich stets in Großstädten gewohnt hatte.

»Wahnsinn, ihr seid echt der Hit«, sagte ich, und ein wohlig warmes Gefühl flutete durch meinen Bauch. Larissa winkte mir noch fröhlich zu, bevor sich die Tür des Transporters mit der kleinen Familie darin schloss.

»Ja, das sind wir«, stimmte Nele mir zu und hakte sich bei mir unter. »Aber jetzt hopp, hopp Richtung Sankt Severin, wir treffen Sven, seinen Opa Arfst und alle anderen am Eingang. Ich kann es kaum erwarten, zu sehen, was Bea anhat.«

Arm in Arm gingen wir in flottem Tempo den Pröstwai entlang, vorbei an reetgedeckten Häusern und dem Pastorat. Schon bald tauchte der Turm der Keitumer Kirche, die 1240 erbaut worden war, in unserem Blickfeld auf, wir waren kurz vor dem Ziel. Stolz erhob das Gotteshaus sich von der höchsten Stelle des Sylter Geestkerns und schien die Menschen zu sich einzuladen.

Ich sah zahllose Autos am Wegesrand parken und festlich gekleidete Menschen in Richtung Kirche strömen, zu deren Füßen ein wunderschöner Friedhof lag, von dem aus man einen sensationellen Blick aufs Wattenmeer hatte.

Bei meinem letzten Sylt-Aufenthalt mit David war ich schon einmal hier gewesen und hatte insgeheim davon geträumt, in dieser Kirche heiraten zu können.

Doch nun wurde dieser Traum für zwei andere Menschen wahr: Lissys Tante Bea und ihren künftigen Mann Adalbert, den ich zwar erst einmal gesehen, aber sofort ins Herz geschlossen hatte. Der eher ruhige, besonnene Adalbert war das genaue Gegenstück zu der quirligen, manchmal launischen Bea – und rettungslos in sie verliebt.

Und noch jemand hatte Schmetterlinge im Bauch, wie ich feststellte, als Nele sich von mir löste und einen attraktiven, hochgewachsenen Mann mit gewellten dunklen Haaren und Dreitagebart so heftig umarmte, dass ich schmunzeln musste. So hatte ich sie in der Tat noch nie erlebt.

»Sophie, das ist Sven. Sven – Sophie«, machte sie uns miteinander bekannt, strahlend wie ein heller Sommertag.

»Das dachte ich mir fast«, sagte Sven, gab mir die Hand und schenkte mir ein warmes Lächeln. »Du bist also die Retterin des *Büchernests*. Willkommen in unserem leicht durchgeknallten Haufen. Schön, dass du da bist. Dies hier ist übrigens mein Großvater Arfst Groot, Besitzer des Reiterhofs, von dem Nele dir sicher erzählt hat.«

Auch Arfst begrüßte mich mit festem Händedruck, und ich konnte im Gesicht des geschätzt achtzig Jahre alten Herrn eine gewisse Ähnlichkeit mit seinem Enkel erkennen. Die gleichen dunkelbraunen Augen, eine markante Nase, die Sven davor bewahrte, zu glatt zu wirken.

»Dann sehen wir uns ja sicher bald im Hotel, denn wir planen gemeinsame Aktivitäten mit dem *Büchernest*«, sagte er und lächelte mich freundlich an. »Aber heute geht es nicht ums Geschäft, sondern darum, das Brautpaar zu feiern. Wobei mir das nicht ganz leichtfällt, denn ich habe lange vor Adalbert ein Auge auf Bea geworfen.« Den letzten Satz flüsterte Arfst mir ins Ohr, und ich fühlte mich geschmeichelt durch diesen Vertrauensbeweis.

»Achtung, sie kommen!«, rief Nele und umschloss dabei Svens Hand so fest, dass dieser sich aus ihrer Umklammerung löste.

Dann fing sie an zu lachen.

Offenbar hatten Bea und Adalbert entschieden, sich nicht erst am Altar zu treffen, wie sonst bei Trauungen üblich, sondern den Weg gemeinsam zu gehen oder vielmehr zu fahren.

»Die beiden kommen mit dem Rad, ich glaub's ja nicht«, rief Sven, griff wieder nach Neles Hand und staunte genauso wie alle anderen Hochzeitsgäste.

Das Brautpaar thronte auf einem hellblauen Tandem, dessen Lenkrad mit blauen und weißen Blüten umkränzt war. Jemand hatte alte Teedosen mit Friesenmuster an eine Schnur geknüpft und diese am hinteren Sattel befestigt, die nun scheppernd über den Weg hüpften.

»Moin! Na, alles klar?«, rief Bea, die natürlich vorne saß, das Zweierrad zum Stehen brachte und in die Runde blickte.

»Jou, alles klar«, antworteten die Gäste im Chor.

Lissys Tante trug flache Schuhe, einen dunkelblauen Hosenanzug mit Matrosenkragen, darunter ein weißes T-Shirt und darüber einen blauen Daunenmantel. Maritim, sportlich-elegant und voller Stolz. Adalberts Anzug war ebenfalls blau, im Knopfloch seines Jacketts steckte eine weiße Sylter Heckenrose aus Stoff. Diese Blütenschönheiten waren, neben Pfingstrosen, Beas Lieblingsblumen. Nachdem das Paar vom

Tandem gestiegen war, reichte Adalbert seiner Braut den Arm, und dann schritten sie feierlich zur Kirche.

Den beiden folgten vier kleine Mädchen unterschiedlichen Alters mit geflochtenen Weidenkörbchen, die randvoll gefüllt waren mit Rosenblättern. Schon bald säumten Tupfer in Weiß, Hellrosa und Pink den Weg. Das Quartett nahm die Aufgabe sichtlich ernst und posierte kurz vor dem Eingang für Fotos, die sich später bestimmt bezaubernd im Hochzeitsalbum machen würden.

»Ist das schön«, flüsterte ich Nele zu. Ich war vollkommen ergriffen von diesem romantischen, aber trotzdem gänzlich unkitschigen Schauspiel. »Und nun kommt auch noch die Sonne heraus, ist das nicht wundervoll?«

»Ja, das ist es«, antwortete Nele mit verklärtem Blick. »Wer hätte gedacht, dass die beiden mal heiraten würden. Nach Knuts Tod war Bea so lange wie versteinert, und schau sie dir jetzt an: das blühende Leben, und zehn Jahre jünger wirkend, als sie ist. Toll, dass Adalbert so viel Geduld bewiesen hat und am Ball geblieben ist. Bea zu bändigen ist nicht gerade einfach.«

In diesem Moment war nicht ganz klar, ob Nele wirklich die Braut oder eher sich selbst meinte.

10.
Larissa

»Wollen Sie, liebe Bea Hansen, den hier anwesenden …«

Die Worte der Pastorin verwirbelten in Larissas Kopf, denn sie wusste gar nicht, was sie zuerst denken oder fühlen sollte. Ihr quoll förmlich das Herz über, weil sie diesen ganz besonderen Tag nun doch in der Kirche von St. Severin miterleben durfte, wo auch Leon und sie sich nach der standesamtlichen Trauung im Leuchtturm von Hörnum das Jawort gegeben hatten.

»Alles gut, mein Liebling?«, flüsterte Leon, der am Fußende von Larissas Chaiselongue saß und Liuna-Marie auf dem Schoß hielt. Lissy wischte sich verstohlen die Tränen aus dem Gesicht, die von dem Moment an gekullert waren, als sie ihre heiß geliebte Tante und Adalbert vor den Altar hatte treten sehen.

Bis auf Paula und Patrick waren alle gekommen, um bei der Trauung dabei zu sein und am Abend die Hochzeit auf dem Grootschen Reiterhof zu feiern, nach einem Abstecher zum Biikefeuer, das die Wintergeister verscheuchen sollte.

»Alles bestens«, wisperte Larissa und spürte, wie Leons

warme Hand die ihre umschloss. Sie konnte es immer noch kaum glauben, dass sie nicht daheim im Bett liegen musste, sondern gemeinsam mit Familie und Freunden der Trauung und der nachfolgenden Feier beiwohnen konnte.

Und das noch dazu von einem so gemütlichen Logenplatz aus!

Die Gäste begannen zu klatschen, als Bea und Adalbert sich küssten und Bea irgendwann laut vernehmlich rief: »Nun ist's aber genug geknutscht, die Leute wollen was zu essen!«

Ihre Freundin Vero bog sich beinahe vor Lachen, deren Mann Hinrich schmunzelte.

»Das finde ich auch«, nahm die Pastorin den Ball auf. »Ich habe gehört, es gibt gleich Veros legendäres Sylter Fingerfood.« Wie zur Bestätigung knurrte ihr Magen, was alle Anwesenden hören konnten.

»Na, denn man tau, soll ja keiner Hunger leiden!«, erwiderte Adalbert und reichte Bea den Arm. Sichtlich stolz und glücklich trug er den schmalen goldenen Ehering, der ihn mit seiner Liebsten verband. In die Ringe waren zwei Herzen, verbunden durch einen Anker, eingraviert.

Nach und nach verließ die Hochzeitsgesellschaft die Kirche, um sich draußen für den Fotografen in Grüppchen zusammenzufinden, während Adalbert und Bea gleichzeitig von einer Fotografin abgelichtet wurden.

Larissa tupfte sich mit einem Taschentuch Reste der verlaufenen Mascara ab und zog den Lippenstift nach.

»Du siehst wunderschön aus, Schatz«, sagte Leon, der nebenbei alle Hände voll zu tun hatte, Liu bei Laune zu halten, die allmählich quengelig wurde. »Diese Chaiselongue steht dir wirklich ausgezeichnet.«

»Haha, lustig«, entgegnete Larissa und streichelte das Köpfchen ihrer Tochter. Wenn alles gut ging, würde sie bei Gelegenheiten wie diesen nicht mehr alleine sein, sondern auf ihr Brüderchen oder Schwesterchen aufpassen.

Nach dem aufwendigen Fotoshooting spazierte die Hochzeitsgesellschaft in Richtung Watt, wo auf der Brücke, die nach Munkmarsch führte, ein Büfett aufgebaut war und ein freundlicher Kellner Luftballons für jeden einzelnen Gast in der Hand hielt. »Schreibt bitte alle eure guten Wünsche für das Brautpaar mit diesem Stift auf den Ballon, und natürlich eure Namen.«

»Typisch für Bea und Adalbert, dass die Ballons weder pink noch rot sind, sondern blau und weiß, und auch nicht herzförmig«, sagte Nele zu Lissy, die mittlerweile wieder auf die Trage umgebettet und vom Feuerwehr-Quartett zum Watt getragen worden war.

»Das stimmt«, erwiderte Lissy, während sie überlegte, was sie ihrer Tante wünschen sollte. Im Grunde hatte Bea alles, was sie brauchte. Unschlüssig spielte sie mit dem schwarzen Stift herum, während Leon seiner Tochter dabei half, ein krakeliges Herz auf einen blauen Ballon zu malen. »Was willst du den beiden mit auf den Weg geben?«, fragte Larissa und blickte dabei gedankenverloren aufs Keitumer Watt, ihre Lieblingsstelle auf der Insel. Der dicke Pulli und die Daunenjacke wärmten, doch es war allein der Sonne zu verdanken, dass der Plan, direkt am Meer auf das Brautpaar anzustoßen, geglückt war. Andernfalls wäre der Umtrunk eine mehr als fröstelige Angelegenheit geworden.

»Ich wünsche den beiden einfach, dass alles so schön bleibt, wie es gerade ist«, antwortete Nele und schaute dabei fragend

Sven an, der dicht neben ihr stand und sie im Arm hielt. Sven nickte stumm und schien ebenfalls zu überlegen.

Unterdessen waren Vero und Olli vollauf damit beschäftigt, beim Getränkeausschenken zu helfen und den Gästen Fingerfood zu reichen, damit sie die Zeit bis zum Biikebrennen überstanden, ohne zu verhungern. Kaffee und Kuchen hatte Bea energisch von der Tagesordnung gestrichen – »Was für ein Quatsch! Lass die Leute lieber stattdessen ein Nickerchen machen, dann können sie abends länger tanzen« –, sehr zum Leidwesen von Vero, die das Kuchenbacken über alles liebte.

»Holst du mir bitte einen Apfelpunsch?«, bat Larissa ihren Mann, der »Na klar« sagte und Liu an Nele weiterreichte.

»Na, meine Süße, wie findest du deine erste Hochzeit?«, fragte Nele und streichelte mit einem Finger liebevoll über Lius zarte Wange. Doch dann erstarrte sie mitten in der Bewegung und sah aus, als sei ihr ein Geist erschienen. »Was macht *die* denn bitte schön hier?«, fragte sie mit einer Stimme wie klirrende Eiswürfel. Larissa folgte irritiert Neles Blick und sah eine attraktive, hochgewachsene Blondine in dunkelblauem Parka mit Fellkragen auf die Brücke zugehen. Das kann nur Olivia, Svens Ex-Freundin, sein, dachte Lissy und wartete gespannt darauf, was nun passieren würde.

»Keine Ahnung«, erwiderte Sven. »Ich dachte, Olivia sei längst wieder in Hamburg.«

»Hallihallo«, flötete diese.

Der Wind trug ihre helle Stimme übers Watt, und in Larissa verkrampfte sich alles. Das Lächeln von Svens Ex war gespielt und zeigte vor allem eins: Sie hatte irgendeinen Plan, von dem Sven nichts wusste. Und der ihr, Larissa, gar nicht behagte. Was hatte diese Frau nur auf der Hochzeitsfeier zu suchen? Sie kannte Bea und Adalbert doch gar nicht.

Wollte sie Nele in die Parade fahren?

»Moin Sven, moin … äh, wie war noch mal Ihr Name? Ich habe ihn leider vergessen.« Olivia küsste Sven auf beide Wangen, ihr Atem bildete kleine Wölkchen in der Kälte.

Nele war wie zur Salzsäule erstarrt und biss sich auf die Unterlippe.

»Svens Freundin heißt Nele Sievers«, zischte Lissy und wünschte sich in diesem Moment nichts sehnlicher, als aufstehen und der blasierten Kuh eins auf die Nase geben zu können. »Viel interessanter ist aber doch die Frage, wer Sie eigentlich sind und wieso Sie ohne Einladung auf der Hochzeit meiner Tante auftauchen?«

Bea schaute wie aufs Stichwort zu Larissa herüber, obwohl sie gerade mit der Pastorin und Hinrich ins Gespräch vertieft gewesen war. Doch Bea hatte immer schon ein feines Gespür gehabt für das, was um sie herum vorging, und untrügliche Antennen für Ärger, daran änderte auch ihr schlechtes Gehör nichts.

Olivia beugte sich mit einem beinahe mitleidigen Lächeln zu Larissa herab und gab ihr die Hand. »Bitte verzeihen Sie, dass ich Sie hier scheinbar überfalle. Ich bin Olivia Thomsen und schreibe gerade einen Artikel über die Insel im Winter, vor allem über die speziellen Sitten und Gebräuche der Menschen hier, und werde daher später auch beim Biikebrennen dabei sein. Arfst Groot war so nett, mich dazuzubitten, als ich bei ihm nach Hilfe für meine Recherchen fragte. Eins noch: Sie wissen schon, dass das Steigenlassen von Luftballons schädliche Folgen für die Umwelt hat?«

»Natürlich wissen wir das, wir leben auf Sylt ja nicht hinterm Mond«, antwortete nun Bea höflich, aber ohne zu lächeln, und gab Olivia Thomsen die Hand. »Und genau aus diesem Grund lassen wir die Ballons auch nicht steigen, sondern bewahren sie bei uns daheim so lange auf, bis sie verschrumpeln, genau wie wir Alten. Im Übrigen ist das eine Spezialanfertigung aus Naturkautschuk und somit biologisch abbaubar. Und was Ihre Frage nach den Sitten und Gebräuchen von uns Einheimischen betrifft, so können Sie sich jederzeit gern an mich wenden, denn ich lebe auf der Insel, seit ich geboren wurde. Einen Grog, oder Tote Tante für Sie, damit das Ganze hier auch wirklich authentisch ist?«

Larissa musste sich ein Lachen verkneifen, denn die Worte *Sitten* und *Gebräuche* und *Einheimische* klangen aus Beas Mund so, als ob sie von Aborigines oder Maori sprach, und spiegelten perfekt die Verachtung wider, die in Olivias Worten gelegen hatte.

Wieso war Sven insgesamt zehn Jahre mit einer Frau wie ihr zusammen?, fragte sich Lissy und beobachtete mit Genugtuung, wie Olivia nun Bea lammfromm zum Getränkeausschank folgte, wo sie von Adalbert in Empfang genommen wurde.

»Hoffentlich füllt er die Alte so doll ab, dass sie nicht mehr stehen, geschweige denn noch zur Biike kommen kann«, zischte Nele, die die ganze Zeit keinen Ton gesagt hatte, mit Liuna-Marie auf dem Arm.

»Na, na, na«, tadelte Sven. »Nun mach mal halblang. Auch wenn ich es ein bisschen schräg finde, dass Opa sie eingeladen hat, ohne mir einen Ton davon zu sagen, ist das noch lange kein Grund, Olivia eine Alkoholvergiftung an den Hals zu wünschen. Mal ganz abgesehen davon, dass sie ziemlich trinkfest ist, die haut nichts so schnell um.«

»Ja, ich verstehe schon, Olivia ist Miss Wonderwoman und wir nur ein paar dumme Insulaner, die heute Abend wie irre ums Feuer rumhüpfen und Geister vertreiben«, giftete Nele. »Aber kannst du mir mal bitte verraten, wie Arfst dazu kommt, über Beas und Adalberts Kopf hinweg eine Wildfremde auf die Hochzeit einzuladen? Wo steckt dein Großvater eigentlich?«

»Der beaufsichtigt die Vorbereitung der Feier heute Abend bei uns auf dem Hof«, antwortete Sven, ohne eine Miene zu verziehen. »Und du kannst dir sicher sein, dass er sich von Adalbert die Erlaubnis geholt hat, sonst hätte er Olivia niemals eigenmächtig eingeladen. Außerdem bist du gar keine Insulanerin, du kleiner Giftzahn.«

Giftzahn klang aus Svens Mund eher liebevoll als genervt, registrierte Larissa erleichtert. Wenn es Olivias Plan gewesen war, Streit zwischen den beiden zu entfachen, dann war dieser Plan gescheitert.

Zumindest vorerst.

»Okay, okay, ich sag ja schon nichts mehr«, erwiderte Nele. »Heute ist der Tag des Brautpaars, also halte ich meine Klappe.«

Punkt achtzehn Uhr entzündete die Freiwillige Feuerwehr nach einem stimmungsvollen Fackellauf der Gemeinde und der Hochzeitsgesellschaft den Biikehaufen, der sich in diesem Jahr auf einem Gelände nahe des Bahndamms befand.

In früheren Jahren war der Biikeplatz am Tipkenhoog, dem archäologischen Grabhügel in der Nähe des Haarhoog, gewesen. Doch die starke Bebauung hatte dazu geführt, dass die Keitumer ihren geliebten Platz aufgeben und sich einen anderen Ort hatten suchen müssen. Die neue Stelle hatte den unschlagbaren Vorteil, dass der Funkenflug, insbesondere bei starkem Nordostwind, keines der Reetdachhäuser bedrohte.

»An sich mag ich diese Art von Musik nicht so gern, aber es war trotzdem schön, den Spielmannszug aus Husum zu hören. Und Liu war total begeistert, hast du das gesehen?«, sagte Lissy, die vom Quartett direkt zur Feuerstelle gebracht worden war, zu Tante Bea. Alle anderen waren gemäß der Tradition gemeinsam vom Feuerwehrgerätehaus zum Biikeplatz gegangen. Immer wieder ein schönes Erlebnis.

»Die kleine Zuckerschnute ist ganz schön musikalisch«, erwiderte Bea, die Liu auf dem Arm hielt und gemeinsam mit ihr auf den lodernden Biikehaufen schaute, der nicht nur eindrucksvoll aussah, sondern auch angenehm wärmte. »Mal sehen, wie lange sie heute Abend durchhält. Zum Glück steht der Wind so, dass er uns den Rauch nicht ins Gesicht bläst.«

»Wenn sie müde ist oder es ihr zu viel wird, bringe ich sie wie besprochen zu Anke«, sagte Adalbert, der dicht neben Sophie und Bea stand und ebenfalls fasziniert ins Feuer starrte.

Larissa hatte Gänsehaut, wie jedes Jahr bei diesem Fest, das sie mindestens so sehr liebte wie Weihnachten. Dieses Zusammenkommen an der lodernden Biikefeuerstätte hatte wirklich, wie Nele gesagt hatte, etwas Archaisches, Magisches. Und sie genoss das Gefühl, dass alle nach einem langen, harten Winter, in dem jeder sich daheim eingeigelt hatte, nun wieder eng zusammenrückten, um sich gemeinsam auf den nahenden Frühling zu freuen.

»Na, welche Sorgen willst du verbrennen?«, fragte Nele, die sich zu Larissa auf die Chaiselongue setzte. Ihre Wangen waren gerötet, und sie hielt ein Glas Apfelpunsch in der Hand, dessen Zimtduft verlockend in Lissys Nase strömte.

»Kannst du dich noch an unser erstes gemeinsames Silvester erinnern?«, fragte Larissa. »Da hast du mich so etwas Ähnliches gefragt, obwohl wir uns praktisch noch gar nicht kannten ...«

»... und überhaupt nicht leiden konnten«, führte Nele den Satz zu Ende. »Natürlich erinnere ich mich, was glaubst du denn? Das war der Abend, an dessen Ende ich dachte: Ach, die ist gar nicht so übel. Vielleicht lohnt es sich, einen zweiten Blick zu riskieren. Und dabei habe ich wie eine Bekloppte den legendären Satz gekreischt: *Blödes Jahr, verpiss dich. Kein Mensch vermisst dich.* Gib's zu, du dachtest damals, ich sei komplett gaga.«

»Das denke ich heute noch«, gab Lissy schmunzelnd zurück und drückte die Hand ihrer Freundin, deren Haut derartig vor Wärme glühte, dass man es sogar durch die Handschuhe spüren konnte. »Trotzdem bist du das Beste, was mir je passiert ist. Neben Leon und Liu natürlich.«

Zu Sophie gewandt, fragte sie: »Na, wie findest du deine erste Biike? Hast du auch irgendetwas, das du dir vom Hals schaffen willst? Wenn ja, ist jetzt deine Chance für einen absoluten Neuanfang gekommen. Du wirst sehen, es funktioniert.«

Kaum hatte Larissa dies gesagt, bereute sie ihre Bemerkung auch schon wieder. Natürlich hatte Sophie jede Menge Kummer, wie hatte sie das nur vergessen können? Doch Sophie schien die Bemerkung nicht krummzunehmen – ganz im Gegenteil.

»Ich habe alles, was mich belastet, auf einen Zettel geschrieben, und den werde ich gleich ins Feuer werfen«, sagte sie und wirkte im Gegensatz zu Nele reichlich blass und verloren.

Ich würde Sophie gern helfen, wieder glücklich zu werden, dachte Larissa und sah zu, wie Sophie mit klammen Händen eine Papierkugel ins Biikefeuer warf, die sofort in Flammen aufging.

11.
Sophie

Die große Hochzeit lag vier Wochen zurück, und es ging allmählich auf Ostern zu.

Der Frühling verwöhnte die Insel mit Sonnenschein, Blütenpracht, betörenden Düften und einer sanften Brise. Eine echte Wohltat nach dem bedrückenden Grau der vergangenen Tage und dem eisigen Ostwind, der bis vor Kurzem auf Sylt gewütet und alle in ihre Häuser verbannt hatte.

Bea und Adalbert waren gut gelaunt und voller Elan von ihren Flitterwochen auf Amrum und Föhr nach Sylt zurückgekehrt. Heute Abend würden wir alle gemeinsam im Kapitänshaus essen und Fotos von der Reise ansehen – eine nette Abwechslung von dem mittlerweile alltäglichen Einerlei.

»Kommst du eine Weile alleine klar, denn ich muss mal eben nach oben, um die Verlagslieferung zu bearbeiten?«, fragte Nele, kurz nachdem wir am Montagmorgen die Tür des *Büchernests* geöffnet hatten.

»Das kann ich auch gern übernehmen, wenn du magst«, bot ich an, weil ich immer noch ein bisschen mit der Kasse, dem Scanner und der Erfassung der Warengruppen auf dem Kriegsfuß stand.

Nele grinste und sagte: »Gib's zu, du willst dich wieder vor den elenden Diskussionen über Sylt-Aufkleber, Blenden fürs Auto und dem Briefmarkenverkauf drücken. Und nur weil ich heute extrem gute Laune habe, sage ich okay, ab nach oben mit dir. Aber mach bitte keinen Unsinn, sonst stimmt unsere Statistik nicht. Danach musst du aber trotzdem wieder an die Front, keine Widerrede!«

Ich schämte mich ein wenig, weil es tatsächlich nicht ganz leicht gewesen war, nahtlos an meine Zeit im Buchhandel anzuknüpfen. Meine Ausbildung hatte ich damals in einem winzigen Laden am Stadtrand von Hamburg gemacht, und mein Chef war schon viel zu alt gewesen, um sich den modernen Arbeitsmethoden zu öffnen, die dieser Beruf längst erforderte. Bei *Spiebula* waren wir weitgehend ohne technischen Schnickschnack ausgekommen.

»Wenigstens kenne ich *dich* in- und auswendig«, murmelte ich, während ich die uralte, mittlerweile leicht verrostete Preisauszeichner-Pistole zur Hand nahm, um die neu angelieferten Bücher zu etikettieren. »Notfalls kann man mit dir auch jemanden erschießen.« Gedankenversunken sortierte ich die Lieferscheine der Sylt-Bildbände aus drei verschiedenen Verlagen und hakte Titel für Titel ab, schließlich durfte weder ein Buch fehlen noch den falschen Preis haben.

»Ich wüsste gerade niemanden, den ich erschießen möchte, aber wen willst du denn aufs Korn nehmen?«

Diese Frage ließ mich zusammenzucken, denn ich hatte niemanden nach oben kommen hören.

»Moin Bea, das ist ja eine schöne Überraschung«, begrüßte ich sie. »Hast du Sehnsucht nach uns?«

»Ja und nein«, antwortete Bea und ließ ihren Blick über das

Warenlager schweifen. »Ich flüchte gerade vor Adalbert, wenn ich ehrlich bin. Er ist seit der Hochzeit noch anhänglicher als sonst, und ich kann mich immer noch nicht so richtig daran gewöhnen, diesen albernen Doppelnamen zu tragen. Vrohne-Hansen klingt irgendwie nach einem Hersteller von Traktoren, findest du nicht? Aber was quatsche ich da für einen Unsinn. In erster Linie wollte ich bei euch mal nach dem Rechten sehen und hören, wie es dir geht. Hast du dich denn mittlerweile gut hier eingelebt?«

Da ich nicht wusste, ob sich dieses *hier* auf Sylt oder das *Büchernest* bezog, antwortete ich wahrheitsgemäß: »Doch, schon. Ist zwar nicht immer alles ganz leicht, aber im Großen und Ganzen machen mir die Arbeit und das Leben hier Spaß.«

Bea lächelte, nahm eines der neuen Bücher zur Hand und blätterte darin: »*111 Orte auf Sylt, die Geschichte erzählen,* von Sina Beerwald. Schöner Titel«, murmelte sie und blickte dann wieder zu mir hoch. »Keine Sorge, Sophie, das wird schon alles. Nele hat mir erzählt, dass David dich nächstes Wochenende besuchen kommt. Hast du Bammel davor, oder freust du dich?«

»Eher Bammel«, antwortete ich, da ich bereits wusste, was auf mich zukam. »Wir müssen einige Dinge regeln, wie zum Beispiel die Auflösung der Wohnung in Wien und ein gemeinsames Sparkonto. Fühlt sich ein bisschen wie Scheidung an, ohne dass wir jemals verheiratet waren.«

»Dann ist es also wirklich endgültig?« Bea wirkte betreten.

»Ich fürchte, ja.« Es fiel mir unendlich schwer, diese Worte laut auszusprechen, auch wenn sich das Wort *endgültig* nach dem letzten Telefonat mit David tatsächlich so anfühlte. »Doch so weh es auch tut, diesmal weiß ich selbst, dass es keinen Sinn mehr hat. Ich liebe David und werde es wohl auch immer tun. Aber wir passen im Alltag einfach nicht zusammen, dazu sind wir letztlich doch zu verschieden. Und Liebe ist nun mal irgendwann vor allem Alltag, nicht wahr?«

Dass sich hinter diesem »Alltags«-Dilemma ein viel tiefer liegendes Problem verbarg, wollte ich Bea nicht sagen – dazu kannte ich sie nicht gut genug.

Bea nickte stumm und nahm mich in den Arm. Diese unerwartete Geste ließ alle Dämme brechen, obwohl ich Larissas Tante noch gar nicht lange, geschweige denn gut kannte. Tränen rollten über meine Wangen und landeten schließlich auf Beas geringeltem Shirt.

»Ach Sophie, das tut mir so leid«, sagte sie und drückte mich noch ein bisschen fester. »Wie kann ich dir helfen?«

»Danke, aber da muss ich wohl alleine durch«, antwortete ich und löste mich widerstrebend aus ihrer tröstlichen Umarmung. Wie gern hätte ich mich jetzt einfach diesem Gefühl der Geborgenheit hingegeben. »Im Grunde mache ich mir seit Jahren etwas vor, und nun ist wohl der Punkt gekommen, einen endgültigen Schlussstrich zu ziehen. Es ist Zeit, nach vorn zu schauen und mir zu überlegen, was ich mit meinem Leben anfangen will.«

Mit einem Leben ohne David.

»Dafür hast du ja auf Sylt zum Glück allerbeste Voraussetzungen«, meinte Bea und lächelte aufmunternd. »Hier bei uns geht keiner so schnell verloren, und wir lassen niemanden im Regen stehen, schon gar nicht so nette Personen wie dich. Larissa und Nele schwärmen in den höchsten Tönen von dir, und ich habe auch schon Anrufe von einigen Keitumern bekommen, deren Kinder vollkommen begeistert von deinen

Buchtipps sind. Lass dir den Inselwind um die Nase wehen, geh am Meer spazieren, genieß Veros Kochkünste und versuch einfach mal alle Sorgen über Bord zu werfen. Ich bin zwar kein Fan des Satzes *Zeit heilt alle Wunden*, denn das ist mir zu simpel, aber ein wenig Abstand zu den Dingen hilft trotzdem. So, und nun erzähl mal: Was war hier in den letzten vier Wochen alles los? Die Umsätze sehen ja gar nicht mal so schlecht aus.«

Beas Trick half, binnen Sekunden war ich voll in meinem Element. Hier oben, unter der Dachschräge des *Büchernests*, die man nur über eine Wendeltreppe erreichen konnte, lag eine Welt, wie sie schöner kaum sein konnte: Ich war umgeben von Stapeln von Büchern, von abenteuerlichen Geschichten, fantasievollen Märchen, traumhaften Bildbänden, inspirierenden Koch- und Gartenbüchern und natürlich meinen geliebten Kinderbüchern.

»Würdest du das Sortiment denn gern erweitern?«, fragte Bea, die meinem Bericht aufmerksam gelauscht hatte und mich nun neugierig musterte. »Ich muss nämlich gestehen, dass weder Lissy noch ich wirkliche Experten auf diesem Gebiet sind. Wir lieben beide die Klassiker, haben aber viel zu wenig Zeit, um uns auf all die neuen Kinder- und Jugendbuchautoren einzulassen, die gerade den Markt erobern, dabei sind da bestimmt tolle Schätze darunter, die nur darauf warten, gehoben zu werden.«

»Logisch, angesichts der belletristischen Neuerscheinungen, die allmonatlich den Markt fluten«, erwiderte ich. »Es ist für eure Kunden bestimmt auch viel wichtiger, über die aktuellen Romane informiert zu werden. Soweit ich die Situation überblicke, kommen doch gar nicht so viele Urlauber mit Kindern oder Teenies auf die Insel.«

»Tja, genau da liegt das Problem«, stimmte Bea seufzend zu und legte die Stirn in Falten. Die jodhaltige Nordseeluft und das viele Draußensein auf den Nachbarinseln in den Flitterwochen hatten ihren Teint gebräunt und sogar einige Sommersprossen auf ihre Nase getupft. »Sylt überaltert allmählich. Die wenigen Insulaner, die es hier noch gibt, kriegen kaum noch Kinder. Erst recht nicht, seit man auf Sylt nicht mehr entbinden kann. Zudem kommen kaum noch junge Leute zu uns. Allenfalls als Tagestouristen. Doch die bleiben dann meist in Westerland hängen und fahren erst gar nicht hierher nach Keitum. Auf Dauer wird es für alle, die vom Tourismus leben, ein bisschen enger, und das gilt natürlich auch für das *Büchernest*.«

»Aber Sylt ist nun mal ein teures Pflaster«, wandte ich ein. »Du darfst auch nicht vergessen, dass die Ostseebäder ganz schön aufrüsten. Die werben mit Sylt-Feeling, sind leichter zu erreichen und nehmen keine solchen Fantasiepreise, wie es manche hier tun. Mal ehrlich, welche Familie mit Kindern kann es sich schon leisten, hier die Ferien zu verbringen, es sei denn, es handelt sich um Millionäre?«

Wir waren immer noch in unsere Diskussion verstrickt, als Nele die Treppe heraufkam und uns beide vorwurfsvoll anstarrte.

»Hallo, jemand daheim?«, fragte sie und klopfte demonstrativ mit dem Finger auf die Armbanduhr, die Sven ihr neulich geschenkt hatte, da sie häufig zu spät zu Verabredungen kam. »Es ist schon halb zwölf. Ich muss dringend rüber zum Reiterhof, um dort eine Katastrophe zu verhindern.«

»Fuhrwerkt Olivia wieder dort herum?«, wollte Bea wissen. »Ich dachte, die Frau sei längst Schnee von gestern.«

»Das war sie auch«, erklärte Nele. »Aber wie das mit Unkraut nun mal so ist: Wenn man glaubt, man hätte es vernichtet, dann taucht es an anderer Stelle wieder auf. Madame ist seit gestern wieder im Lande, wieso auch immer, und bearbeitet Arfst und Sven gerade, eine App für das Hotel programmieren zu lassen. Und Schlafstrandkörbe aufzustellen.«

»Aber das sind doch beides gute Ideen«, wandte ich ein.

In Neles Augen glitzerte Angriffslust. »Weißt du, was so eine blöde App kostet?«, zischte sie, und ich bereute beinahe, Olivias Ideen verteidigt zu haben. »Da steht nichts drauf, was du nicht auch auf der Website findest. Überflüssiger Kram hoch zehn. Und was diese dämlichen Schlafstrandkörbe betrifft: Möchtest du wirklich in so einem Schneewittchensarg liegen und ständig Angst haben, dass dir jemand eins auf die Rübe gibt, ohne dass du ihn kommen siehst? Hast du nicht gehört, wie schnell die Dinger zerstört werden, sobald man sie aufgestellt hat?« Nele stand so unter Strom, dass ich befürchtete, sie würde gleich in tausend Teile zerspringen. »Frag mal die Leute vom Aquaföhr in Wyk.«

»Na, na, na, nun mal ganz mit der Ruhe«, mahnte Bea, fasste Nele an der Schulter und dirigierte sie wieder Richtung Treppe. »Du rufst Sven an und sagst, dass du dich eine halbe Stunde verspätest, trinkst einen Tee mit uns und beruhigst dich erst mal wieder. Wenn du Olivia in diesem Zustand begegnest, hat sie leichtes Spiel. Und das wollen wir doch nicht, oder?«

Ich hatte Mühe, ein Lächeln zu unterdrücken, weil Nele gerade aussah wie ein bockiges Kind, dem man das Lieblingsspielzeug weggenommen hat. Natürlich war es alles andere als leicht für sie, dass Svens Ex-Freundin seit dem Biikebrennen immer mal wieder auftauchte, um bei den Planungen für die Vermarktung des Reiterhofs zu helfen, und sich voller Eifer auf die künftigen Social-Media-Aktivitäten stürzte. Aber ich fand sie weder so bedrohlich noch so unsympathisch wie Nele und Larissa, die in dieser Angelegenheit eine verschworene Einheit bildeten, deren gemeinsamer Feind auf den Namen Olivia hörte.

Im Gegenteil: Sven konnte froh sein über diese kompetente Unterstützung, denn schließlich hatte er alle Hände voll mit anderen Dingen zu tun. Arfst war nicht mehr der Jüngste, und Nele kannte sich zwar mit Innenausstattung und Geldausgeben aus, aber nicht besonders gut mit Instagram, Facebook, Twitter und Co.

Nele klappte erst den Mund auf, dann wieder zu und ging schließlich ohne ein weiteres Wort die Treppe hinunter.

Dann hörte ich sie fragen: »Vero, hast du Beruhigungstee?«

»Na also, geht doch«, sagte Bea schmunzelnd. »Aber Nele hat recht. Wir beide müssen jetzt runter in den Laden. Und da üben wir das mit der Kasse und den Warengruppen noch ein bisschen, ja? Du musst schließlich fit sein, wenn uns die Touristen zu Ostern überrollen. Preise auszeichnen kannst du heute Nachmittag, wenn Nele wieder da ist. Zumindest hoffe ich, dass sie wiederkommt und wir nicht morgen in der Zeitung lesen müssen, dass eine Hamburger Blondine unter mysteriösen Umständen von der Insel verschwunden ist und Nele unter Tatverdacht steht.«

12.
Nele

Mürrisch stapfte sie über die Friedrichstraße und versuchte dem Wind zu trotzen, der nach den vergangenen Tagen wohltuender Stille heftig von Föhr herüberblies.

Nele blieb einen Moment vor dem Schaufenster der Boutique *Scandic* stehen und betrachtete die bunten Kleider und Gummistiefel, die hier verlockend präsentiert wurden.

Doch sie löste schon ein paar Sekunden später den Blick von der Auslage, schließlich wollte sie zum Strand, um sich dort ein bisschen auszutoben, um runterzukommen.

Als sie wieder Kurs auf die Westerländer Promenade nahm, schoss eine dicke, fette Möwe mit ausgebreiteten Schwingen direkt auf sie zu. »Mistvieh«, schimpfte Nele mit vor Schreck pochendem Herzen und schaffte es gerade noch, in Deckung zu gehen. »Du bist wohl nicht ganz dicht! Weißt du, was alles hätte passieren können? Diesen Angriff verzeihe ich dir nur, wenn du gerade auf dem Weg zu deinen Babys warst«, brummte sie und schaute dem Vogel verdutzt hinterher. Dass Möwen sich alles schnappten, was essbar war, und auch nicht davor zurückschreckten, Urlaubern ganze Fischbrötchen aus der Hand zu klauen, war allgemein bekannt.

Aber so eine Attacke ohne ersichtlichen Grund?!

Das ist heute einfach nicht mein Tag, dachte sie, als eine Böe sie im Rücken erwischte und mit grimmiger Macht über die Straße trieb. Nele stemmte sich zunächst entschlossen gegen den Wind, gab aber irgendwann auf und beschloss, das Ganze mit Humor zu nehmen. Bin ich eben schneller am Ziel, wenn ich geschoben werde, dachte sie und freute sich auf den Plausch mit den coolen Surferjungs, die gewöhnlich im Restaurant *Am Strand* abhingen und sich gegenseitig von ihren Abenteuern auf dem Wasser vorschwärmten.

Sie bog am Hotel *Miramar* links ab, schenkte der Hecke aus Sylter Kartoffelrosen nur einen kurzen Seitenblick und bestaunte stattdessen die Schirme der Kiter, die am grauen Himmel herumgeschleudert wurden wie Farbkleckse beim *Action Painting*. Aufgrund der starken Böen wählte Nele diesmal den Weg über die Bohlen, anstatt sich wie sonst am Anblick der Buhnen und Lahnungen zu erfreuen und den feinen Sand mit den nackten Füßen aufzuwirbeln.

Als sie die Treppe zum Restaurant nach oben ging, musste sie sich am Geländer festhalten, um nicht von der Düne geweht zu werden.

»Moin Nele, lange nicht mehr gesehen«, begrüßte Kai sie am Eingang. »Brauchst uns wohl nicht mehr, seitdem du mit diesem Typen vom Reiterhof zusammen bist.«

Nele stutzte. Schwang in der Stimme des Restaurantleiters womöglich so etwas wie Eifersucht mit? Aber wieso? Er hatte doch eine tolle Freundin: Svenja, eine wunderhübsche Kitesurferin, die zudem eine ausgesprochen künstlerische Ader hatte, wie Nele neidlos anerkennen musste. Svenja zeichnete, malte, fotografierte, designte Surfmode und arbeitete neuerdings auch als Aushilfe in der Galerie *Dünenmeer* in List.

»Das hat doch damit nix zu tun, Kai«, widersprach Nele. »Ich bin nur ein bisschen im Stress. Ich arbeite die Neue im *Büchernest* ein, helfe bei den Planungen für den Umbau des Reiterhofs und illustriere gerade mal wieder ein Kinderbuch. Also, hast du einen Platz für mich, oder soll ich hier Wurzeln schlagen?«

»'tschuldigung, komm rein«, erwiderte Kai, sichtlich verlegen. »Wir sind zwar voll, aber du kannst dich da hinten im Rondell an den Tisch zu der jungen Dame setzen, die sich vor ein paar Minuten hier hereingeflüchtet hat.«

Neles Augen folgten der Richtung, in die Kai deutete. »Was machst du denn hier? Ich dachte, du bist noch mit David unterwegs«, sagte sie dann und schreckte mit dieser Frage Sophie auf, die offenbar vollkommen in Gedanken versunken gewesen war.

»Nele, wie schön«, erwiderte sie, doch ihr Gesicht sagte etwas ganz anderes. Hatte sie etwa geweint? »Setz dich doch, wenn du magst.«

»Na? Was wollt ihr beiden Hübschen trinken? Tote Tante, Pharisäer, Prosecco?«, wollte Kai wissen.

Nele sah auf die Uhr, es war kurz nach fünf am Nachmittag. »Also, ich hätte gern eine Tote Tante, allerdings ohne Sahne«, sagte sie und schaute Sophie fragend an. »Und du? Gibt's schlechte Nachrichten zu verdauen?«

Da Sophie nickte, sagte Kai: »Alles klar, zwei Tote Tanten«, und machte auf dem Absatz kehrt.

»David ist seit heute Vormittag schon wieder weg«, murmelte Sophie und schaute angestrengt durch das Panoramafenster auf die aufgepeitschte Nordsee. »Gestern Abend waren wir in Keitum essen und haben – wie ich finde – ganz gut über unsere Beziehung geredet und vieles geklärt, was schieflief. Heute Morgen, beim Frühstück in der *Kleinen Teestube*, hat er mir dann erzählt, dass er eine Neue hat.«

»Jetzt sag bloß, eine seiner Studentinnen?«, fragte Nele bestürzt.

»Nein, nicht ganz so klischeehaft«, antwortete Sophie und putzte sich die Nase. »Aber es tut trotzdem höllisch weh. Zu verdauen, dass die Trennung diesmal wirklich endgültig ist, ist schon schwer genug. Aber zu wissen, dass er schon seit drei Wochen glücklich mit einer Dozentin herumturtelt, bricht mir das Herz, auch wenn das in unserer Beziehung schon zwei Mal vorgekommen ist. Sosehr ich auch versuche, mich dagegen zu wehren, ich bekomme diese Bilder einfach nicht aus dem Kopf. Ich sehe die beiden Händchen halten, gemeinsam durch Wien schlendern, in Museen gehen, miteinander schlafen ...«

»Halt, Stopp! Pausentaste, aber fix!«, rief Nele und bedeutete dem Barkeeper, sich mit den Getränken zu beeilen. »So was Grausames darfst du dir auf gar keinen Fall ausmalen, sonst drehst du durch. Bitte glaub mir, ich weiß, wovon ich spreche. Aber bist du wirklich sicher, dass die Beziehung tatsächlich erst drei Wochen alt ist und nicht schon lief, als du noch in Wien gewohnt hast?«

»Keine Ahnung«, antwortete Sophie kaum hörbar. Ihre Augen hatten allen Glanz verloren. Die brünetten, sturmzerzausten Haare glichen einem Krähennest. »Aber das ist im Grunde auch egal. Dass David so schnell eine Neue hat, zeigt nur, dass wir uns die Runde mit Wien im Grunde hätten sparen können. Wäre ich ihm nicht dorthin gefolgt, hätte ich meinen Job in Hamburg noch und wäre mit der Verarbeitung der Trennung bestimmt schon ein gutes Stück weiter.«

Neles Aufmerksamkeit wurde von einer Gruppe Kitesurfer abgelenkt, die von Kai an einen freien Tisch in dem zur Terrasse gelegenen Teil des Restaurants dirigiert wurden. Unter ihnen waren einige gute Bekannte, aber auch zwei Männer, die sie noch nie gesehen hatte.

»Hätte, hätte, Fahrradkette«, antwortete sie mechanisch und studierte dabei aufmerksam die beiden Kerle, die sich gerade mit Kai unterhielten.

Der Hüne mit der weizenblonden Sturmfrisur, dem markanten Gesicht und dem Bart kam ihr doch irgendwie bekannt vor.

Aber wo hatte sie ihn schon mal gesehen?

»Na, du bist ja 'ne tolle Freundin«, beschwerte sich Sophie, nun mit deutlich festerer Stimme. »Kann ich jetzt weiterreden, oder brauchst du noch einen Moment, um die Typen mit den Augen zu verschlingen? Halllooooo, ich rede mit dir!«

Nele zuckte zusammen und wandte sich wieder Sophie zu.

In diesem Moment servierte Kai die beiden Heißgetränke, die appetitlich dufteten und gemütlich vor sich hin dampften.

»Kai, wer sind denn die beiden, die gerade an den Tisch der Kiter gegangen sind?«, fragte Nele ohne Umschweife und ignorierte damit geflissentlich Sophies Protest. »Die habe ich hier noch nie gesehen.«

»Kunststück, du kommst ja auch momentan nicht mehr aus deinem Dorf heraus«, konterte Kai, immer noch mit leicht vorwurfsvollem Unterton. »Aber weil du's bist und sonst vor Neugier gleich tot umfällst: Das sind Manne und Ole, zwei

Brüder aus List. Ole gehört die Galerie *Dünenmeer*. Den müsstest du eigentlich kennen, jetzt wo List wegen des großen Jubiläums ständig in der Zeitung steht.«

Ach daher, dachte Nele. Dann ist Ole ja der Chef von Kais Freundin Svenja. Laut fragte sie: »Und wie alt sind die beiden?«

»Manne ist so um die ... warte mal ...« Kai schien zu rechnen. »Er müsste so Mitte vierzig sein und Ole um die fünfzig. Für sein Alter ist Ole echt gut in Form, das kann man nicht anders sagen. So, jetzt muss ich aber, die Jungs brauchen nach dem Kiten was Ordentliches auf die Rippen und hinter die Kiemen.« Sprach's und verschwand in den Nebenraum.

»Tut mir leid, Sophie, das war weder besonders nett noch besonders höflich«, entschuldigte sich Nele. »Aber dieser Ole kam mir total bekannt vor, ich wusste nur nicht, woher.«

»Na, das haben wir ja jetzt geklärt«, erwiderte Sophie, die ihren Becher bereits geleert hatte. »Können wir jetzt bitte wieder über mich sprechen? Ich brauche dringend jemanden zum Reden, sonst platze ich. Was soll ich denn jetzt tun, Nele? Wie bekomme ich David und seine Neue am schnellsten aus dem Kopf?«

»Hast du die Schnecke mal gegoogelt?«, fragte Nele und zückte ihr Handy. »Ich finde, es ist immer gut, den Feind zu kennen. Als Olivia unangemeldet bei Sven aufgetaucht ist, habe ich die halbe Nacht das Netz durchforstet und weiß nun alles über sie.«

Sophie betrachtete Nele mit einer Mischung aus Bewunderung und Amüsiertheit: »Was heißt hier Schnecke? Tabea Wilkens ist eine äußerst angesehene und hochgelobte Dozentin, beliebt bei den Studenten und im ... äh, Kollegium ...«

»Du *hast* sie also gegoogelt«, stellte Nele zufrieden fest. »Mach dich aber jetzt bitte nicht klein und rede dir etwas ein wie: *Der kann ich sowieso nicht das Wasser reichen.* Du hast ebenfalls jede Menge auf dem Kasten, bist liebenswert, klug, hilfsbereit. Und hübsch. Allerdings müssen wir dringend was mit deinen Haaren machen, dieses Nest auf deinem Kopf geht gar nicht. Wieso bin eigentlich immer ich diejenige, die Lissy und dich daran erinnern muss, auch mal in den Spiegel zu schauen oder zum Friseur zu gehen? Unfassbar! Als ob ich nicht schon genug zu tun hätte.«

Neles dramatischer Griff ans Herz brachte Sophie zum Lachen.

»Aber jetzt mal im Ernst. Ich schlage in den kommenden Tagen ein straffes Ablenkungsprogramm für dich vor. Das hält dich erst mal vom Grübeln ab. In der Zwischenzeit hat deine Seele Zeit, sich zu erholen und sich an den Gedanken zu gewöhnen, dass David und du nun wirklich getrennte Wege geht. Ich persönlich würde mich in so einer Situation sofort auf den Nächstbesten stürzen, der schnell genug aus seinem Neoprenanzug herauskommt, aber dafür bist du ja nicht der Typ.«

»Unsinn, das würdest du doch nicht wirklich machen, so verknallt, wie du in Sven bist, oder?«, fragte Sophie mit Skepsis im Blick. »Das hätte die Nele von früher getan, aber du hast dich ziemlich verändert, wenn ich das mal so sagen darf.«

»Findest du?« Nele war irritiert. »Wie ... wie meinst du das genau? Aber sag jetzt nichts Falsches, sonst schubse ich dich auf dem Nachhauseweg in die Nordsee. Ich möchte auf gar keinen Fall so eine typische Beziehungstussi sein, die alles in ihrem Leben nur noch nach ihrem Freund ausrichtet, ständig mit ihm zusammengluckt und bei der jeder zweite Satz mit *Wir* beginnt. Bitte, bitte sag, dass ich nicht so geworden bin.«

Sophie grinste. »Nicht ganz, doch für deine Verhältnisse schon ungewöhnlich. Aber hey, das ist doch nichts Schlimmes. Sven und du seid erst ein paar Monate zusammen, und er ist wirklich ein toller Mann. Da ist es doch ganz normal, dass man seine Verliebtheit in die Welt hinausschreien möchte. Außerdem hängt ihr doch gar nicht ständig zusammen, sonst wärst du jetzt nicht hier.«

Nele zog einen Flunsch und nippte dann an ihrem Getränk. »Ehrlich gesagt bin ich nur hier, weil wir uns vorhin total gezofft haben«, gestand sie mit gesenktem Blick. »Sven hat mir gesagt, dass Olivia mindestens drei Wochen vor der Eröffnung des Hotels auf dem Reiterhof wohnen wird, um sich in aller Ruhe um die Pressearbeit und den Empfang der Journalisten und TV-Teams zu kümmern, die das neue Konzept schon vor allen anderen zu sehen bekommen werden. Arfst hat Sven wohl so lange bequatscht und weichgeklopft, bis er schließlich nachgegeben hat. Olivia und Sven, Tür an Tür, ist echt kein Grund zum Jubeln für mich, und das habe ich Sven leider auch genauso ungefiltert an den Kopf geknallt.«

»Oha!« Das war alles, was Sophie für den Moment dazu einfiel.

Eifersucht ist eine Leidenschaft, die mit Eifer sucht, was Leiden schafft, hatte ihr mal jemand ins Poesiealbum geschrieben, als Nele neun Jahre alt gewesen war.

Und da war leider viel Wahres dran.

Hoffentlich war Sven nicht mehr böse auf sie, wenn sie sich später trafen, um gemeinsam zu kochen.

13.
Larissa

»Süße, ich finde es grandios, dass du wieder ein bisschen mobiler bist«, sagte Nele und strahlte ihre Freundin an, die warm eingemummelt und überglücklich auf einer Liege in ihrem Garten lag.

Es war ein lauer Frühlingsabend, der Ostersonntag neigte sich allmählich dem Ende zu. Vögel zwitscherten fröhlich in den Bäumen, die endlich sattes Grün trugen; der Wind ließ hin und wieder weiße Kirschblütenblätter sanft zu Boden segeln. Larissa konnte es immer noch kaum fassen, dass ihre Gynäkologin die strikte Bettruhe bis auf Weiteres aufgehoben hatte und sie keine Gefangene mehr in ihrem eigenen Schlafzimmer war. Trotzdem sollte sie nach wie vor überwiegend liegen und sich schonen.

Olli hantierte am Grill, beäugt von Adalbert, Leon und Hinrich, die sich gerade darum stritten, welche Holzkohle die beste war. Lissy liebte den Duft der glühenden Briketts, genau wie das Grillen.

Doch viel mehr noch liebte sie es, Familie und Freunde um sich zu scharen und endlich wieder ein bisschen mehr mit ihrer Tochter spielen zu können.

»So, hier kommen die Grillsachen«, sagte Vero. »Bea, räumst du mal bitte den Tisch frei? Ich brauche jede Menge Platz.«

»Davon gehe ich aus«, erwiderte diese grinsend und nahm Vero zwei voll beladene Tabletts ab. »Himmel, was hast du denn da wieder Tolles gezaubert? Und wer soll das alles bitte schön essen?«

Vero zuckte ungerührt die Schultern. »Na ja, ist halt wie immer für jeden etwas dabei. Fleisch und Würstchen für diejenigen, die es traditionell mögen. Maiskolben, Gemüsespieße, Halloumi, kleine Päckchen mit Schafskäse, getrockneten Tomaten und ...«

Sie kam gar nicht dazu, ihre Aufzählung zu beenden, weil Olli ihr ins Wort fiel: »Halloumi, ist das dieses Quietschezeugs?«, wollte er wissen und schnitt dabei eine Grimasse, als würde er auf der Stelle tot umfallen, wenn er auch nur einen Happen von dem Grillkäse aß, der gerade sehr *en vogue* war. »Bei dem kriegt man doch schon vom bloßen Anschauen eine Kiefersperre und einen Hörsturz, weil das Teil beim Kauen so einen Lärm macht.«

Nele grinste und hielt den Daumen hoch.

»Aber doch nicht der Halloumi aus Milch von Sylter Schafen!«, konterte Vero empört. »Wofür hältst du mich? Für eine Sadistin? Sei mal lieber froh, dass ich deinen neuen Hang zu Fitness und Diät respektiere und dich nicht dazu verdonnere, fettes Bauchfleisch zu essen.«

Olli murmelte: »Das wäre ja noch schöner«, und entfachte die Glut mithilfe eines Blasebalgs.

»Kinners, streitet euch nicht, heute wird gefeiert«, ergriff nun Hinrich das Wort. »Adalbert, holst du die Gläser? Wir müssen anstoßen. Auf Lissy, auf das Baby, auf Sophie, den neuen Star des *Büchernests*, auf das frischgebackene Ehepaar, das noch nicht die Scheidung eingereicht hat, aber vor allem auf uns und unsere schöne Gemeinschaft. Und natürlich darauf, dass das Ostergeschäft im neuen Laden so super läuft, wie mir Bea vorhin erzählt hat. Da lohnt sich doch die Schufterei an den Feiertagen.«

»Das klang ja wie eine *Oscar*-Dankesrede«, kicherte Vero und puffte Hinrich in die Seite. »Und was ist bitte schön mit mir? Weltbester Köchin, hingebungsvoller Mutter, Oma und Ehefrau?«

»Auf Lissy, das *Büchernest*, und auf Vero und ihre Kochkünste«, wiederholten ein paar Minuten später alle im Chor, während Sölviin, Weißwein aus Keitum, goldgelb in den Gläsern schimmerte.

»Ihr seid lieb«, sagte Larissa ein wenig verlegen, da alle Blicke auf sie gerichtet waren. Sie selbst trank Johannisbeerschorle, Hinrich mochte lieber Bier und war nach seinem Herzinfarkt vor gut zwei Jahren ohnehin sehr zurückhaltend mit Alkohol.

»Wo wir hier gerade alle so nett beisammenstehen«, ergriff nun Olli das Wort, übergab Hinrich den Blasebalg und hob erneut das Glas. »Ich habe auch etwas zu erzählen. Ich … ich ziehe zu Jürgen. Er hat eine tolle, große Wohnung für uns beide in Sankt Georg gefunden und auch einen Job für mich. Das Restaurant *Cox* hat mir eine Stelle als Koch angeboten, ist das nicht großartig?«

Dieses *Großartig* klang allerdings nicht besonders euphorisch, bemerkte Larissa und sah Tränen in den Augen ihres guten Freundes glitzern.

»Glückwunsch«, rief Vero und fiel Olli um den Hals.

Die beiden waren von Anfang an ein Herz und eine Seele gewesen, genau wie Paula und Olli, die sich sogar Adalberts Haus am Watt und viele große und kleine Geheimnisse geteilt hatten.

»Das sind ja großartige Neuigkeiten. Endlich hast du den Mann gefunden, der dich von Herzen liebt. Aber versprich mir bitte eins: Vergiss vor lauter Fitness und gesunder Ernährung nicht, es dir auch mal gut gehen zu lassen, sonst fahre ich nach Hamburg und sorge höchstpersönlich dafür, dass du nicht vom Fleisch fällst.«

Während die beiden sich in den Armen lagen, kämpfte Larissa mit einem Kloß im Hals.

Erst war Paula gegangen, und nun Olli.

Brach ihre kleine verschworene Sylter Gemeinschaft auseinander? Auch wenn sie Olli seit dem Wasserschaden im *Büchernest* nur noch selten zu Gesicht bekommen hatte, hing sie sehr an dem lebenslustigen, optimistischen »Faktotum« des *Büchernests*, das bislang so manche Krise mit einem Lächeln auf den Lippen und dem Song *Always Look on the Bright Side of Life* gemeistert und ihr stets Mut zugesprochen hatte.

»Schatz, sei nicht traurig, du kannst Olli jederzeit besuchen, sobald das Baby da ist«, sagte Leon und gab Larissa einen Kuss. Liu bekam gar nicht mit, wie traurig ihre Mutter gerade war, denn sie spielte fröhlich in der Sandkiste und sang mit ihrer zarten Kinderstimme vor sich hin.

»Ich besuche euch natürlich, mindestens einmal im Monat«, versprach Olli mit brüchiger Stimme. »Ihr seid jetzt so lange meine Familie gewesen, da kann ich doch gar nicht anders. Oje, ihr werdet mir alle furchtbar fehlen.«

»Nun heul hier mal nicht rum, das sind doch wunderbare Neuigkeiten«, ergriff nun Bea, energisch wie immer, das Wort. »Hast schließlich lange genug als Kellner herumgewerkelt, wird Zeit, dass du mal wieder in deinem Beruf arbeitest und dieses Hamburger Restaurant außerdem einen guten Koch wie dich bekommt. Und nun wird nicht mehr geschnackt, sondern gegessen. Ich habe Hunger.« Nur wer genau hinsah, bemerkte, dass Beas Mundwinkel zitterten.

Wie auf Kommando nahmen alle am langen Tapeziertisch Platz, den Leon am Nachmittag aus dem Keller geholt und mit einem blau-weiß gemusterten Tuch bedeckt hatte. In der Mitte stand ein Krug, gefüllt mit Tulpen und Ranunkeln, die wunderschön frühlingshaft anzusehen waren.

Adalbert verteilte das Grillfleisch, und für diejenigen, die es lieber vegetarisch mochten, all die anderen Köstlichkeiten, die Vero zubereitet hatte. Sophie schenkte Wasser nach, und Hinrich stand am Grill.

In diesem Moment klingelte es.

Da alle ins Gespräch vertieft waren und Larissa immer noch ihren wehmütigen Gedanken nachhing, war sie die Einzige, die das Läuten bemerkte. »Irgendjemand ist an der Tür, machst du auf?«, bat sie ihren Mann. Ein wenig seltsam war das schon, denn sie erwarteten weiter niemanden, und es war Ostern. Aber vielleicht spielten die Nachbarskinder ihnen ja auch nur einen Klingelstreich.

Als Leon wiederkam, hielt er einen länglichen Umschlag in der Hand und machte ein ernstes Gesicht.

In Larissas Bauch begann es zu rumoren. »Was ist das für ein Brief? Wer hat ihn abgegeben?«, fragte sie und nahm Leon, ohne seine Antwort abzuwarten, den Umschlag ab. »Oh, der ist von unserem Vermieter«, erklärte sie, nachdem sie die Absenderadresse gelesen hatte, und hatte nun Beas volle Aufmerksamkeit. »Aber was will der von uns?«

Keine zehn Sekunden später kannten alle Anwesenden die Antwort: Der Besitzer des Hauses, in dem das alte *Büchernest* untergebracht war, kündigte Bea und Lissy den Pachtvertrag wegen Eigenbedarfs. Bis zum Ende des Sommers mussten sie den Laden geräumt haben.

»Ist das denn überhaupt rechtens?«, fragte Vero, die sich als Erste aus der Schockstarre löste. »Die können uns doch nicht so einfach rauswerfen, oder?« Ihr banger Blick suchte den ihres Mannes.

Lissy wurde übel.

Das war definitiv das Ende des Traums vom Buchcafé.

Von diesem Schlag würden sie sich garantiert nicht mehr erholen.

»Das ist doch ein verfrühter Aprilscherz, oder?«, rief Nele empört. »Sind die noch ganz dicht? Der Typ weiß doch genau, dass wir uns alle gerade den Ar-, äh, den Po abschuften, um den Laden wieder in Gang zu bringen und die Renovierung zu stemmen, damit wir bald wieder neu durchstarten können.«

Mittlerweile las Adalbert das Schreiben, das an diesem Feiertag eigens von einer Notargehilfin abgegeben worden war.

»Ich will euch ja nicht beunruhigen, aber ich kenne den Mann«, sagte er. »Wenn euer Vermieter so etwas schreibt, dann hat er sich vorher juristisch abgesichert.«

»Und nun?«, fragte Sophie, die unter ihrer leichten Sonnenbräune weiß wie die Wand war.

»Keine Sorge, für dich ändert sich nichts«, beeilte sich Lissy, sie zu beruhigen. Doch in ihrem Innern tobte ein Orkan.

Wie sollten sie sich an das Versprechen, Sophie ein Jahr lang im Laden zu beschäftigen, halten, wenn ihnen gerade die Existenzgrundlage geraubt wurde?

Unter solchen Voraussetzungen brauchten sie im Grunde auch nicht mehr länger in der neuen Dependance weiterzuarbeiten und Inekes Großzügigkeit in Anspruch zu nehmen.

Lissy sah keinen Ausweg mehr.

Für alle, außer ihr selbst und Sophie, waren die Dinge auch unabhängig vom *Büchernest* geregelt: Paula brauchte sich keine Sorgen mehr darum zu machen, wer sich weiterhin um die *Inselkrabben* kümmerte, für den Fall, dass Bennys Genesungsprozess noch länger dauerte. Olli war gerade gut in Hamburg untergekommen. Nele verdiente ihr Geld auch ohne das *Büchernest* und würde über kurz oder lang vielleicht sogar in Svens Hotelprojekt einsteigen, falls die beiden bis dahin ihre Streitereien wegen Olivia beigelegt hatten. Sven und Arfst waren beim heutigen Grillfest nur deshalb nicht dabei, weil zwischen Nele und Sven mal wieder ziemlich dicke Luft herrschte.

Vero konnte ihrer Leidenschaft fürs Kochen auch anderswo nachgehen, und Bea würde sicher mit Adalbert noch die eine oder andere Reise unternehmen, wenn er gerade keine Yogastunden gab. Da nun sowohl Paula als auch Olli nicht mehr länger in seinem Haus am Watt wohnen würden, konnte Adalbert im Grunde auch vermieten oder verkaufen.

Larissa suchte den Blick ihrer Tante, die wie versteinert dasaß und keinen Ton sagte. Nur das Mahlen ihres Kiefers verriet, dass es gerade heftig in ihr arbeitete.

»Tja, meine Lieben, das war's dann wohl«, sagte sie schließlich nach einer gefühlten Ewigkeit, während die Augen aller gespannt auf sie gerichtet waren. »Erst die Buchhandelskrise, dann der Wasserschaden und nun auch noch der Rausschmiss. Ich denke, es ist an der Zeit, den Tatsachen ins Auge zu sehen – das mit dem *Büchernest* soll wohl nicht mehr sein, leider. Sophie, du hast natürlich nichts zu befürchten. Wir zahlen dir dein Gehalt, wie vereinbart, für das komplette Jahr. Du bist herzlich eingeladen, auch weiterhin bei uns im Pavillon zu wohnen, wenn es dir hier auf Sylt gefällt. Ich kann dich auch gern befreundeten Buchhändlerkollegen weiterempfehlen, wenn du magst.«

»Danke, das ist lieb«, murmelte Sophie, sichtlich vor den Kopf geschlagen. »Aber wollt ihr diese Entscheidung nicht in aller Ruhe treffen, statt aus dem Affekt heraus? Immerhin hängt Larissas Existenz am *Büchernest*. Das Buchcafé ist seit Jahren euer gemeinsames Baby. Es wäre wirklich jammerschade, alles über Bord zu werfen. Wenn wir uns zusammentun und gemeinsam nachdenken, fällt uns doch sicher eine Lösung ein!«

»Das sehe ich ganz genauso«, meldete sich nun auch Adalbert zu Wort und drückte Beas Hand. Sein Ehering glänzte in der Abendsonne. »Momentan bist du wütend und siehst keine andere Möglichkeit, was ich gut nachvollziehen kann. Eure Branche hat arg zu kämpfen, und es kann wirklich sein, dass man auf Dauer vollkommen neue Wege gehen muss, um marktfähig zu bleiben, das will ich alles weder kleinreden noch beschönigen. Aber vergiss eines nicht: Wir sind ein Paar, ja sogar eine Familie. Wenn Paula und Olli wirklich dauerhaft in Hamburg leben, sehe ich keinen Grund, das Watthaus länger zu behalten, es sei denn, als neue Unterkunft für das *Büchernest*.«

Schlagartig war es mucksmäuschenstill im Garten.

Larissa hielt die Luft an, Liu hörte auf zu singen, selbst die Vögel verstummten.

Das wäre die Lösung, dachte Lissy, und schöpfte Hoffnung.

Bis Bea sagte: »Das kommt nicht infrage. Ich mache mich auf gar keinen Fall abhängig von dir, das würde unserer Beziehung nur schaden. Wenn uns keine andere Lösung einfällt, bleibe ich bei meiner Entscheidung. Denn wie heißt es so schön? Besser ein Ende mit Schrecken als ein Schrecken ohne Ende.«

14.
Sophie

»Rot, schwarz oder silber? Was meinst du, Schatz?«

Die Kundin sah ihren Mann mit großen Augen an, nachdem beide stundenlang die Schautafeln mit den Sylt-Aufklebern studiert hatten. »Gold ist irgendwie auch hübsch. Oder wie findest du die in 3-D?«

»Du fährst aber auch auf alles ab, was glitzert, Heidi«, knurrte der Gefragte augenrollend. »Reicht doch, dass deine Strandtasche blinkt wie ein Weihnachtsbaum. Wir nehmen rot, eindimensional, und damit basta. Hast du nicht gesehen, wie teuer die Dinger sind?«

Ich öffnete das Holzkästchen, in dem die heiß begehrten Aufkleber aufbewahrt wurden, wartete aber sicherheitshalber ab. »Rot und blau schmückt die Sau, Dieter«, entgegnete Heidi schnippisch. »Das können wir auf gar keinen Fall machen. Unsere Nachbarn in Gummersbach lachen sich ja tot.«

»Spinnst du?«, konterte Dieter, nun wirklich aufgebracht. »Unser Auto ist doch gar nicht blau, sondern türkis.«

Während Heidi und Dieter sich darüber stritten, welche Farbe ihr Wagen hatte, gähnte ich verstohlen.

Gestern Abend war es spät geworden, und ich hatte zudem schlecht geschlafen.

Was würde aus mir werden, wenn ich nicht mehr weiter im *Büchernest* arbeiten konnte? Meinen Job in der Hamburger Eventagentur hatte längst eine andere, mit der man sehr zufrieden war, wie ich durch eine ehemalige Kollegin wusste. Die Hamburger Wohnung hatte ich wegen des Umzugs nach Wien gekündigt, und es würde sicher schwer werden, etwas Bezahlbares zu finden.

Natürlich konnte ich eine Weile bei meinen Eltern oder Freunden unterkommen, doch der bloße Gedanke daran, wieder in die Stadt zurückzukehren, aus der ich mit so viel Hoffnung und Zuversicht aufgebrochen war, schmerzte.

Zudem hatte ich die Trennung von David immer noch nicht verdaut. Aber ich war, trotz allem, noch nicht bereit, diese erneute Niederlage kampflos hinzunehmen.

»Silber, in 3-D«, sagte Heidi bestimmt, reckte trotzig das Kinn und sah zu, wie Dieter, offensichtlich genervt, in seinem Portemonnaie kramte, während ich den Betrag ins Kassenprogramm eintippte. »Danke Schatz, du bist mein allerliebster, tollster Bär«, gurrte Heidi und kraulte Dieter den Bart. Keine Ahnung, wie die Blondine mit dem dunklen Haaransatz und den pinkfarbenen Stilettos es geschafft hatte, sich durchzusetzen, während ich in Gedanken ganz woanders gewesen war. Doch sie hatte ihren Willen bekommen, was mir selbst in letzter Zeit viel zu selten gelang.

Vielleicht sollte ich Heidi mal um eine kleine Nachhilfestunde bitten?

»Viel Spaß noch auf Sylt«, rief ich den beiden hinterher, als sie den Laden verließen, natürlich ohne ein Buch gekauft zu haben. In der Tat liefen Briefmarken, Postkarten, Reiseführer, Fahrradkarten und maritime Geschenkartikel heutzutage den Büchern umsatzmäßig den Rang ab. Seufzend ging ich auf und ab, rückte Romane zurecht, wischte hier und da Staub und kochte mir schließlich einen Tee. Im Gegensatz zu den vergangenen Tagen kam eine ganze Stunde lang niemand, sodass die Zeit sich wie Kaugummi zog. Natürlich war heute Feiertag, aber die Insel verzeichnete über Ostern einen Besucherrekord, wie Leon mir gestern erzählt hatte.

Entsetzt über Beas Alleingang, war er zu späterer Stunde noch mit ihr aneinandergeraten.

Nur Lissys Bitte, es für heute doch gut sein zu lassen, hatte ihn davon abgehalten, ihrer Tante schonungslos die Meinung zu geigen. Auch Adalbert hatte an Beas Auftritt zu knapsen gehabt, das sah man ganz deutlich. Es war ja auch weder besonders nett noch feinfühlig, ihn vor versammelter Mannschaft zu brüskieren, obwohl er nur ihr Wohl und Lissys im Auge gehabt hatte.

So gern ich Bea auch mochte, sie war in der Tat ein Dickschädel und keine einfache Gegnerin, wenn man sie erst einmal gegen sich aufgebracht hatte. Andererseits hatte sie ein Herz aus Gold und war jederzeit bereit, für ihre Liebsten durchs Feuer zu gehen. Sie wusste – ähnlich wie die Kundin Heidi eben – sehr genau, was sie wollte und was nicht. Soweit mir bekannt war, gab sie nur äußerst selten klein bei und bewahrte sich unter allen Umständen ihren friesischen Stolz.

»Künftig ein bisschen mehr Heidi und ein bisschen weniger Sophie.«

Diesen guten Vorsatz murmelte ich vor mich hin, während ich die Postkarten in dem Ständer sortierte, der im Eingang stand. Viele Motive waren nur noch in geringen Mengen vorhanden und mussten bald nachbestellt werden.

Doch halt! Wozu eigentlich?

Wenn es nach Bea ging, sollte das *Büchernest* lieber heute als morgen für immer seine Pforten schließen.

»Hey Süße, alles gut bei dir?«, fragte Nele, die gerade vom Rad stieg und es dann vor dem Eingang abschloss. »Hast du auch so bescheiden geschlafen wie ich?«

»Das kann man so sagen«, antwortete ich und war froh, endlich jemanden zum Reden zu haben. »Nach dem Schock aber auch kein Wunder.«

An sich sollte Nele mich zur Mittagspause ablösen, aber ich hatte viel eher das Bedürfnis, mit ihr über die neue Situation zu sprechen, als mir ein Fischbrötchen zu kaufen und in Keitum spazieren zu gehen, wie ich es sonst so gerne tat.

»Ich weiß auch noch nicht, was ich zu alledem sagen soll«, meinte Nele und ließ sich dann stöhnend auf eines der Sofas fallen. »Jetzt haben wir uns gerade hier eingefuchst und die Kooperation mit dem Hotel eingefädelt, haben den Kredit von Ineke in der Tasche, und nun das. O Mann, mir platzt gleich der Schädel von dem ganzen Wirrwarr. Vor allem tut es mir leid für Lissy und dich. Du hast dich hier gut eingelebt, und Lissy hat die gute Nachricht bekommen, dass sie erst mal wieder ein bisschen halblang mit ihrem Hausarrest machen kann. Ich bin immer noch im Zoff mit Sven und kann mir ziemlich gut vorstellen, dass auch Bea und Adalbert sich heute Nacht noch in die Haare geraten sind. Allmählich glaube ich, dass so was wie ein Fluch über diesem ganzen Projekt liegt.«

»Ach Unsinn«, widersprach ich. »Ich denke, dass sich alle Beteiligten erst mal beruhigen und dann miteinander sprechen müssen. Vor allem Bea und Lissy. Vero steht dem Ganzen doch, glaube ich, ein bisschen entspannter gegenüber.«

»Da täusch dich mal besser nicht«, entgegnete Nele und zwirbelte eine rote Locke um den Finger. »Sie hat sich total in die Idee dieser Lesungsdinner verliebt, die das Hotel plant. Sie ist zwar ein absolutes Familientier, hat aber auch keine Lust, den lieben langen Tag mit Hinrich zusammenzuglucken oder auf die Enkel aufzupassen, weil ihre Kinder sich ständig Trips ans Festland und sonstige Reisen gönnen. Nee, nee, die wird auch noch ihren Senf dazugeben, wirst schon sehen.«

»Hm«, war alles, was mir für den Moment dazu einfiel. »Dann sollten wir erst mal die Nerven bewahren und zusehen, was sich in den nächsten Tagen alles ergibt. Bis dahin machen wir eben weiter wie gewohnt. Wobei heute ein ausgesprochen mauer Tag ist. Ich habe nur einen Sylt-Aufkleber, ein Sylt-Magazin und eine Kfz-Blende mit Keitum-Motiv verkauft.«

»Na, immerhin etwas«, erwiderte Nele grinsend und stand wieder auf. »Sag mal, wäre es okay für dich, wenn ich nach deiner Pause ins Atelier gehe und dort weiter an meinem Kinderbuch arbeite? Sollten die Kunden dich wider Erwarten überrennen, klingelst du einfach. Vorhin bin ich ans Morsum-Kliff geradelt, habe mir ein bisschen den Wind um die Nase wehen lassen, die Farben dort inhaliert, und jetzt bin ich hoch motiviert, weiterzuzeichnen.«

»Kannst mir auch einfach ein Brot schmieren und dann nach oben gehen«, entgegnete ich. »So dringend brauche ich gar keine Pause. Ich schlafe sowieso nur ein, wenn man mich irgendwo unbeaufsichtigt lässt.«

»Abgemacht!«, antwortete Nele erfreut. »Mein Kühlschrank ist zwar leer, aber ich bin sicher, dass Vero etwas Leckeres in der Küche gebunkert hat. Ich seh mal eben nach.«

Kaum war Nele verschwunden, betrat ein großer, breitschultriger Mann das *Büchernest* und grüßte mit einem knappen »Moin«.

Ich erwiderte das »Moin« und überlegte, wo ich den blonden Hünen, der aussah wie ein friesischer Pirat, schon einmal gesehen hatte. »Was kann ich für Sie tun?«

»Ich suche ein Buch mit dem Titel *Von Walfängern und Strandräubern*, das leider schon länger vergriffen ist. Deshalb klappere ich sämtliche Buchhandlungen auf der Insel ab, in der Hoffnung, dass eine es noch zufällig am Lager hat.«

»Tut mir leid, da kann ich Ihnen auch nicht weiterhelfen. Unser gesamter Warenbestand ist letztes Jahr bei einem Wasserschaden zerstört worden. Haben Sie es schon online oder antiquarisch versucht?«

Der Kunde nickte, sagte »Schade« und wirkte tatsächlich sehr enttäuscht. In dem Moment fiel mir wieder ein, wo ich ihn schon mal gesehen hatte: im Restaurant *Am Strand*, bei meinem zufälligen Treffen mit Nele.

»Ich könnte aber mal bei Bea Hansen nachfragen. Sie besitzt eine große Sammlung alter Sylt-Bücher. Vielleicht hat sie ja zufällig ein Exemplar dieses Titels und ist bereit, sich davon zu trennen.«

»Das wäre wirklich furchtbar nett, denn ich brauche das Buch für meine Arbeit. Hier ist meine Karte. Rufen Sie mich bitte an, wenn Sie Näheres wissen?«

Neugierig las ich die Aufschrift auf der Visitenkarte: *Ole Jacobsen, Galerie Dünenmeer, List.*

»List, wie schön«, sagte ich und steckte die Karte in die Tasche meiner Jeans. »Ich melde mich sobald wie möglich.«

Nachdem Ole Jacobsen gegangen war, schaute ich mir die Website seiner Galerie an und war sofort gefangen in einer wundervollen Welt maritimer, schnörkelloser Kunst und Wohnaccessoires aus Treibholz. Sylts Ortsteil List war derzeit häufig in der Presse, weil der Ort sein 725-jähriges Bestehen und auch Gastronom Gosch sein 50-jähriges Geschäftsjubiläum mit viel Tamtam feierte.

Ich war damals mit David bei *Gosch* in der Alten Bootshalle gewesen und hatte viel Spaß an dem Remmidemmi gehabt, das hier üblicherweise herrschte. Sonst war ich zwar kein Fan von inszenierter guter Laune, doch dort hatte ich mich schnell von der Stimmung anstecken lassen, Weißwein getrunken und Thainudeln geschmaust, die es mittlerweile sogar schon als Tiefkühlware im Supermarkt zu kaufen gab.

»Moin«, meldete Bea sich knapp, als ich bei ihr anrief, um nach dem Buch zu fragen. Sie versprach, nachzusehen und sich zurückzumelden. Während ich auf ihren Rückruf wartete, klickte ich mich weiter durch die Website und träumte von einer eigenen schnuckeligen Wohnung, in der diese maritimen Kunstwerke sicher toll aussehen würden. Ich nahm mir vor, so bald wie möglich nach List zu fahren, um mir das Riesenrad am Hafen anzuschauen, das anlässlich des Jubiläums dort stand. Und natürlich die Galerie *Dünenmeer*.

»Moin, moin«, ertönte die gut gelaunte Stimme einer Dame, die das *Büchernest* betrat und sich erstaunt umschaute. »Ach, ist das hübsch hier«, rief sie verzückt aus, stemmte die Hände in die Hüften und ließ den Blick weiter durch den Raum schweifen. »Ich war ja schon total in das alte *Büchernest* verliebt, aber das hier toppt alles. Da möchte man ja am liebsten einziehen und es sich mit einem guten Buch, dem passenden Tee, einer Flauschdecke und ein paar Kerzen gemütlich machen. Und sofort anfangen zu lesen, egal, wie schön das Wetter draußen ist.«

Bevor ich etwas darauf erwidern konnte, stöberte sie auch schon in der alten Seemannskiste, untersuchte akribisch das Angebot in der Buchvitrine und fragte schließlich nach Kochbüchern. Als ich sie nach nebenan führte und ihr das Sortiment zeigte, das zwischen Veros Kräutertöpfen, einer Schale Äpfeln und einem Strauß hellrosafarbener Ranunkeln präsentiert wurde, kannte ihre Begeisterung keine Grenzen mehr. »O mein Gott!«, hauchte sie ergriffen. »Darf ich das bitte fotografieren? Meine Freundinnen drehen durch, wenn sie das sehen.«

Obwohl ich nicht wusste, ob das wirklich in Beas und Lissys Sinn war, gab ich mein Okay, und die Dame begann wie wild, Handyfotos zu knipsen. Anschließend legte sie insgesamt zehn Bücher auf den Tisch, die sie kaufen wollte. Eine bunte Mischung aus Romanen, einer Biografie, einem Sachbuch über das hochaktuelle Lifestyle-Thema »Hygge«, den neuen, aus Dänemark kommenden Trend zur Behaglichkeit, und zwei Kochbücher. Sie zuckte mit keiner Wimper, als ich auf die stolze Summe von 212 Euro 80 kam.

»Man gönnt sich ja sonst nichts«, sagte sie mit einem Augenzwinkern. »Und im Urlaub soll man nicht sparen. Aber ich muss auch sagen, dass diese wunderschöne Umgebung zum Kaufrausch verführt. Nicht auszudenken, wie viel Geld ich ausgeben würde, wenn Sie auch noch Kerzen, Geschirr und derlei Dinge hätten.« Mit diesen Worten verabschiedete sie sich, schien förmlich aus dem Laden zu schweben und meinte noch: »Ich komme bestimmt bald wieder!«

Hoffentlich sind wir dann auch noch da, dachte ich traurig, während diese Begegnung in mir nachwirkte.

Die Dame hätte sicher nicht so viele Bücher gekauft, wenn sie nicht so außergewöhnlich präsentiert worden wären.

Unwillkürlich fielen mir die vielen tollen Bilder auf Instagram ein, auf denen passionierte Leseratten ihre Buchlieblinge in Szene setzten: beim Lesen mit Wollsocken an den Füßen, das Buch zusammen mit einem Becher, passend zum Motiv des Umschlags, arrangiert mit schönen Blumen oder auf einem Tablett, zusammen mit Tee und Gebäck.

»Wir müssen reden«, sagte ich, als Bea sich zurückmeldete, um mir zu sagen, dass sie das Buch, für das Ole Jacobsen sich interessierte, tatsächlich besaß und bereit war, es ihm zu überlassen. »Am besten gleich zusammen mit Lissy, Vero und Nele, denn ich habe eine Idee.«

Nach Ladenschluss trafen wir uns erneut bei Larissa, aber diesmal im Wohnzimmer, da es am Nachmittag deutlich abgekühlt war und sich graue Regenwolken über den Himmel schoben. Bei Kerzenschein und einer köstlichen Tasse Friesentee erzählte ich den dreien, wie ich mir die Zukunft des *Büchernests* vorstellte …

15.
Nele

Voller Stolz führte Nele Sophie auf dem Gelände des künftigen Literaturhotels herum, das in sechs Wochen eröffnen sollte.

»Na, wie findest du es? Hier hat sich seit der Hochzeitsfeier ganz schön was getan, nicht wahr?«, schwärmte sie beim Anblick des Gehöfts, dessen weiß getünchte Fassade in der Frühlingssonne erstrahlte.

Auch das Reetdach war erneuert worden, wie man an der hellen Färbung erkennen konnte.

Auf der Koppel, die an den ehemaligen Reiterhof angrenzte, grasten friedlich zwei süße Shetlandponys, und Arfts Golden Retriever Sam folgte den beiden Frauen auf Schritt und Tritt.

Bea hatten ihnen freigegeben und hielt die Stellung im *Büchernest*, damit Nele und Sophie an diesem Dienstagnachmittag in aller Ruhe die Bibliothek und die Räume inspizieren konnten, in denen Lesungen sowie Workshops stattfinden würden. »Am tollsten wäre es natürlich, wenn wir das *Büchernest* einfach hierher verlegen könnten«, sinnierte Nele und streichelte Sam, der diese Zärtlichkeit sichtlich genoss und wohlig brummte. »Dann hätten wir alle Bücher, die für die Veranstaltungen benötigt werden, greifbar und bekämen zusätzlich noch die Hotelgäste als potenzielle Kunden. Schade nur, dass es hier absolut keinen Platz mehr für uns gibt.«

»Würdest du denn überhaupt so eng mit Sven zusammenarbeiten wollen?«, fragte Sophie, die über nahezu jeden Streit im Bilde war, den die beiden in den vergangenen Wochen ausgefochten hatten.

Dabei war es nicht immer nur um Olivia und Neles Eifersucht gegangen, sondern immer wieder auch um grundsätzliche Fragen wie Zukunftsperspektiven, gemeinsames Wohnen und vieles andere. Nele fragte sich selbst ab und an, ob nicht eigentlich sie Beas Nichte war, weil sie beide ähnliche Ängste vor dauerhaften Bindungen hatten. Bea vertraute Nele manchmal Dinge an, die sie Larissa gegenüber niemals erwähnen würde, weil diese eine vollkommen andere Auffassung und ein ausgeprägtes Bedürfnis nach Nähe, Geborgenheit und Familie hatte.

»Eigentlich nicht«, antworte Nele etwas zeitverzögert, weil ihre Gedanken mal wieder Purzelbäume schlugen. »Ich möchte am liebsten weiter Erfolg mit meinen Kinderbuchillustrationen haben und auch hin und wieder mal ein Bild verkaufen. Aber natürlich habe ich auch Lust, bei diesen Events dabei zu sein, schließlich stammt die Idee ja ursprünglich von mir.«

Sie konnte sich noch genau an jenen Abend im vergangenen Winter erinnern, als sie bei Lissy zum Glühweintrinken eingeladen gewesen war und die beiden aus einer Laune heraus davon gesponnen hatten, die alte Tradition des Kultursalons wieder aufleben zu lassen. Bis zu diesem Zeitpunkt hatten

Sven und sein Großvater Arfst geplant, aus dem ehemaligen Reiterhof ein sogenanntes Heuhotel für Familien mit Kindern zu machen.

»Moin ihr beiden«, rief Sven wie aufs Stichwort, gab Nele einen zärtlichen Kuss und drückte Sophie die Hand. »Mann, Mann, Mann, bei euch ist ja schon wieder was los.«

»Das kannst du laut sagen«, erwiderte Nele und schenkte Sven ihr strahlendstes Lächeln. Die vergangene Nacht hatte sie in seinen Armen verbracht und war wieder verliebt wie am ersten Tag. »Spendierst du uns einen Kaffee? Oder am besten gleich einen doppelten Espresso?«

»Gern beides«, sagte Sven, rief: »Komm, Sam, los geht's«, und dirigierte alle hin zum Herzstück des Hotels, einer Mischung aus Esszimmer und Wohnraum, in dem die Gäste später frühstückten und auf Wunsch nachmittags Kaffee, Tee und Kuchen serviert bekamen. »Außerdem brauche ich euch bei klarem Verstand, denn wir benötigen endlich einen Namen für das Hotel. Arfst und ich können uns noch nicht so richtig einigen, und Olivia kann keine Pressearbeit machen, solange wir nicht auf einen Nenner gekommen sind.«

Nele versuchte das Pochen ihres Herzens zu ignorieren, das der Name Olivia immer noch auslöste. Sie hatte sich fest vorgenommen, sich nicht weiter von ihr verunsichern zu lassen und Sven mit ihren Ängsten und ihrer Eifersucht zu verschonen. Sie war schließlich eine erwachsene Frau von Ende dreißig, das sollte doch wohl zu schaffen sein!

»Ist das traumhaft geworden!«, hauchte Sophie, als sie den ehemaligen Pferdestall betraten. »Total urig und so schön hell und einladend. Wow, ihr habt ja sogar einen Kamin. Wieso macht ihr die Lesungen nicht einfach hier?«

Nele fühlte sich geschmeichelt, denn gerade bei der Gestaltung dieses Raums hatte sie sich besonders viel Mühe gegeben. Er sollte sowohl im Sommer als auch im Winter ein wohliges Gefühl von Ruhe und Geborgenheit verströmen und gleichermaßen den Geschmack von männlichen und weiblichen Hotelgästen sowie Familien treffen.

Sven schüttelte den Kopf: »Das wollen wir ganz bewusst separat halten. Genau wie die Bibliothek im ersten Stock. Die Gäste sollen dort, ungestört von Events, lesen und einen Drink nehmen können, sich Bücher ausleihen oder die aktuelle Tagespresse sichten. Außerdem halten wir Tablets bereit für diejenigen, die in aller Ruhe im Netz surfen wollen.«

»Bin schon sehr gespannt auf die Bibliothek«, sagte Sophie mit leuchtenden Augen. »Ich hoffe doch, ihr habt auch an die Kids gedacht?«

»Na klar, was denkst du denn!« Sven wirkte erstaunt. »Allerdings haben wir noch keine Kinderbücher bestellt. Als Bea erzählte, dass du eine echte Expertin auf diesem Gebiet bist, wollte ich warten, bis du Zeit hast, dich damit zu beschäftigen. Es wäre uns eine Ehre, wenn du uns deine ganz persönliche Auswahl zusammenstellen könntest. Übrigens: Wir haben sogar ein separates Spielzimmer für die Kleinen, das an diesen Raum angrenzt. Dann können die Erwachsenen in Ruhe frühstücken, während die Kids nebenan gemeinsam spielen.«

Mit diesen Worten öffnete er eine Tür und präsentierte Nele und Sophie das Zimmer, das überwiegend in Pastelltönen gehalten war.

»Als Kind wäre ich für eine solche Tafel gestorben«, rief

Sophie verzückt aus, als sie sah, dass eine Hälfte der Wand von oben bis unten als Schiefertafel diente. In farbigen Eimerchen, die auf dem rustikalen Holzfußboden standen, steckten Unmengen an bunter Kreide. »Und dieses alte Schaukelpferd aus Holz, das ist ja wunderschön.«

»Darauf hat Sven als Kind geschaukelt, wenn er zu Besuch bei Arfst war«, erzählte Nele mit Stolz in der Stimme. »Vielleicht hast du ja daher deine Pferdeallergie?«

»Woher sonst?«, erwiderte Sven amüsiert und gab Nele einen Kuss. »Jetzt verschwinde ich aber mal eben in der Küche, um Kaffee zu kochen. Wollen wir ihn hier drin trinken oder draußen auf der Terrasse? Wir haben auch Fleecedecken.«

»Draußen«, antworteten Nele und Sophie synchron, und Nele öffnete eine wunderschöne, weiß lasierte Truhe im Shabby-Style, um Decken für alle herauszunehmen.

»Ist die zufällig von *Dünenmeer*?«, fragte Sophie, nachdem sie die Truhe genauer studiert und entdeckt hatte, dass – kaum sichtbar – Ankermotive in verschiedenen Größen in die Lasur eingearbeitet waren.

»Ja«, antwortete Nele und rieb ihr Gesicht an den kuschelweichen hellblauen Decken, in die sie sich auf Anhieb verliebt hatte, als sie gemeinsam mit Sven bei einem Anbieter für Hotelausstattung Bettwäsche, Handtücher und vieles mehr bestellt hatte. »Die hat der Typ gemacht, den wir neulich in Westerland gesehen haben. Ich fand die Sachen immer schon toll, kannte aber Ole bislang nur aus der Zeitung. Echt cooler Typ, ein Kerl, wie er im Buche steht.«

»Ich nehme an, ihr sprecht von mir«, sagte Sven grinsend und balancierte ein Tablett mit den Kaffeetassen und drei

Gläsern Wasser. »Hält eine der Damen mir bitte mal die Tür auf, sonst komme ich nicht unfallfrei auf die Terrasse.«

»Solltest doch noch mal über eine Ausbildung zum Kellner nachdenken oder dir Nachhilfe von Olli geben lassen, solange er noch auf Sylt ist«, feixte Nele. Sophie folgte den beiden. »Schau mal, Sophie, wie schön der Garten geworden ist. Na ja, kein Wunder, zur Biike war es ja noch Winter. Zu der Zeit hat noch nichts geblüht, und kein einziges Blatt hing am Baum. Ich finde, das hier ist wie ein Stückchen vom Paradies.«

Nele ließ den Blick über Terrakottatöpfe schweifen, in denen bald schon Hortensien in Blau, Weiß und Hellrosa erblühen würden.

Die Terrasse selbst wurde von einem typischen Friesenwall umsäumt, der mit Sylter Kartoffelrosen bepflanzt war. Drei Strandkörbe luden dazu ein, vom Wind geschützt Tee oder einen Aperitif zu trinken, die Bar des Hotels hielt im Esszimmer eine sogenannte *Hausapotheke* für Gäste bereit. Hier konnte man sich nach Herzenslust einen Gin Tonic mixen oder eine Flasche Crémant aus dem Kühlschrank holen, ebenso Bier, Wein und ein großes Sortiment an Säften. Zurzeit waren Schorlesorten wie Stachelbeere in. Nele bevorzugte allerdings die Säfte, die Vero aus eigenen Kirschen, Himbeeren oder Johannisbeeren zubereitete.

»Küchenkräuter, wie toll«, rief Sophie begeistert, als sie die von der Sonne beschienenen länglichen Töpfe entdeckte, in denen Rosmarin, Basilikum, Thymian, Estragon, Minze und Bohnenkraut wuchsen.

»Da können sich auch die Gäste bedienen, wenn sie Basilikum in ihren *Gin Basil Smash* mischen wollen oder frische

Minze in den Tee«, erklärte Nele. »Die entnommenen Getränke muss jeder Gast auf einem Blatt Papier notieren, das neben den Gläsern bei der *Hausapotheke* liegt, die Kräuter, Zitronen- oder Gurkenscheiben für die Drinks sind aber gratis.«

»Ihr habt ja an alles gedacht«, sagte Sophie, sichtlich beeindruckt. »Umso mehr wundert es mich, dass ihr immer noch keinen Namen für das Hotel habt. Das kommt mir fast so absurd vor, als würde ein Autor einen Roman ohne Titel schreiben.«

»Das Problem ist …«, hob Sven zu einer Erklärung an und trank dann erst mal seinen Espresso in einem Zug leer, »… dass wir einen Namen brauchen, der alle Gästezielgruppen anspricht. Wenn wir irgendetwas mit *Literatur* oder *Bücher* nehmen, klingt das viel zu elitär und abgehoben.«

»Wir haben schon nächtelang diskutiert und die Websites von anderen Literaturhotels studiert«, ergänzte Nele. »Der *Benen-Diken-Hof* hier in Keitum veranstaltet auch regelmäßig hochkarätige Lesungen und sogar Ballettaufführungen. Im Hotel *Budersand* in Hörnum hat Elke Heidenreich persönlich das Sortiment der Bibliothek zusammengestellt. Aber beide Hotels tragen schlicht ihren Namen, und das war's.«

»Wollt ihr denn den Ortsnamen Keitum drinhaben?«, fragte Sophie, die nun ebenfalls zu überlegen schien. »Oder irgendwas mit Sylt, damit ihr bei der Google-Suche gleich ganz oben auftaucht? Zurzeit arbeiten ja alle Anbieter im Netz mit sogenannten Metadaten, damit sie schneller gefunden werden können. Mal sehen, was macht so ein Inselhotel denn aus: die Insellage, das Sichwohlfühlen, das Abschaltenkönnen, der Blick aufs Meer …«

»In unserem Fall wohl eher auf den Keitumer Bahnhof«, unterbrach Sven schmunzelnd Sophies Ausführungen.

Der Reiterhof war zwar von den Gleisen abgeschieden, befand sich aber in der Tat in der Nähe des Bahndamms. Zum Glück hörte man die Züge nicht, dafür sorgten hohe Bäume und Hecken, die das gesamte Grundstück von der Straße abschirmten und jeglichen Lärm schluckten, sobald sie belaubt waren.

Sophie schmunzelte ebenfalls und trank ihren Espresso aus. »Wollt ihr nicht doch noch mal über Olivias Vorschlag mit den Schlafstrandkörben auf dem Hotelgrundstück nachdenken?«, fragte sie. »In diesem geschützten Bereich hätten eure Gäste die Möglichkeit, draußen zu übernachten, nachts in den Sternenhimmel zu gucken und die frische Luft zu genießen. Ich finde, dass es sich im Strandkorb immer ganz wunderbar schlummern und träumen lässt.«

»Wie wäre es mit *Strandkorbträume?*«, rief Nele spontan aus.

»Das ist doch ein großartiger Name, oder nicht?«

Über Svens Gesicht breitete sich ein Lächeln aus, und er tippte etwas in sein Smartphone. »Auf Sylt ist der Name noch nicht vergeben …«, sagte er nach einer Weile. »Doch, das hätte was. Noch ist Zeit genug, das Motiv des Strandkorbs ein bisschen … sagen wir mal: auszubauen …«

»Ihr könntet bei schönem Wetter eure Veranstaltungen nach draußen verlegen und sie *Strandkorblesungen* nennen«, schlug Sophie vor, die nun ebenfalls Feuer und Flamme war.

»Dann müssen wir nur noch Bea davon überzeugen, dass es sich lohnt, um die Zukunft des *Büchernests* zu kämpfen«, murmelte Nele. »Das wird zwar keine leichte Sache, aber gemeinsam schaffen wir das. Es wäre doch eine echte Schande, sich diese tolle Chance entgehen zu lassen und für eine andere Buchhandlung kampflos das Feld zu räumen.«

»Ich will das auf gar keinen Fall mit einer anderen Buchhandlung machen«, erwiderte Sven, und Nele wurde warm ums Herz. »Entweder mit euch – oder gar nicht.«

16.
Sophie

»Wow, das nenne ich einen ganz großen Bahnhof, im wahrsten Sinn des Wortes«, sagte Olli, als wir am frühen Samstagabend gemeinsam am Keitumer Bahnsteig standen, um ihn endgültig zu verabschieden.

Am Abend zuvor waren wir alle bei Larissa eingeladen gewesen, um seinen Abschied gebührend zu feiern, und nun brachten wir Olli zum Zug. »Danke, ihr Süßen, ich bin sehr gerührt und vermisse euch jetzt schon. Ihr müsst uns ganz bald besuchen, ja? Jürgen und ich werden auf alle Fälle eine Einweihungsparty machen, und da habt ihr Anwesenheitspflicht.«

»Verstanden«, erwiderte Vero und umarmte ihren persönlichen Liebling. »Lissy und Leon schalten wir dann per Livestream dazu, oder ihr wartet mit der Party, bis das Baby da ist.«

»Wir freuen uns darauf«, erwiderte Nele und gab Olli einen Kuss. Nun prangte ein fuchsiafarbener Abdruck ihres Lippenstifts auf seiner Wange, wie ich amüsiert feststellte. Nach Nele waren Bea, Adalbert, Hinrich und ich an der Reihe, und ich konnte sehen, wie dicke Tränen aus Ollis traurigen Augen kullerten, als er nach dem Einsteigen in den Zug noch einmal seinen Kopf aus der Tür steckte und uns zuwinkte. Kurz darauf setzte sich die Regionalbahn Richtung Hamburg in Bewegung und war schon bald aus unserem Blickfeld verschwunden.

Wir hatten gestern viel darüber gesprochen, wie lange es gedauert hatte, bis Olli endlich den Mann seiner Träume getroffen hatte, dem er auch vertrauen und mit dem er gemeinsam eine Zukunft aufbauen konnte.

Seine Erzählungen hatten mir einen Stich versetzt, aber auch ein bisschen Mut gemacht.

Vielleicht musste ich nur ein wenig mehr Geduld haben, und dann würde sich auch für mich alles zum Guten fügen?

Olli hatte ja nicht nur einen tollen Mann gefunden, sondern auch noch eine Stelle als Koch, was ihm mindestens ebenso wichtig war.

»Alles okay mit dir, Sophie?«, fragte Bea mit ernstem Blick, als wir das Bahnhofsgebäude verließen.

»Nicht so ganz«, antwortete ich wahrheitsgemäß. »Wir haben gestern Abend das Thema *Büchernest* bewusst ausgeklammert, um Olli zu verabschieden, aber ich finde, dass wir uns noch mal zusammensetzen sollten. Sven möchte die Idee des Literaturhotels nur umsetzen, wenn wir, pardon: ihr als Buchhandlung mit von der Partie seid.«

Bea hielt abrupt an, ihre Augen funkelten. Oje, war sie etwa wütend? »Das mit Sven ist ja schön und gut, genau wie dein charmantes Hygge-Konzept. Aber wie ich neulich schon sagte, macht es überhaupt keinen Sinn, den ganzen Betrieb aufrechtzuerhalten, nur um bei sechs bis sieben Lesungen pro Jahr den Büchertisch zu machen und künftig überwiegend Wohnschnickschnack anstelle von Romanen zu verkaufen.

Das habe ich euch neulich abends schon gesagt, und daran hat sich nichts geändert, so leid es mir auch tut.«

»Aber warst nicht du diejenige, die auch gesagt hat, dass wir den Mut nicht verlieren sollen und dass Keitum bald Kampen den Rang in Sachen Kulturevents ablaufen wird?«, fragte Nele, und Vero nickte beifällig. Beas beste Freundin verhielt sich in dieser ganzen Sache immer noch äußerst zurückhaltend, was mich sehr wunderte.

»Da wusste ich aber noch nichts von dem Rauswurf aus unserem alten Ladengeschäft«, konterte Bea. »Habt ihr eigentlich eine Vorstellung davon, was solche Räumlichkeiten in Keitum kosten? Wir konnten uns den Spaß bisher nur leisten, weil unser Vermieter, Gott hab ihn selig, ein netter Kerl mit einem Herz für Bücher war und die Miete nie erhöht hat. Was man von seinem Sohn leider nicht behaupten kann.«

»Sieht Lissy das eigentlich genauso, oder hast du dir das allein im stillen Kämmerlein überlegt?«, fragte Vero nun und stemmte die Hände in die Hüften. Hinrich fasste sie sanft am Arm, Adalbert räusperte sich. »Und hast du dich auch nur eine Sekunde lang gefragt, wie ich über all das denke? Immerhin bin ich Geschäftsführerin des Cafés.«

Auf Beas Stirn sammelten sich kleine Schweißperlen. »Wieso hast du keinen Ton davon gesagt, als Sophie uns ihre Idee für das neue Konzept präsentiert hat?«, fragte sie und schob den Unterkiefer vor. »Wir haben doch bestimmt an die drei Stunden dagesessen, Pro und Kontra abgewogen und jeden möglichen Aspekt dieses Themas durchgekaut, bis nichts mehr davon übrig geblieben ist. Dabei hatte ich nicht den Eindruck, gegen deinen Willen zu handeln.«

»Ich wollte ja auch erst mal abwarten, wie du über alles denkst, wenn ein paar Tage ins Land gegangen sind«, erwiderte Vero. »So allmählich kenne ich dich und deine legendäre Impulsivität, wie du weißt. Und ich habe es als positives Zeichen gewertet, dass du Sophie zusammen mit Nele auf den Reiterhof geschickt hast, damit beide sich die Räumlichkeiten für die Veranstaltungen ansehen. Diese Aktion war aber offensichtlich komplett unnötig, wenn dein Entschluss ohnehin schon feststeht.«

»Wollen wir das wirklich hier auf dem Bahnhof diskutieren?«, mischte sich nun Adalbert ein.

»Ich will gar nichts diskutieren, sondern nach Hause und in Ruhe meditieren«, entgegnete Bea. »Mir platzt gleich der Schädel, und ich möchte nicht wissen, wie hoch mein Blutdruck gerade ist. Seit einer Woche reden wir über fast nichts anderes, ich mag nicht mehr.«

Ich konnte Beas Erschöpfung sehr wohl nachfühlen, doch ich rebellierte nach wie vor gegen ihre Absage. »Dann mach das, aber ich stimme Adalbert und Vero zu: Wir sollten uns wirklich noch einmal zusammensetzen und ehrlich alle Punkte auf den Tisch bringen. Am besten gemeinsam mit Sven und Arfst. Wenn wir dann zu der Einsicht kommen, dass keine unserer Ideen funktioniert, dann ist das zwar furchtbar traurig, aber nicht zu ändern. Mich geht das Ganze zwar nur am Rande etwas an, doch ich fände es wirklich schade, kampflos aufzugeben. Ich frage mich in den letzten Tagen häufig, ob wir damals bei *Spiebula* nicht die Flinte viel zu früh ins Korn geworfen haben.«

Nele streichelte meinen Arm und sagte: »Natürlich geht einem dieses ganze Zusammenhocken und Reden auf den

Senkel, Bea. Aber Sophie hat recht: Was ist schon eine Woche voller nerviger Diskussionen gegen all die Jahre, die es das *Büchernest* jetzt gibt? So eine Institution aufzugeben, ohne wenigstens versucht zu haben, sie zu retten, wäre wirklich eine Schande. Hey, wo ist dein viel zitierter friesischer Eigensinn und Kampfgeist? Ein Immobilienhai will das Lebenswerk von Vero, Lissy und dir zerstören! Seit wann lässt eine Bea Hansen sich so etwas bieten?«

Ich musste mir das Lachen verkneifen, als ich sah, welche Wirkung Neles klug gewählte Worte auf Bea hatten.

Sie machte »Hmm«, legte die Stirn in Falten und straffte die Schultern. »Also gut«, grummelte sie kaum hörbar. »Wir lassen die Dinge jetzt mal ein bisschen sacken, beschäftigen uns zur Abwechslung mal mit etwas Schönem und setzen uns Ende nächster Woche noch mal zusammen.«

»Das klingt doch nach einem guten Plan«, sagte ich erleichtert, und Adalbert lächelte.

Veros knappes »Na, geht doch« sprach Bände, und sie zog zufrieden mit Hinrich von dannen, nachdem sie sich von uns allen verabschiedet hatte.

»Sag mal, ist es wirklich okay, Bea, wenn ich mir dein Auto borge, um nach List zu fahren? Die Galerie schließt bald, und ich würde Ole Jacobsen das Buch gern heute noch vorbeibringen«, fragte ich, denn ich war entschlossen, meinen heutigen Abend mal anderswo zu verbringen als in Keitum.

»Das kann ich mir vorstellen«, meinte Nele schmunzelnd. »Für den Mann würde ich auch gern Lieferantin spielen. Ruf mich später an, wie es gelaufen ist, ja?«

»Du nun wieder, Nele«, erwiderte Bea, kramte in ihrer Handtasche und gab mir den Schlüssel für ihren Wagen.

Eine halbe Stunde später war ich auf dem Weg nach List, dem nördlichsten Ort Deutschlands. Während der Fahrt bestaunte ich einmal mehr die majestätische, mondartige Dünenlandschaft, die an mir vorüberzog. An dieser Stelle zeigte sich Sylt von einer ganz anderen Seite, deutlich rauer, gewaltiger, ursprünglicher und wunderschön.

Rechts lagen die Austernbänke der Blidselbucht, von denen *Dittmeyer's* in List seine legendären Delikatessen bezog.

Dann tauchten die ersten rotgeklinkerten Häuser in meinem Blickfeld auf. Nicht so lieblich wie die Häuschen in Keitum, aber schön auf ihre eigene, eher herbe Weise.

Hier, kurz vor dem Ortseingang, oben auf der Düne, war die Galerie untergebracht. Ich ergatterte einen der wenigen Parkplätze und war gespannt darauf, Ole Jacobsen wiederzusehen.

Er wusste, dass ich heute noch vorbeikommen wollte, und hatte als Dankeschön für meine Mühe versprochen, mir die Werkstatt zu zeigen, in der die Kunstwerke und Möbel entstanden, die er bei *Dünenmeer* verkaufte.

Er begrüßte mich mit einem knappen, aber herzlichen »Moin« und nahm das Buch entgegen. »Was für ein Service. Tausend Dank fürs Vorbeikommen, ich bin sehr froh, dass das alles so toll geklappt hat. Ich verspreche auch hoch und heilig, meine Bücher ab sofort ausschließlich im *Büchernest* zu kaufen, obwohl ich nur sehr selten in Keitum bin. Was bin ich Ihnen schuldig?«

»Ihr Versprechen, Stammkunde zu werden, reicht Bea und mir schon«, antwortete ich. »Frau Hansen besaß ohnehin mehrere Exemplare des Titels, da sie die Restbestände des Sylter Verlags zu einem günstigen Preis aufgekauft hat. Im Übrigen können Sie bei uns auch online bestellen, dann brauchen Sie nicht extra von List nach Keitum zu fahren.«

»Bringen Sie mir dann immer die Bücher vorbei?«, fragte Ole mit einem beinahe koketten Lächeln, das so gar nicht zu seinem kernigen Auftreten passte.

»Wenn ich Zeit habe«, antwortete ich und stellte erschrocken fest, dass auch mein Tonfall kokett, geradezu flirtend klang.

»Allerdings ist die Sylter Post sicher die bessere Wahl«, fuhr ich rasch fort.

»Haben Sie Lust auf eine kleine Schlossbesichtigung?«, fragte Ole, der heute eine Latzhose und ein hellgraues Shirt sowie derbe Schuhe trug. Ich entdeckte mehrere kleine Holzspäne in seiner dunkelblauen Strickmütze und überlegte, ob ich ihn darauf aufmerksam machen sollte.

»Na klar, deshalb bin ich ja hier«, erwiderte ich und folgte ihm. Er führte mich aus der Galerie, die ich in der kurzen Zeit gar nicht richtig wahrgenommen hatte, in einen wunderschönen, verwilderten Garten. Hier standen – eindeutig Werke von Ole Jacobsen – ein runder Tisch, mehrere Stühle, eine Bank sowie eine Sonnenliege, allesamt aus Treibholz und alten Paletten gebaut. Eine rötlich weiß gemusterte Katze mit wuscheligem Fell stromerte im Gras herum, das dringend gemäht werden musste. Ihre geduckte Haltung, die großen Ohren und der lauernde Blick erinnerten an einen Luchs.

»Campino, darf ich vorstellen, das ist die freundliche Dame vom *Büchernest*, die mir gerade etwas sehr Wichtiges mitgebracht hat. Frau ... äh ...«

»Sophie reicht völlig.«

»Sophie, das ist Campino, mein Hauskater und Maskottchen.«

»Ist das ein Maine-Coon?«, fragte ich und bückte mich, um Campino zu streicheln. Diese Katzenrasse galt als äußerst anhänglich, doch Campino dachte gar nicht daran, sich von mir anfassen zu lassen, drehte ab und spazierte direkt in die Galerie.

»Ja, aber ein Maine-Coon mit besonderem Eigensinn«, erklärte Ole grinsend. »So bin ich auch auf den Namen gekommen.«

»Dann also Campino wie der Sänger der Band *Die Toten Hosen* und nicht wie diese Fruchtbonbons, oder?«, fragte ich, amüsiert über den fantasievollen Namen.

»Respekt!«, lobte Ole Jacobsen und reichte mir seine große, feste Hand, die andere womöglich als Pranke bezeichnet hätten. »Ich bin Ole. Wer meine Lieblingsband kennt, braucht mich nicht zu siezen.«

17.
Nele

»Wann seht ihr euch denn wieder?«

Nele stapfte neben Sophie durch den Sand und platzte beinahe vor Neugier. Vor ihnen brandete die Nordsee auf, im Hintergrund ragte das achteckige Quermarkenfeuer Rotes Kliff zwischen dem hohen Dünengras auf.

»Keine Ahnung«, antwortete Sophie mit einem Schulterzucken. »Das war irgendwie gar kein Thema. Ich habe Ole das Buch gegeben, er hat mir die Galerie, seinen Garten und die Werkstatt gezeigt, wir haben Tee getrunken, und das war's dann auch.«

Über den beiden spielten Sonne und Wolken fröhlich ihr alljährliches Aprilspiel.

Mal gewann der eine, dann der andere.

Oft ging aber auch der Regen als Sieger aus dem Wettstreit hervor.

»Gefällt er dir denn?« Nele dachte nicht im Traum daran, lockerzulassen. Zu sehr hatte sie sich in die Vorstellung verliebt, Sophie und Ole könnten einen Flirt eingehen.

Ihrer Ansicht nach war eine kleine Romanze genau das Richtige, um endlich die Trauer aus Sophies Augen zu vertreiben und ihr Selbstbewusstsein aufzupolieren.« »Soweit ich weiß, ist der Mann Single, und das schon seit Längerem. Ich habe mich bei meinen Surferjungs erkundigt. Die sagen alle, das ist ein Guter.«

»Ach ja?!« Sophie blieb abrupt stehen, strich sich eine Haarsträhne hinters Ohr und zog die Mütze tiefer ins Gesicht.

Du bist so eine schöne, tolle Frau, dachte Nele seufzend. Und du hast so viel Potenzial. Lös dich doch endlich mal aus der Schockstarre und pack das Glück mit beiden Händen. Laut sagte sie: »Ja. Scheint geschieden zu sein, kommt von der Insel, hat länger anderswo gelebt und ist seit ein paar Jahren wieder sesshaft auf Sylt. Wenn er krumme Frauengeschichten am Laufen hätte, wüssten die Jungs das. Alle sind begeistert davon, was Ole für ein cooler Typ ist, wie sportlich, fair und künstlerisch begabt.«

»Aber wieso läuft so jemand dann als Single durch die Gegend?«, fragte Sophie skeptisch.

»Wieso bist *du* Single?«, entgegnete Nele und zog Sophie die Mütze komplett übers Gesicht. »Weil dich gerade niemand sehen kann, da du irgendwie ... unsichtbar geworden bist. Auch im *Büchernest* hast du ewig gebraucht, um aus deinem Schneckenhaus zu kriechen, obwohl jeder sehen konnte, wie viel Spaß es dir macht, wieder in deinem Beruf zu arbeiten.«

Sophie nahm die Mütze ab, schüttelte die Haare aus und streckte ihr Gesicht der Sonne entgegen.

»Und wo wir schon mal dabei sind ...« In Nele arbeitete es, und sie würde nicht eher lockerlassen, bis sie alles losgeworden war, was sie im Zusammenhang mit Sophie beschäftigte. »Du bist so gut darin, die Lage anderer Leute zu analysieren,

Zusammenhänge zu hinterfragen und herzustellen, Tipps zu geben. Wende dieses Talent doch zur Abwechslung mal auf dich selbst an.«

»Indem ich mich diesem Ole an den Hals werfe, nur weil deine Surferfreunde ihn mögen und er angeblich solo ist? Verstehe ich jetzt nicht so ganz. Das ist doch wohl eher deine Logik als meine.«

»Stimmt.« Nele grinste. »Aber eine Logik, die verdammt viel Spaß macht. Ich möchte eben einfach, dass du glücklich bist, meine Süße. Außerdem brauche ich dringend jemanden, mit dem ich über diesen ganzen Beziehungskram reden kann, wie du weißt, liebe ich das. Lissy ist zurzeit hauptsächlich schwanger und Mutter und hat natürlich den Kopf voll mit dieser *Büchernest*-Katastrophe. Wenn ich ihr von meinen Streitereien mit Sven erzähle, rollt sie mittlerweile mit den Augen und sagt, ich solle endlich erwachsen werden.«

»Womit sie recht hat«, erwiderte Sophie schmunzelnd. »Sven und du, ihr könntet glücklich miteinander sein und euch mit dem Hotel etwas wirklich Großartiges aufbauen. Der Hof ist wunderschön geworden, das habt ihr alles mit so viel Liebe und Umsicht gestaltet. Sven ist ein sympathischer Mann, der dich wirklich liebt. Was ist so schwer daran, dich einfach auf dieses Glück einzulassen?«

Nele verspürte plötzlich ein seltsames Grummeln im Bauch, ihr Hals wurde eng. Wie aus dem Nichts schossen ihr Tränen in die Augen, als sie sagte: »Weil ich Angst davor habe, es zu verlieren ... schau dich doch nur mal an ...«

»O nein, bitte nicht weinen!« Sophie nahm Nele in den Arm. »Reicht doch, wenn eine von uns nah am Wasser gebaut hat.«

Die liebevolle Umarmung tat Nele gut, Sophies Herzenswärme hüllte sie ein wie ein Daunenmantel. »Verscherz dir diese Liebe nicht, nur weil du Angst davor hast, verletzt zu werden. Es wäre schade um die kostbare Zeit und schade um euch beide. Ich finde, ihr passt sehr gut zusammen. Sven ist Manns genug, dir im richtigen Moment Kontra zu geben. Ihr führt eine Beziehung auf Augenhöhe, habt mit dem Hotel ein gemeinsames Projekt, liebt diese Insel. Nimm du doch lieber das Glück in beide Hände, denn es liegt direkt vor deiner Nase.«

Nele streckte den Rücken durch, atmete tief ein und aus und kramte dann in ihrem bunten Beutel nach einem Taschentuch. Dabei bemerkte sie, dass während des Spaziergangs drei Anrufe auf dem Handy eingegangen waren, allesamt mit Sylter Vorwahl. »Nanu? Wer sucht mich denn da so dringend?«, murmelte sie, da sie diese Telefonnummer nicht eingespeichert hatte.

»Ruf zurück, dann weißt du es«, sagte Sophie, die ihr über die Schulter sah, und richtete dann den Blick auf eine Gruppe von Austernfischern, die in einiger Entfernung im Meer badeten. Nele putzte sich die Nase, sammelte sich und war erstaunt, als sich bei ihrem Rückruf eine Mitarbeiterin der *Akademie an der Nordsee* meldete.

»Moin, schön, dass Sie zurückrufen, Frau Sievers«, sagte eine helle, beinahe schrille Frauenstimme. »Wir haben leider gerade einen Krankheitsfall und wollten anfragen, ob Sie Zeit und Lust hätten, die Kurse für Freie Malerei zu übernehmen, für die Sie sich vor zwei Jahren beworben hatten. Unser Dozent hat sich beim Sturz vom Fahrrad die rechte Hand gebrochen, und nun haben wir ein Problem.«

Nele glaubte zunächst, sich verhört zu haben.

»Frau Sievers, sind Sie noch dran? Es ist so laut ...«

»Das ist der Wind. Ich bin gerade in Kampen am Strand, also fast in Ihrer Nähe«, erwiderte Nele. Und – einem spontanen Impuls folgend –: »Wenn Sie mögen, könnten meine Freundin und ich in einer halben Stunde bei Ihnen sein, dann besprechen wir das alles persönlich.«

Sophie blickte fragend, Neles Herz trommelte.

Nachdem die Mitarbeiterin der Schule im Lister Klappholttal, gegenüber der Vogelkoje, zugestimmt hatte, erklärte Nele Sophie, was es mit diesem plötzlichen Angebot auf sich hatte: »Die Akademie ist eine Art Volkshochschule, in der man sowohl einen Bildungsurlaub verbringen als auch einzelne Kurse belegen kann. Adalbert gibt dort immer mal wieder Yoga- und Meditationsunterricht, durch ihn bin ich auf die Idee gekommen, mich dort als Dozentin für Malerei zu bewerben.«

»Das ist ja super«, freute Sophie sich. »Aber wieso machst du dann ein Gesicht, als hättest du in eine Zitrone gebissen?«

»Na ja ... immerhin haben die mich damals abgelehnt und sich dann nicht einmal mehr gemeldet, als ich fürs darauffolgende Semester eine zweite Bewerbung geschickt habe. Offensichtlich bin ich nur gut genug, um ihnen im Notfall aus der Patsche zu helfen. Nicht besonders schmeichelhaft.«

»Hmm, das kann ich nachvollziehen«, erwiderte Sophie, während beide in Richtung des Strandrestaurants *La Grande Plage* stapften, in dem sie ursprünglich hatten Kaffee trinken wollen. Der Wind wehte kräftig, es duftete nach Meer, Algen ... und Verheißung. »Aber ich würde das an deiner Stelle ganz schnell vergessen und mir lieber anhören, was die Dame zu sagen hat. Kann dich ja keiner zwingen, zu springen, nur weil da gerade Not am Mann ist. Womöglich ist das Ganze aber auch eine tolle Chance, denen zu beweisen, dass sie einen großen Fehler begangen haben, indem sie dich nicht schon damals vom Fleck weg engagiert haben.«

Nele machte nun ebenfalls »Hmm«, zog ihre Nase kraus und hakte sich dann bei Sophie unter. »Na gut, weil du es bist und weil ich das Geld brauche. Was hältst du davon, wenn wir zur Belohnung nach dem Gespräch einen Abstecher zur *Kupferkanne* machen und uns dort mit Kuchen vollstopfen? Ich war da schon ewig nicht mehr.«

»Und ich noch nie«, erwiderte Sophie. »Klingt super.«

Eine kurze Autofahrt später erreichten sie das Haupthaus der Schule, wo Ulrike Moers, Leiterin des Kursprogramms, sie in Empfang nahm. »Schön, dass Sie so schnell kommen konnten, Frau Sievers«, sagte die Dame, die Nele auf Ende fünfzig schätzte und die ziemlich bieder aussah. Sie hatte kurze, mausbraune Haare, trug keinerlei Make-up oder Schmuck, dafür aber flache Schuhe, eine Stoffhose und darüber eine wattierte blassrosa Weste, unter der sie ein Shirt in undefinierbarer Farbe anhatte. »Es würde uns alle wirklich freuen, wenn Sie uns aus der Patsche helfen könnten.«

Nele wusste nicht, ob es am schrillen Ton von Frau Moers lag oder schlicht an der Tatsache, dass sie sich immer noch zurückgesetzt fühlte. Doch plötzlich hörte sie sich sagen: »Bevor wir uns weiter unterhalten, wüsste ich doch gern, wieso Sie mich erst abgelehnt, dann auf meine zweite Bewerbung nicht mal reagiert haben und nun auf einmal so tun, als sei ich der einzige Mensch auf der Welt, der diesen Malkurs noch retten kann.«

Sophie schlug die Augen nieder, Frau Moers lief rot an.

»Weil ... weil ...« Frau Moers war die Situation sichtlich unangenehm, was Nele genoss.

Sie konnte sich nur allzu gut an den Wortlaut erinnern, mit dem die Dame ihre erste Bewerbung abgeschmettert hatte: »Wir bedauern, Ihnen diese Stelle nicht geben zu können. Ein anderer Bewerber garantiert uns, im Gegensatz zu Ihnen, langfristige Planungen.«

»Nun gut.« Frau Moers holte tief Luft, sah Nele direkt in die Augen und sagte schließlich: »Wir haben befürchtet, dass Sie uns womöglich mitten in einem Semester verlassen könnten, weil Sie so gern ... nun ja ... reisen. Aber wir brauchen hier Kontinuität und Verlässlichkeit, wenn Sie verstehen, was ich meine. Sie sind eine wirklich tolle und begabte Malerin, unsere Absage lag also nicht an mangelnder Qualifikation.«

»Sondern an mangelndem Vertrauen«, beendete Nele den Satz.

Die Kursleiterin hatte schon recht: War es ihr in den vergangenen Jahren irgendwo zu eng oder problematisch geworden, hatte sie stets ihre Siebensachen gepackt, um ihr Glück anderswo zu versuchen. Manchmal war sie sogar getürmt, ohne sich zu verabschieden. So hatte sie es mit den Männern gemacht, mit ihren Eltern, dem Café *Möwennest*, mit Jobs – und eben auch mit Sylt. Doch das ging die Moers überhaupt nichts an.

»Schade, dass ich diesen Eindruck erweckt habe«, erwiderte sie, während in ihr ein Vulkan brodelte. Sie fühlte sich gerade wie das kleine Bremer Schulmädchen, das vor der Klasse abgekanzelt wurde, weil es mal wieder geschwänzt hatte. »Aber dann bin ich wohl wirklich nicht die Richtige für diese Stelle. Hat mich gefreut, Sie kennenzulernen.« Sprach's, packte Sophie am Arm und zerrte sie zur Tür. Dieses Jobangebot abzulehnen fühlte sich erstaunlich leicht an – und vollkommen richtig.

Nele hatte noch nie nach irgendjemandes Pfeife getanzt, und sie würde ganz sicher nicht jetzt damit anfangen.

Sophie konnte gerade noch »Auf Wiedersehen« stammeln, dann verließen Nele und sie schweigend das Gebäude und gingen zum Parkplatz, wo Neles klappriges Auto stand.

In dem Moment, als sie den Motor anließ, gab es einen Rumms, und Rauch quoll aus der Motorhaube.

Gleichzeitig klingelte Sophies Handy.

»Das ist Ole Jacobsen«, erklärte sie mit Blick auf das Display. »Soll ich fragen, ob er uns abschleppen kann?«

18.

Larissa

Larissa lag auf dem Sofa im Wohnzimmer und schaute verträumt aus dem Fenster: Der Magnolienbaum stand nun in voller Blüte und veredelte den Garten mit seiner zartrosa Pracht.

Hoffentlich ist es in den kommenden Tagen windstill, dachte sie, denn Magnolien waren empfindliche Geschöpfe, nicht recht gemacht für das zuweilen raue Sylter Klima. Doch Lissy liebte diese zarten Pflanzen über alles, deshalb hatten Bea und Adalbert ihr zum Einzug ins neue Haus vor gut zwei Jahren ein Bäumchen geschenkt, das mittlerweile deutlich stärker und größer geworden war. Wie meine Kleine, schoss es Lissy durch den Kopf, die Liu schmerzlich vermisste, wenn diese bei ihrer Tagesmutter Anke, bei Bea oder Vero war.

»Erde an Lissy, hörst du mir eigentlich zu?«

Wie aus weiter Ferne drang Neles Stimme an ihr Ohr.

Larissa erschrak ein wenig, denn sie ertappte sich in letzter Zeit häufiger beim Tagträumen und Abdriften in andere Welten, während um sie herum das pralle Leben tobte.

Nele hatte mal wieder ein Problem, Lissy allerdings wenig Lust, schon wieder schwere Themen zu wälzen.

Diesmal ging es zur Abwechslung nicht um Sven, so viel hatte sie gerade noch mitbekommen, sondern um ein Angebot, als Dozentin zu arbeiten, bei dem etwas schiefgelaufen war.

»Ja, das tue ich«, erwiderte Larissa seufzend, ihr Kopf dröhnte. Konnte denn nicht wenigstens *einmal* alles in Ordnung sein? »Allerdings bin ich mir sicher, dass du meine Meinung zu dem Ganzen gar nicht hören willst, weil sie dir nicht gefallen wird.«

»Du findest also, es war ein Fehler, der Moers abzusagen und nicht klein beizugeben?« Neles Augen blitzten angriffslustig.

»Es wäre immerhin eine tolle Chance für dich gewesen«, antwortete Lissy, nun wieder ganz bei der Sache. »Aber du bist erwachsen und weißt, was du tust. Also hak's ab.«

»Woran soll Nele einen Haken machen?«, fragte Bea, die unbemerkt ins Wohnzimmer gekommen war. »Ich habe übrigens Neuigkeiten.« Lissys Tante blickte triumphierend in die Runde. »Und ich habe einen Plan. Wer von uns zuerst?«

Nele zog einen Flunsch und sagte: »Los, erzähl. Deine Neuigkeiten sind bestimmt spannender und besser als meine Loser-Story.«

Bea zog fragend die Augenbraue hoch und setzte sich auf einen der gemütlichen taubenblauen Sessel mit den bunt bestickten Kissen. »Ich habe gehört, dass du den Job als Krankheitsvertretung in der *Akademie an der Nordsee* abgelehnt hast, meinst du das mit Loser-Story?«

Larissa klappte beinahe die Kinnlade hinunter. Auf Sylt sprachen sich die Dinge schneller herum, als sie passierten.

Nele schien es allerdings nicht weiter zu stören, dass irgendjemand aus dem Umfeld von Ulrike Moers getratscht und Bea die Neuigkeiten bereits gesteckt hatte. »Ja, genau das meine ich. Also, schieß los: Was hast du für einen Plan, und was gibt es Neues? Ich hoffe nur Gutes.«

Bea lächelte schelmisch, ein Ausdruck, den Lissy schon länger nicht mehr bei ihr gesehen hatte. »Erstens: Ich habe mir eure Worte zu Herzen genommen und werde das *Büchernest* nicht kampflos aufgeben. Ihr seid zwar alle miteinander echte Nervensägen, aber ihr habt leider Gottes recht. Zweitens habe ich gerade mit diesem Ekelpaket von Vermieter telefoniert und ihm einen Deal vorgeschlagen.«

Larissas Herz begann vor Freude wild zu klopfen, auch über Neles Gesicht zog ein Strahlen. »Was für einen Deal denn?«, fragte sie und konnte den Sinneswandel ihrer Tante noch gar nicht recht fassen. Wie gut, dass sowohl Vero als auch Sophie Bea neulich ordentlich die Meinung gesagt hatten.

»Ich habe ihm vorgeschlagen, den Laden bis Ende April endgültig zu räumen, wenn er dafür als Gegenleistung ein nettes Sümmchen springen lässt. Wenn er einwilligt, frage ich Ineke, ob wir bis zum Ende der Sommersaison in ihrem Haus bleiben dürfen, damit wir genug Geld verdienen, um an einem neuen Standort zu beginnen. Heute Morgen war ich bei einem Makler in Westerland, der schaut sich jetzt nach geeigneten Räumlichkeiten für uns um. Es könnte allerdings sein, dass wir hier in Keitum nichts Bezahlbares finden, sondern auf Rantum, Wenningstedt oder Hörnum ausweichen müssen. Na, wie findet ihr das?«

»Aber ist denn das *Büchernest* noch das *Büchernest*, wenn es nicht mehr in Keitum steht?«, sprach Nele aus, was auch Larissa tief im Innern dachte. »Versteh mich nicht falsch, das sind alles schöne Orte, aber mir kommt es irgendwie seltsam vor, so weit weg von hier neu zu beginnen. Außerdem geht doch dann das Konzept mit dem Hotel gar nicht mehr auf.«

»Beschaff uns Geld, dann können wir in Keitum bleiben«, antwortete Bea schulterzuckend. »Das eine, was man will – das andere, was man muss. Soll ich den Makler anrufen und die ganze Sache abblasen?«

»Auf gar keinen Fall!«, protestierte Lissy. Sie wusste nur allzu gut, wie schnell Bea eingeschnappt wäre, wenn sie jetzt nicht gelobt wurde. »Die anderen Orte sind auch toll, außerdem gibt es da keine Konkurrenz. Dann müssen wir die Bücher für die Events im Hotel eben vom neuen Standort aus anliefern, kein Problem.«

»Wie schätzt der Makler denn die Chancen ein, etwas Passendes zu finden? Ihr wisst, dass Sven das Konzept mit den Kulturevents nur durchzieht, wenn wir ihn dabei unterstützen«, erinnerte Nele die beiden.

»Morgen Vormittag können wir uns zwei Läden in Rantum ansehen und einen in Wenningstedt. In der *Galerie Lister Markt* ist auch etwas frei, aber das können wir uns wohl nicht leisten, so wie der Ort gerade boomt.«

»Besichtigungen, wie toll«, freute Nele sich »Dann können Vero, du und ich morgen losziehen, während Sophie im Laden die Stellung hält. Und dir, Lissy, schicken wir Videos aufs Handy, in Ordnung?«

»Geht ja leider nicht anders«, brummte Larissa. In Situationen wie dieser fiel es ihr immer noch schwer, gelassen zu bleiben und damit klarzukommen, dass die Schwangerschaft zurzeit Vorrang vor allem anderen hatte. »Ich gebe dann über *Facetime* meinen Senf dazu. Können wir uns die Objekte denn schon mal vorab im Internet angucken?«

Kurz darauf steckten die drei Frauen die Köpfe zusammen und arbeiteten gründlich die Exposés zu den Ladenangeboten des Maklers durch.

»Puh, ganz schön anstrengend, und die Preise ziehen einem ja die Schuhe aus«, stöhnte Lissy, als nach einer Weile Grundrisse, Zahlen und Tabellen vor ihren Augen einen wilden Tanz aufführten. »So wie es aussieht, müssen wir fast doppelt so viel Pacht zahlen wie hier in Keitum, haben aber im Gegensatz zum hiesigen Standort kein Stammpublikum, auf das wir bauen können.«

»Hat keiner behauptet, dass das ein Spaziergang wird«, meinte Bea. »Aber lasst uns jetzt nicht den Kopf in den Sand stecken. Wer weiß, was sich noch alles an Chancen auftut, wenn sich erst einmal herumgesprochen hat, dass wir den alten Laden aufgeben müssen und etwas Neues suchen. Womöglich finden wir ja sogar etwas in Archsum oder Morsum, das wäre immerhin in der Nähe.«

»Wo aber leider der Hund begraben ist«, erwiderte Nele düster. »So schnuckelig ich die beiden Dörfer auch finde, da haben wir einfach nicht genug Touristen und Laufkundschaft, machen wir uns nichts vor.«

Nachdem Nele und Bea gegangen waren, um Sophie im *Büchernest* abzulösen und einen Termin mit einem Verlagsvertreter wahrzunehmen, dachte Lissy über ihre Zukunft nach.

Wenn das Baby geboren war, würde sie nicht mehr so viel Zeit wie früher haben, um zu arbeiten.

Lohnte es sich wirklich, noch einmal die ganze Aufregung, die Mühe und die Schulden auf sich zu nehmen, um mit dem

Büchernest an einem neuen Standort ganz von vorne zu beginnen?

Wäre es nicht deutlich entspannter und einfacher, bei den Kindern daheimzubleiben und irgendwo in Teilzeit zu jobben?

Es musste ja nicht im Buchhandel sein. Auf Sylt gab es genug Läden, die Mitarbeiter suchten. Als gelernte Fachfrau könnte sie auch jederzeit in einem der zahllosen Hotels anfangen.

Aber war es wirklich das, was sie wollte und was sie auf Dauer ausfüllen würde und glücklich machte?

Genau in dem Moment, als sie drohte, melancholisch zu werden, flog die Tür auf, und Nele stürmte herein.

»Huch! Was machst du denn hier? Ich dachte, du bist im *Büchernest?*«, fragte Larissa verdutzt.

»Ich war auch auf dem Weg dorthin, bin dann aber wieder umgekehrt, weil ich noch mal mit dir sprechen wollte. Du hast vorhin so traurig aus der Wäsche geguckt. Und mir fiel ein, wie schwierig es für dich sein muss, wenn alle um dich herum Pläne schmieden – und dir außerdem noch ihren ganzen Seelenmüll vor die Füße kippen –, während du gezwungen bist, im wahrsten Sinne des Wortes die Füße stillzuhalten.«

»Manchmal bist du wirklich weise«, erwiderte Larissa, die froh war, noch einmal mit Nele über alles sprechen zu können, was ihr auf der Seele lag. »Und wenn du in Form bist, auch eine wirklich tolle Freundin.«

»Du übrigens auch, allerdings im Gegensatz zu mir immer«, sagte Nele und setzte sich aufs Sofa. »Und weil du so klug und umsichtig bist, werde ich in deinem Beisein bei der Moers anrufen, mich entschuldigen und fragen, ob die Dozentenstelle noch zu haben ist. Immerhin muss ich eine teure Autoreparatur bezahlen und mir langfristig überlegen, wo ich wohnen werde, wenn ich am Ende des Sommers bei Ineke rausmuss. Außerdem würde ich gern ein bisschen Geld zum Projekt *Büchernest* beisteuern.«

»Das ist eine ebenfalls super weise Entscheidung«, lobte Lissy. »Dann bin ich ja mal gespannt, wie Frau Moers reagiert.«

Halb belustigt, halb gerührt lauschte sie dem Telefonat ihrer Freundin und drückte die Daumen.

Es kam nicht besonders häufig vor, dass Nele über ihren Schatten sprang und Fehler eingestand, darin war sie Bea zuweilen erschreckend ähnlich. Die Kursleiterin schien es ihr allerdings nicht einfach zu machen, so viel konnte sie dem Gespräch entnehmen.

Als Nele schließlich »Ich freue mich auf den Vertragsentwurf« zwischen den Zähnen hervorpresste, sprach Lissy innerlich ein Dankgebet.

»Boah, ist das 'ne Ziege«, giftete Nele, nachdem sie aufgelegt hatte. »Das kann ja heiter werden. Jetzt bleibt nur zu hoffen, dass die auch anständig zahlen, sonst ändere ich meine Meinung wieder. Sie mailt mir den Vertrag gleich zu, magst du bitte mal mit drübergucken? Du weißt, ich hab's nicht so mit dem Kleingedruckten. Die Mail habe ich übrigens an deine Adresse schicken lassen, damit wir das Ganze auch gleich ausdrucken können.«

Während Larissa ihren Laptop hochfuhr und nach der E-Mail an Nele suchte, entdeckt sie im Posteingang eine Nachricht mit der Überschrift *Anfrage wegen Filmdreharbeiten*.

»Guck mal«, sagte sie und drehte den Bildschirm zu Nele. »Siehst du auch, was ich sehe? Da will ein Filmteam das

Büchernest vier Wochen lang buchen, um dort einen Krimi zu drehen. Wie abgefahren ist das denn bitte?«

»Total blödes Timing«, murmelte Nele, die den Vertragsentwurf überflog. »Solche Firmen zahlen ziemlich gutes Geld, wenn sie den Betrieb für ihre Dreharbeiten komplett lahmlegen. Geld, das wir gerade jetzt ziemlich gut gebrauchen könnten. Aber wo nix ist, kann auch nix vermietet werden, oder? Schade, echt schade! So, und jetzt lass uns mal über dich sprechen. Welche Lösung für das *Büchernest* wäre dir denn die liebste?«

19.
Sophie

»Muss ich dich schon wieder abschleppen?«, fragte Ole, weil ich ziemlich ins Schnaufen gekommen war und husten musste.

Der starke Wind dröhnte in meinen Ohren, feine Sandkörner reizten meine Augen, sodass sie laufend tränten.

Doch ich wollte auf gar keinen Fall zugeben, dass ich dem legendären, beinahe vierstündigen Marsch rund um den Lister Ellenbogen kaum gewachsen war.

»Nö, danke, geht schon«, murmelte ich, obwohl meine Ohren trotz der Wollmütze bereits schmerzten. Eine sanfte Brise war ganz nach meinem Geschmack, kräftigen Wind ließ ich mir auch ab und zu gefallen. Doch das hier übertraf alles, was ich bislang erlebt hatte. Vor unseren Füßen kämpften das Wattenmeer und die offene See gegeneinander und erzeugten dabei gefährliche Tiefenströmungen, die das Baden an dieser Stelle unmöglich machten. Doch es war großartig, dieses Schauspiel vom Wassersaum aus zu beobachten.

Und ich liebte den Duft der Nordsee.

»Wieso hast du eigentlich keine ordentliche Windjacke mit Kapuze, wenn du so schnell frierst?«, fragte Ole mit einer

Mischung aus Belustigung und Sorge. »Wenn ich das gewusst hätte, wären wir gar nicht erst hierhergekommen.«

»Alles ist gut, ich bin ja nicht aus Zucker«, erwiderte ich, während ich mich nach einem heißen Schaumbad mit anschließendem Chillen vor prasselndem Kaminfeuer sehnte. Doch leider gab es in Beas Pavillon weder eine Wanne noch einen Kamin oder Ofen. »Außerdem habe ich unseren Ausflug selbst vorgeschlagen, schließlich will ich auch mal diesen Teil der Insel kennenlernen.«

Irritiert sah ich dabei zu, wie Ole seine dunkelblaue Jacke auszog und sie mir reichte.

»So, die wird jetzt angezogen, keine Widerrede. Windstärke 36 ist nämlich 'ne echte Ansage«, ordnete Ole an, und ich schlüpfte in seine Jacke, die mir natürlich viel zu groß war. »Nun die Kapuze ordentlich festziehen, dann kommt auch nichts mehr an die Ohren.« Ole guckte streng und zurrte an den Riemen. In diesem Moment war sein Gesicht ganz nah an meinem, und ich konnte in seine dunkelbraunen Augen schauen, die weit wärmer wirkten, als seine eher markige Art es vermuten ließ.

»Hast du Kinder?«, fragte ich aus einem Impuls heraus, da Ole in diesem Augenblick etwas beinahe Väterliches ausstrahlte.

»Ja, eine Tochter. Wieso fragst du?«

»Nur so. Du bist gerade sehr fürsorglich, und ich fühle mich ein wenig zwergenhaft in dieser riesigen Jacke. Aber danke, das ist schon tausendmal besser als eben. Ich habe allerdings ein schlechtes Gewissen, weil du jetzt bestimmt frierst.«

In der Tat begann der Druck auf meinen Ohren allmählich

nachzulassen, eine echte Wohltat. »Wie alt ist deine Tochter denn, und wie heißt sie?«

Nele hatte erzählt, dass Ole geschieden war und eine Zeit lang nicht auf Sylt gelebt hatte.

»Sie heißt Lena, ist sechzehn und wohnt bei ihrer Mutter in Hamburg«, antwortete Ole. Sein Tonfall verriet in keiner Weise, ob er Lena liebte und sie ihm fehlte.

»Vermisst du sie, oder seht ihr euch regelmäßig?«, fragte ich, obwohl mir meine Neugier in diesem Moment unangemessen erschien, schließlich sahen wir beide uns heute erst zum dritten Mal, von der kurzen Autoabschleppaktion im Klappholttal abgesehen.

»Mal so, mal so«, meinte Ole vage, redete dann aber nicht mehr weiter.

Okay, schwieriges Thema, ich habe verstanden, dachte ich und ließ meinen Blick weiter über die Brandung schweifen.

Die graugrünen Wellen trugen stolz ihre weißen Schaumkronen zur Schau, Möwen überflogen das Meer in – wie es mir schien – gebührendem Sicherheitsabstand. Der Wind versprühte das Salzwasser der Gischt, das sich wie eine Maske auf mein Gesicht legte.

»Wie sieht's aus? Wollen wir wieder zurück? Ist ja noch ein langer Marsch«, fragte Ole, und ich nickte.

Irgendwie konnte ich es immer noch nicht recht glauben, dass er mich angerufen und mir vorgeschlagen hatte, sich noch einmal zu treffen. Stumm gingen wir Seite an Seite über den Sandweg, der von Reisigzweigen gesäumt war, die dicht nebeneinander in den Boden gerammt worden waren und als Windfangzäune dienten. Bei flüchtigem Hinsehen erinnerten sie an Hexenbesen, deren Borsten in den stahlblauen Himmel ragten.

»Wie lange willst du denn eigentlich auf Sylt bleiben?«, fragte Ole nach einer gefühlten Ewigkeit. »Man munkelt ja, dass es dem *Büchernest* finanziell nicht besonders gut geht.«

»Auf Sylt spricht sich aber auch alles in Windeseile herum. Ihr Insulaner seid echte Klatschtanten«, erwiderte ich, während ich überlegte, wie ehrlich ich Ole gegenüber sein durfte. »Sagen wir mal so: Das Buchcafé befindet sich gerade in einer Umbruchphase, und wir hoffen sehr, dass sich spätestens zum Ende der Sommersaison alles wieder beruhigt.«

»Ist dein Leben auch im Umbruch?« Ole sah mich nicht an, als er diese Frage stellte, und das war auch gut so. Heiße Röte schoss mir ins Gesicht.

»Irgendwie schon …«, murmelte ich verlegen. »Deshalb kann ich auch deine Frage nicht beantworten. Um dauerhaft auf Sylt zu bleiben, brauche ich einen festen Job, eine Wohnung und natürlich die Gewissheit, dass es die richtige Entscheidung ist, gerade hier meine Zelte aufzuschlagen. Schließlich komme ich aus Hamburg, bin also keine Insulanerin.«

»Ach, wer ist das hier schon?« Ole machte eine wegwerfende Handbewegung. »Viele kommen aus allen Teilen Deutschlands, um hier ihren romantischen Traum vom glücklichen Leben auf einer Nordseeinsel zu verwirklichen, das ist nichts Ungewöhnliches. Ungewöhnlich sind eher diejenigen, die Sylt nach ein, zwei harten, einsamen Wintern immer noch so lieben, wie es hier ist. Glaub mir, auf einer Nordseeinsel zu wohnen ist kein Zuckerschlecken, wenn man naive Vorstellungen hat.«

»Hast du immer hier gelebt oder auch mal anderswo?«, fragte ich, um mir ein besseres Bild von dem Mann machen zu können, den ich innerhalb einer Woche bereits zum dritten Mal traf. So häufig bekam ich noch nicht einmal Larissa zu Gesicht.

»Ich war lange so eine Art Weltenbummler und Vagabund«, erzählte Ole, was mich nicht weiter wunderte. »Das Meer habe ich schon immer geliebt, und so bin ich nach dem Studium in Hamburg eine Weile mit ein paar Kumpels um die Welt gesegelt und habe mir genauer angesehen, auf welchem Planeten wir so leben. Dabei habe ich das Surfen und Kiten für mich entdeckt und beschlossen, es mir erst mal eine Weile gut gehen zu lassen, bevor ich irgendwo sesshaft werde und womöglich eine Familie gründe. Im Sommer habe ich in Touristenorten als Rettungsschwimmer oder Kellner gejobbt, im Winter ging's dann mit den Jungs nach Marokko, Brasilien oder was auch immer wir uns leisten konnten, um dort zu kiten.«

Ich lauschte gebannt.

Vor meinen Augen entstand eine Welt, wie sie kaum konträrer zu meiner oder der von David vorstellbar war. Seit ich denken konnte, war in meinem Leben alles weitgehend durchdacht, strukturiert und zielorientiert gewesen.

Nach dem Abi hatte ich mir nur eine kurze Pause von vier Wochen gegönnt, um mal ein bisschen abzuhängen, wogegen viele in meinem Alter ein Jahr ins Ausland gegangen waren oder versucht hatten, herauszufinden, wer sie eigentlich waren und was sie lernen oder studieren wollten.

»Wann hast du Lenas Mutter kennengelernt?« In diesem Moment war es mir egal, ob das zu persönlich war. Ole würde mir schon die rote Karte zeigen, wenn er keine Lust auf Fragen dieser Art hatte.

Doch nun war er offenbar in Plauderlaune und ich eine mehr als gespannte Zuhörerin. »Ally ist Australierin, und ich habe sie vor über zwanzig Jahren auf Hawaii kennengelernt. Sie war eine spitzenmäßige Surferin, ich ein sehr guter Kiter. Zusammen waren wir unschlagbar und ein echt heißes Team. Wir sind eine Weile herumgezogen, bis Ally eines Tages feststellte, dass sie schwanger war. Zuerst hat mir das einen Mordsschrecken eingejagt, weil ich mich noch nicht reif genug für eine Vaterschaft fühlte, aber dann habe ich mich irgendwann an den Gedanken gewöhnt. Wir sind gemeinsam nach Sylt gegangen, um uns hier etwas aufzubauen und eine Familie zu werden. Doch das ging leider gründlich schief, so sehr ich meine Tochter auch liebe.«

»Wie lebte es sich denn als Australierin auf einer so kleinen Nordseeinsel?«, wollte ich wissen, da diese Vorstellung meinen Horizont überstieg. »Sylt ist zwar wunderschön, aber kein Vergleich zu einer Stadt wie Sydney oder Perth. Oder wo stammte Ally her?«

»Das war nicht das Problem, denn sie ist keine Großstädterin. Die viel größere Schwierigkeit bestand darin, dass wir beide plötzlich sesshaft werden, unser Geld an einem Ort verdienen und Verantwortung für ein kleines Kind übernehmen mussten, obwohl wir uns selbst immer noch wie Teenager fühlten. Ally ist übrigens zehn Jahre jünger als ich, also einundvierzig.«

»Darüber ist dann also eure Ehe zerbrochen? Wie schade.«

»Mittlerweile habe ich mich an den Gedanken gewöhnt, geschieden zu sein und eine fast erwachsene Tochter zu haben«, erwiderte Ole. »Natürlich war das Ganze ein langwieriger und schmerzhafter Prozess, in dem wir sehr um unsere Ehe und Familie gekämpft haben. Auf Dauer war nun wieder Hamburg, wo wir es nach Sylt zusammen versucht haben, nichts für mich. Zu laut, zu voll, kein Meer, keine Möglichkeit zum Kiten. Ally fühlt sich dort zum Glück sehr wohl und hat einen tollen Job als Geschäftsführerin eines großen Surfshops. Lena besucht mich nach Lust und Laune, je nachdem, ob sich Sylt gerade mit ihrem aktuellen Lifestyle vereinbaren lässt oder nicht. Beziehungsweise, ob sie ihren alten Vater momentan uncool findet oder doch gar nicht so übel.«

»Verstehe«, antwortete ich schmunzelnd. »Tja, dieses Alter ist nicht ganz einfach, weder für die Kids noch für ihr Umfeld. Wir selbst sind ja auch nicht viel netter mit unseren Eltern umgegangen.«

»Das stimmt ... Ich erinnere mich noch gut daran, wie sehr ich mit meiner Mutter im Clinch lag, als ich mir das erste Tattoo habe stechen lassen. Heutzutage ist das ja keine große Sache mehr, aber damals war es eine Katastrophe. Meine Mum hat mir mit Kochentzug gedroht, wenn ich mir das Tattoo nicht entfernen lasse, was mich echt ins Schwanken gebracht hat, denn ich liebe ihren Sylter Labskaus über alles. Apropos Essen: Du hast nicht zufällig Hunger?«

»Sehr großen sogar, aber erst will ich wissen, ob du nachgegeben hast.«

»Na, was glaubst du wohl?«, erwiderte Ole grinsend. »Ich habe einfach den Spieß umgedreht und gelernt, wie man kocht. Wenn du magst, schwinge ich bei mir daheim den Kochlöffel für uns. Campino hat sicher auch Hunger.«

»Guter Plan«, fand ich und spürte, wie mein Herz zu pochen begann. Wieso fühlte es sich nur so verdammt gut an, mit Ole zusammen zu sein?

20.
Nele

»Hier sind dein Pausenbrot, ein Apfel und eine Thermosflasche Tee. Und denk dran: Pünktlich zum Läuten der Glocke aus der Pause zurück sein und nicht mit fremden Jungs spielen.«

Sven überreichte Nele mit einem Augenzwinkern ein kleines Lunchpaket. »Oder hätte ich dir eine Schultüte basteln sollen?«

Nele fiel ihm dermaßen stürmisch um den Hals, dass die Thermosflasche zu Boden krachte und quer durch die Küche kullerte. »Danke, du bist echt süß. Ach Mann, ich bin ja so aufgeregt.«

Sven hob die Flasche auf, vergewisserte sich, dass sie noch heil war, und gab Nele einen zärtlichen Kuss: »Ach was, du wirst sie alle umhauen. Also nicht schüchtern sein, ran an den Speck, pardon: die Leinwand. Meld dich zwischendurch mal und erzähl, wie's läuft, okay?«

Nele war schon halb zur Tür hinaus, rief »Na klar!« und ging dann zu ihrem Auto, das glücklicherweise pünktlich zum Start ihres Kurses aus der Werkstatt gekommen war.

Kurze Zeit später fuhr sie auf der Straße Richtung Norden

zum Klappholttal. Heute hatte sie weder Augen für die atemberaubenden Dünen von Listland noch für den Himmel, über den der Wind schneeweiße Wattewolken trieb. Dazu war sie in Gedanken viel zu sehr mit ihrer neuen Aufgabe beschäftigt.

An der Akademie angekommen, nahm Ulrike Moers sie mit einem schiefen Lächeln in Empfang: »Zehn Minuten später als vereinbart, aber nun sind Sie ja hier. Willkommen an unserer Schule. Wir sind wirklich glücklich, dass Sie bereit sind, uns so kurzfristig aus der Patsche zu helfen. Jetzt bringe ich Sie erst mal in den Raum, in dem Ihre Schüler Sie bereits sehnsüchtig erwarten.«

Nele beschloss, den kritischen Kommentar über ihr Zuspätkommen elegant zu überhören und sich nicht gleich zu Beginn ihres neuen Jobs provozieren zu lassen. Sie hatte sich fest vorgenommen, bei der Stange zu bleiben, egal, was passierte.

Frau Moers stellte Nele den Kursteilnehmern vor, die sie alle wie gebannt anstarrten. Wie früher, wenn wir eine neue Klassenlehrerin bekommen haben, dachte Nele amüsiert.

Damals hatte sie sich stets klein, bedeutungslos und irgendwie ausgeliefert gefühlt. Wer hätte gedacht, dass sie Jahre später als erfolgreiche Kinderbuchillustratorin und Malerin an dieser Akademie rund zwanzig Schüler unterrichten würde? Also straffte sie die Schultern, ließ den Blick über ihre künftigen Schäfchen schweifen und sagte »Moin. Das *Sievers* können Sie sich gern sparen, Nele genügt völlig. Dummerweise habe ich ein schlechtes Namensgedächtnis, also bitte ich um Nachsicht, wenn ich einen von Ihnen mal falsch anspreche. Aber wir sind ja hier, um zu malen, und nicht, um zu quatschen. Deshalb möchte ich mir zuerst ansehen, was Sie bisher alles gemacht haben.«

Wie ein Wachhund stand Frau Moers schräg hinter ihr. Nele konnte ihren Atem im Nacken spüren, was sie normalerweise wahnsinnig gemacht hätte. Doch sie widerstand tapfer dem Impuls, ihr zu sagen, sie solle sich schleunigst vom Acker machen.

Die unfertigen Bilder der Kursteilnehmer standen auf Staffeleien, die meisten von ihnen direkt unter den großen Panoramafenstern mit Blick aufs Meer.

Nele ging von Bild zu Bild. Auf den ersten Blick konnte sie allerdings nichts entdecken, was nicht dem gängigen Klischee des Hobbymalens entsprach: teils zarte und teils kräftige Aquarelle oder Acrylbilder, die die Sylter Dünenlandschaft oder die Nordsee zeigten. Mit *Freier Malerei* hatte das ihrer Ansicht nach leider wenig zu tun.

»Na, das sieht doch alles ganz wunderbar aus«, schwindelte sie, in der Hoffnung, Ulrike Moers so ganz schnell loszuwerden. Denn die würde unter Garantie nicht gutheißen, was Nele jetzt vorhatte. Ihr Trick funktionierte tatsächlich, sie hörte die Moers erleichtert seufzen und »Na dann, viel Spaß« sagen.

Eine Sekunde später war sie endlich verschwunden, der Wachhund suchte sich eine neue Aufgabe.

»Wie gesagt, ich finde, das sind tolle Ansätze, mit denen wir in den nächsten Wochen arbeiten können«, fuhr Nele fort. »Doch bevor Sie weiter den Pinsel schwingen, wüsste ich gern, wer Sie alle sind, ob Sie von der Insel kommen oder hier Urlaub machen und was Sie sich von diesem Kurs erhoffen. Dazu gehen wir am besten nach draußen und lassen uns ein bisschen den Nordseewind um die Nase wehen. Heute ist es zwar immer noch frisch, aber die Sonne scheint so schön, dass es eine Schande wäre, hier drin zu hocken. Lassen Sie aber bitte Ihre Malutensilien hier, die brauchen Sie jetzt nicht.«

»Brauchen wir nicht?«, fragte eine kleine, blasse Frau mit riesiger Brille auf der Nase. »Aber wir sind doch nicht hier, um spazieren zu gehen.«

»Nun lass mal, Edith, die Dame wird schon wissen, was zu tun ist«, beschwichtigte sie ein älterer Herr, schätzungsweise an die achtzig.

»Draußen ist es viel geiler als hier drin«, meldete sich ein junger Mann zu Wort: Lederjacke, abgetretene Cowboystiefel und ein Amulett um den Hals. Seine Hände steckten in den Taschen einer zerlöcherten Jeans, und er schien ein Faible für Kaugummi zu haben.

»Fein, dann sind wir uns ja einig«, sagte Nele lächelnd und öffnete die Tür. »Also sehen wir uns gleich draußen am Strand.« Unbemerkt von Frau Moers gelangte das Trüppchen zum Meer. »So, jetzt alle erst mal tief ein- und wieder ausatmen und dabei eine Weile die Augen geschlossenen halten. Wenn ich sage: Augen auf, dann geht's los. Aber bitte nicht schummeln.« Nele zählte bis sechzig, dann gab sie das Kommando. »Na? Was sehen Sie, Edith?«, fragte sie, neugierig, ob ihr Experiment gelang.

Edith rückte ihre Brille zurecht, kniff die Augen zusammen und antwortete dann mit dünner Stimme: »Wolken, Himmel, Meer, Möwen, Sand.« Beim Wort *Sand* ging ihre Stimme ein wenig nach oben, ganz so, als wolle Edith sich vergewissern, dass ihre Beobachtungen auch wirklich korrekt waren.

»Richtig«, stimmte Nele zu, ein wenig amüsiert über die Unsicherheit, die Edith vor sich hertrug wie eine Monstranz. »Aber was ist mit den Linien? Welche Elemente befinden sich in der Horizontalen und welche in der Vertikalen? Was erkennen Sie, wenn Sie das alles miteinander verbinden, so wie beim Malen von Punkt zu Punkt.«

Eine ganze Weile herrschte Stille.

»Eine Art ... Schiff«, durchbrach ein Mann mit Schnauzbart als Erster das Schweigen.

»Eine Krone«, warf ein junges Mädchen ein.

»Ich sehe eine Mundharmonika.«

»Einen Zaun mit Löchern.«

»Eine andere Welt.«

»Das Paralleluniversum.«

Nele freute sich diebisch, als die vielen, teils äußerst fantasievollen Impressionen durch die Luft flogen und die Schüler offensichtlich Spaß daran fanden, sich gegenseitig mit neuen Interpretationen zu übertreffen.

»Toll!«, lobte sie schließlich. »Prägen Sie sich bitte alle diese Kopfbilder ein und fertigen Sie bis zum nächsten Mal Skizzen dazu an. Nur Bleistift, keine Tusche oder Kreide. Und jetzt gehen wir zu dieser Strandbude da hinten, trinken etwas und lernen uns alle ein bisschen besser kennen.«

»Mann, hat das Spaß gemacht«, schwärmte Nele, als sie Lissy abends besuchte, um von ihrem ersten Tag als Dozentin zu erzählen.

Larissa sah gerade zu, wie ihre kleine Tochter vergnügt über den Verkehrsteppich robbte, den Vero ihr neulich geschenkt hatte. Lissy hob den Kopf und lächelte: »Echt? Gab's keinen Zusammenstoß mit der Moers? Du glaubst gar nicht, wie sehr mich das freut.«

»Doch, das glaube ich dir auf's Wort«, entgegnete Nele und

drückte Liu ein Küsschen auf die Wange. »Wenn du größer bist, gebe ich dir auch Malunterricht, Käferchen«, flüsterte sie zärtlich und streichelte der Kleinen, die mit einem fröhlichen Glucksen antwortete, übers flaumweiche Haar. »Was gibt's denn hier so Neues?«

»Du wirst es nicht glauben, aber Bea ist mit dem Vermieter ein gutes Stück weitergekommen. Er bietet uns zwölftausend Euro dafür, dass wir den Laden früher räumen. Bea lässt ihn aber noch ein bisschen schmoren, weil Adalbert und sie ausgerechnet haben, dass mindestens fünfundzwanzigtausend für uns drin sein müssten, wenn nicht mehr.«

»Was? So viel?« Nele glaubte zunächst, sich verhört zu haben.

»Na klar«, erklärte Lissy. »Je eher der Mann mit dem Umbau in luxuriöse Ferienwohnungen beginnen kann, desto eher wird er fertig und kann Mieteinnahmen erzielen. Je nachdem, wie aufwendig er saniert, kann er womöglich schon zur Weihnachtssaison oder spätestens zu Ostern kommenden Jahres mit der Vermietung loslegen. Je cooler und tougher Bea jetzt bleibt, desto mehr Geld bekommen wir.«

»Wow!«, sagte Nele, die in Gedanken immer noch bei ihrem Tag an der Akademie war. »Wenn Bea sich erst mal etwas in den Kopf gesetzt hat, ist sie nur schwer zu bremsen. Ich drücke die Daumen, dass sie dem Typen richtig viel Kohle abknöpfen kann. Aber wir müssen dringend eine bezahlbare Immobilie finden beziehungsweise eine, die so viel Charme hat wie das alte *Büchernest*, sonst haben wir zwar Geld, aber keinen passenden Laden.« Betrübt dachte Nele an die gestrige Besichtigung, die mehr als enttäuschend gewesen war.

Keine von ihnen hatte sich bei den angebotenen Objekten auch nur im Entferntesten vorstellen können, dort noch einmal neu durchzustarten und dafür auch noch einen weiteren Anfahrtsweg in Kauf zu nehmen.

Zum Glück war Sven noch bereit, einige Tage abzuwarten, doch spätestens Ende April musste er eine Entscheidung fällen, was die konzeptionelle Ausrichtung des Hotels betraf.

»Ich war übrigens auch nicht untätig«, sagte Larissa und reckte stolz das Kinn. »Mich hat die Anfrage dieser Filmfirma nicht losgelassen, deshalb habe ich mit denen telefoniert und ihnen Bilder beziehungsweise ein Video vom neuen *Büchernest* geschickt. Und weißt du was? Das fanden sie sogar noch toller als den alten Laden, wegen des Hygge-Charmes, wie dieser Locationscout sagte. Der stünde in so tollem Kontrast zu dem Mord, der dort stattfinden soll.«

»Weiß Ineke davon?«, fragte Nele, die sich nicht so recht vorstellen konnte, dass die alte Dame es gutheißen würde, wenn ihr Haus auf diese Art in den Fokus der Öffentlichkeit geriet. Zudem war sie eine absolute Gegnerin jeder Art von Gewalt, da ihr Vater im Krieg gefallen war.

Larissa verzog gequält das Gesicht.

»Also nein«, konstatierte Nele, amüsiert über Lissys Alleingang. »Hast du Bea denn schon von dieser Anfrage erzählt?«

Larissa schüttelte den Kopf.

»Und nun?«

»Nun muss ich meinen Mut zusammennehmen und erst Bea überzeugen, dann Ineke. Was natürlich insofern schwierig ist, weil ich ans Haus gekettet bin und diese Angelegenheit lieber mit ihr unter vier Augen besprechen würde als am Telefon. Andererseits geht es um einen großen Batzen Geld, der – addiert mit der Zahlung unseres Vermieters und den künftigen Einnahmen aus dem Saisongeschäft – einen Neustart durchaus möglich machen könnte.«

»Wenn es dir gelingt, Bea zu überzeugen, dann gehe ich höchstpersönlich zu Ineke und versuche ihr zu verklickern, dass diese Maßnahme unerlässlich ist, um die legendäre Keitumer Institution *Büchernest* am Leben zu erhalten. Außerdem kann ich sie dann gleich fragen, ob sie Lust hat, mal als Gastdozentin in meinem Kurs einen Vortrag zu halten. Das würden meine Schüler bestimmt toll finden.«

Nele war erstaunt, wie gut sich die Worte *meine Schüler* anfühlten. Doch dann fiel ihr plötzlich etwas ein, das ihre Euphorie jäh dämmte: »Halt! Stopp!«, rief sie aus. »Wir haben bei der Sache mit der Vermietung an die Filmfirma einen großen Denkfehler gemacht.«

»Ach ja? Welchen denn?« Lissy riss erstaunt die Augen auf.

»Die Einnahmen aus der Vermietung stehen gar nicht uns zu, sondern Ineke.«

Einen Moment war es still im Raum, dann fingen beide wie auf ein geheimes Kommando zu lachen an.

»Ach nee, ich bin dumm wie Brot«, gluckste Lissy unter Tränen.

»Ich habe den IQ eines Rosinenbrötchens«, sagte Nele. »Und gemeinsam sind wir …«

»Einfach unfassbar doof!«

21.
Sophie

Voller Vorfreude öffnete ich drei Kartons mit der Lieferung neuer Bücher: beinahe alles Unterhaltungs- und Liebesromane mit hellblauen oder rosafarbenen Umschlägen.

Wieso sind eigentlich überall Blumen, Kuchen oder Obst drauf?, fragte ich mich irritiert, während ich die Rückseitentexte überflog.

Wie jedes Jahr um diese Zeit fluteten die Verlage den Buchhandel mit Titeln, die als Strandlektüre empfohlen wurden oder als Wohlfühllektüre zum Abschalten.

Auch in dieser Saison gab es wieder zahlreiche Romane, die auf Sylt spielten. Diese räumte ich in die Obstkiste mit der Aufschrift *Regionalia*, alle anderen kamen entweder als Stapel auf den Couchtisch im Eingang oder als Einzelexemplare in die große Buchvitrine.

Drei Liebesschmöker sprachen mich spontan so an, dass ich Lust verspürte, sie zu kaufen. Der hoffnungsvoll romantische Anteil in mir glaubte immer noch an die einzig wahre, große Liebe, wie man sie in Büchern und Filmen findet.

»Moin Süße«, flötete Nele, die freitags keinen Unterricht hatte und im *Büchernest* aushalf. »Na? Alles gut bei dir?«

Am liebsten hätte ich geantwortet: »Nein, denn ich habe einen schrecklichen Fehler gemacht«, doch ich ließ es bleiben, weil ich dieses Thema erst mit mir allein ausmachen wollte, bevor Nele genüsslich darüber herfiel.

»Es gibt übrigens tolle Neuigkeiten«, fuhr sie fort, ohne meine Antwort abzuwarten. »Bea hat es doch tatsächlich geschafft, den Vermieter auf fünfundvierzigtausend Euro hochzuhandeln, ist das nicht großartig? Jetzt müssen wir nur noch einen neuen Laden finden, und dann sind wir alle Probleme los. Morgen sehen wir uns zwei weitere Objekte in Hörnum an. Drück bitte die Daumen, dass das klappt. Sven ist schon ziemlich unruhig, weil Olivia ihm wegen der PR-Kampagne im Nacken sitzt. Aber ich bin echt froh, dass sie ihn momentan von Hamburg aus nervt und noch nicht wieder auf Sylt ihr Unwesen treibt.«

»Natürlich drücke ich die Daumen«, erwiderte ich mechanisch, während meine Gedanken zu Ole flogen, ohne dass ich etwas dagegen tun konnte.

Der männlich markante Duft seiner Haut.

Seine starken, muskulösen Arme mit den Tattoos.

Der Blick aus seinen unglaublich schönen Augen, während wir miteinander schliefen.

Seit dieser Nacht hatte ich nichts mehr von ihm gehört, und nun versuchte ich krampfhaft, das Geschehene zu verdrängen und nicht ständig auf mein Handy zu starren wie ein Teenager.

Es war zum Verrücktwerden.

Konnte es wirklich sein, dass man sich Hals über Kopf in einen Mann verliebte, den man im Grunde gar nicht kannte? Obwohl man noch an einer Trennung zu knapsen hatte?

Verschämt gestand ich mir ein, dass *verlieben* gar nicht der richtige Ausdruck war.

Verknallen traf es weitaus besser: Bäng-Boom-Krach-Peng. Wie in einem Comic. Eigentlich hatte es mich schon in der Sekunde erwischt, als Ole ins *Büchernest* gekommen war, um nach dem vergriffenen Buch zu fragen.

So etwas war mir noch nie zuvor passiert.

»Was ist denn mit dir los? Du wirkst so abwesend.«

Nele fuchtelte mit den Armen vor meinem Gesicht herum und schnipste mit den Fingern.

Sollte ich ihr doch alles erzählen und sie fragen, was ich jetzt tun sollte?

Weiter auf ein Zeichen von Ole warten?

Oder mich selbst bei ihm melden?

»Ich ... ich ...« Meine Hilflosigkeit gewann die Oberhand. Natürlich hätte ich meine beste Freundin Monja fragen können, doch die war seit einem Jahr beruflich in Kapstadt und daher nicht ganz so einfach zu erreichen.

Theres in Wien wäre auch eine Option gewesen, aber die hätte mir bestimmt geraten, vorsichtig zu sein und mich dezent zurückzuhalten. »Ich habe was schrecklich Blödes gemacht ... und ... und mit Ole geschlafen. Praktisch bei der ersten Verabredung. Nun meldet er sich nicht, und ich weiß nicht, was ich tun soll. Immerhin ist es jetzt fünf Tage her«, platzte es ungefiltert aus mir heraus.

»Wow!« Nele wirkte echt beeindruckt. »Das ist ja klasse. Ich bin froh, dass du dich entschieden hast, ein bisschen Spaß zu haben und nicht mehr als Trauerkloß durch die Gegend zu laufen. Wie war es denn?«

»Hallo?! Hast du mir zugehört? Ole meldet sich nicht.«

Meine Stimme überschlug sich beinahe vor lauter Anspannung. Die vergangenen Tage waren zermürbend gewesen, ich hatte eben kaum Erfahrung damit, auf den Anruf eines Mannes zu warten, mit dem ich intim geworden war. Natürlich hatte ich vor David die eine oder andere Affäre gehabt, mich dabei aber nie wirklich wohlgefühlt. »Du findest mich jetzt sicher altmodisch oder spießig, aber ich steige nicht so ohne Weiteres mit einem Mann ins Bett.«

»Oje.« Nele wirkte ehrlich betroffen. »Du hast dich in Ole verliebt, stimmt's? Mensch, Sophie, davon war aber nicht die Rede, als ich dich ermuntert habe, dir auf Sylt einen Flirt zu suchen.«

»Ich dachte, Ole ist ein *Guter*. Oder wie haben es deine Surferjungs so schön formuliert? Hast du nicht gesagt, er hätte keine …«, ich rang nach den passsenden Worten, »… krummen Frauengeschichten?«

Mittlerweile war ich so verunsichert, dass ich mir wünschte, ich könnte die Nacht von Sonntag auf Montag aus dem Kalender radieren.

Nele wickelte eine rote Locke um die Finger und kräuselte die Stirn. »Ruf ihn einfach an und frag, ob ihr euch am Wochenende sehen könnt. Die Wetterprognose ist gut, ihr könntet spazieren gehen und dann eines der Restaurants testen, die auf Sylt neu eröffnet haben. Oder du schleppst ihn zu *Dittmeyer's* und fütterst ihn mit Austern. Das wirkt manchmal Wunder.«

»Wie war das denn bei Sven und dir?«, hakte ich nach, ohne auf Neles Vorschläge einzugehen. »Ich bin so dermaßen diesem ganzen Dating-Spiel entwachsen, dass ich einfach nicht weiß, wie man sich richtig verhält. Wenn ich anrufe, bin ich dann zu leicht zu haben und damit uninteressant? Und wenn ...«

»... wenn du dich nicht meldest und er womöglich umgekehrt dasselbe denkt, könnt ihr beide bis zum Sankt-Nimmerleins-Tag warten und verpasst dabei die beste Zeit eures Lebens. Also – ran an den Kerl! Sei nicht so schüchtern, sondern vertrau darauf, dass du eine tolle Frau bist. Wer hat denn überhaupt den ersten Schritt bei dieser gemeinsamen Nacht gemacht?«

»Er.«

Immer noch liefen Schauer über meinen Körper, wenn ich an den vergangenen Sonntag dachte: Nach dem Spaziergang hatte Ole – äußerst lässig und souverän – köstliche Pasta mit Meeresfrüchten und einen Salat zubereitet. Danach waren wir uns bei mehreren Gläsern Rotwein näher und näher gekommen.

Ein heimeliges Feuer hatte im Kamin geprasselt, Campino lag zusammengerollt auf einem Sessel, und wir sprachen über viele Dinge, die uns bewegten und am Herzen lagen.

Obwohl Ole und ich kaum unterschiedlicher sein konnten, erkannte ich mich in seiner Schilderung eines Lebensumbruchs wieder. Auch zeitweilige Unsicherheit bei Entscheidungen und der Hang, ab und zu ein bisschen zu viel zu grübeln, aber auch das Leben mit all seinen Facetten zu lieben, waren mir äußerst vertraut.

»Hmm ...« Nele schien fieberhaft nachzudenken. »Bei Sven und mir war es ein bisschen anders. Beim Kennenlernen in der Apotheke sind wir erst einmal ganz schön aneinandergerasselt. Ich fand ihn sofort toll, deshalb habe ich die ganze Sache ziemlich forciert, wenn ich ehrlich bin. Begonnen hat das Ganze aber als Affäre. Ein echtes Paar sind wir erst nach einigem Auf und Ab geworden.« Gebannt hörte ich Nele zu, die nun so richtig in Fahrt war. »Sven hatte überhaupt keine Lust, sich nach der Trennung von Olivia auf irgendjemanden einzulassen. Dummerweise war ich so schwer verknallt, dass ich überhaupt nicht mit diesem einmal Hü und einmal Hott klarkam. Frag Lissy, wie lange sie sich mein Gequake anhören musste, bis ich mich endlich halbwegs sicher mit Sven fühlen konnte.«

»Oh ja, ich kann's mir lebhaft vorstellen«, erwiderte ich schmunzelnd. »Lissy ist aber zum Glück eine geduldige Zuhörerin und mit Sicherheit die beste Freundin, die du dir wünschen kannst.«

»Ja, das ist sie«, bestätigte Nele lächelnd.

In diesem Moment öffnete sich die Tür, und drei Frauen betraten das *Büchernest*.

»Super, dass wir unsere Männer mal los sind«, freute sich die eine und stürzte sich sofort auf das Angebot an Büchern, die an der Küste spielten.

»Gut, dass es hier so viele Golfclubs gibt, dann sind sie wenigstens beschäftigt«, kicherte die andere und blätterte im Roman *Inselzauber*. »Ich hasse es nämlich, wenn Kurt vor der Tür steht und ungeduldig darauf wartet, bis ich aus einem Laden rauskomme. Das stresst mich total.«

»Mädels, Mädels, ist das nicht traumhaft schön hier?«, jubilierte die dritte im Bunde. »Wieso gibt's bei uns zu Hause nicht so tolle Buchhandlungen? Hier möchte man sofort einziehen.«

Nele zwinkerte mir zu, und ich dachte: Hoffentlich gelingt es uns, etwas Ähnliches an einem neuen Standort aufzuziehen. Der Markt war ganz offenbar vorhanden, und die Ausstattung des *Büchernests* ganz genau nach dem Geschmack der Kundinnen.

»Wir sollten nach dem Umzug einen separaten Raum für Männer einrichten, in dem auch sie sich wohlfühlen und in Kaufrausch geraten«, flüsterte ich Nele zu und wandte mich dann an das Freundinnentrio, um zu fragen, ob ich behilflich sein könne.

Nele nickte und murmelte: »Ledercouch, ein Humidor, eine kleine Bar mit Gin und Whisky. Doch, das ist eine gute Idee. Da können sich Adalbert, Hinrich und Sven bei der Konzeption austoben, wenn sie mögen.«

Als ich am Abend nach getaner Arbeit im *Büchernest* zurück war, beschloss ich, mich in den Strandkorb vor dem Pavillon zu setzen und noch einmal in Ruhe darüber nachzudenken, was Nele zum Thema Liebe gesagt hatte.

Die Sonne würde heute gegen halb neun untergehen, und ich liebte die Dämmerstunde auf der Insel: Kaninchen kamen aus ihren Bauten gehoppelt und knabberten, häufig paarweise, am zarten Frühlingsgras.

Katzen strichen unruhig um die Häuser, auf der Jagd nach Beute. Die verschiedensten Vögel trällerten ihr Abendlied mit einer solchen Inbrunst, als seien sie Teilnehmer eines Sängerwettstreits. Von Weitem konnte man das Getrappel von Pferdehufen hören, und der Duft der Kartoffelrosen wurde so intensiv, dass man glaubte, jemand hätte Parfüm über der Insel versprüht.

Manchmal raschelte es auch in der Hecke, die Beas Grundstück umgab, und ein kleiner Igel streckte frech sein süßes

Schnäuzchen heraus. Ich hatte schon ein paar Mal versucht, ihn mit einer Schale Katzenfutter, vermengt mit Haferflocken, zu locken, die am folgenden Morgen stets leer gewesen war. Allerdings war ich mir nicht sicher, ob Bodo, wie ich ihn spontan getauft hatte, den Napf leer gefuttert hatte oder eine der Nachbarskatzen.

Im Zauber dieser Stimmung gefangen, schenkte ich mir ein Glas Rotwein ein und spielte unschlüssig mit dem Handy herum. Mittlerweile trug der Himmel ein dunkelblaues Kleid. Wolkenfetzen schoben sich vor den Halbmond, der wie verschleiert wirkte und dann wieder für kurze Zeit komplett verschwand.

Als das Handy klingelte, erschrak ich.

Wer rief mich um diese Uhrzeit an? Immerhin war es schon Viertel nach zehn.

»Lust auf einen Abendspaziergang am Watt?«, fragte Ole, und mein Herz pochte so laut, dass man es sicher noch im Nachbarort hören konnte. »Ich bin ganz in deiner Nähe und könnte dich abholen, wenn du magst.«

22.
Larissa

Endlich mal Tapetenwechsel!
Larissa genoss jede Sekunde dieses späten Sonntagvormittags in Veros Morsumer Wohnküche. Auch Bea und Adalbert waren guter Stimmung, die Aussicht auf das mögliche Fortbestehen des *Büchernests* schien alle zu beflügeln.

»Was gibt es denn Leckeres?«, fragte Bea und steckte die Nase nacheinander in den Topf und die Pfanne, die auf dem Herd standen.

»Wirst du das wohl lassen«, schimpfte Vero und klopfte Bea spielerisch auf die Finger. »Benimmst dich ja wie ein kleines Kind. Adalbert, wie hältst du diese Frau bloß aus?«

»Dazu sag ich jetzt mal besser nix, sonst gibt's später Haue«, lautete die lapidare Antwort.

Beas Mann war gerade dabei, mit Hinrich die Getränkefrage zu diskutieren, während Sven die vorhandenen Weinbestände inspizierte. Nele deckte gemeinsam mit Sophie den Tisch, und Larissa durfte sich auf dem gemütlichen Korbstuhl ausruhen, den Hinrich ihr aus dem Wintergarten geholt hatte.

Nach wie vor war bei ihr Schongang angesagt.

»Hat eigentlich irgendjemand von euch etwas von Olli

und Paula gehört?«, wollte Vero wissen, während sie frische Gartenkräuter mit dem Wiegemesser zerkleinerte. Der würzige Duft von Thymian, Estragon, Dill, Petersilie und Zitronenmelisse zog in Larissas Nase, und ihr lief das Wasser im Mund zusammen.

Sie liebte das Spezialdressing für den Salat, dessen Zutatengeheimnis Vero hütete wie einen Schatz.

Lissy hatte schon mehrmals versucht, die Soße selbst zuzubereiten, doch es war ihr nie gelungen, ein vergleichbares Feuerwerk an Aromen zu zaubern.

»Olli hat sich seit einer Woche nicht mehr gemeldet, ein gutes Zeichen. Aber ich habe gestern mit Paula geskypt«, antwortete sie. »Benny geht es, den Umständen entsprechend, von Woche zu Woche besser, doch die Reha ist ein langwieriger Prozess. Patrick ist natürlich heilfroh, dass Paula nicht auf Sylt sein muss, um die *Inselkrabben* zu betreuen, denn er wäre wohl ein bisschen überfordert, sich allein um den Jungen und um seinen Job zu kümmern.«

»Hast du ihr gesagt, dass wir nicht sicher sind, ob wir die Kita wirklich weiterführen können?«, fragte Nele, die Veros Servietten zu kleinen Kunstwerken faltete.

»Ja, das habe ich. Zum Glück hat Paula momentan so viel um die Ohren, dass es ihr längst nicht so viel ausmacht, wie ich befürchtet habe«, sagte Lissy. »Aber ich finde es schade, dass wir dieses tolle Projekt jetzt wohl begraben müssen. Die Eltern der Kleinen sind immer noch tief enttäuscht darüber, dass wir keine Lösung für das Problem gefunden haben und wohl auch in naher Zukunft nicht finden werden. Zurzeit schließen sich gerade einige Keitumer Mütter zusammen und versuchen, eine eigene, kostengünstige Kinderbetreuung auf die Beine zu stellen. Allerdings ist das nicht vergleichbar mit dem, was wir bislang im *Büchernest* bieten konnten.«

»Aber manche Veranstaltungen, wie Kinderlesungen oder Schreibkurse, könnte man doch auch im Hotel durchführen, oder etwa nicht?«, schlug Sophie vor, die die Unterhaltung bislang stumm, aber äußerst aufmerksam verfolgt hatte.

Sie sieht heute anders aus als sonst, dachte Larissa.

Sophie hat Farbe bekommen, ihre Augen strahlen, und der bittere Zug um den Mund ist verschwunden.

»Ja, das wäre schön«, mischte sich nun auch Sven in die Unterhaltung ein. »Unser Hotel wird auf alle Fälle familienfreundlich ausgerichtet. Ob wir Lesungen für Kinder anbieten, hängt aber davon ab, wie sich die Sache mit dem *Büchernest* entscheidet, sonst macht das leider keinen Sinn. Ich habe gehört, dass die beiden Ladenlokale in Wenningstedt auch nicht geeignet waren.«

Nele schmiegte sich an Sven und gab ihm einen Kuss. »Keine Panik, das wird schon«, sagte sie und streichelte seine Wange. »Je länger es dauert, bis wir die passenden Räume finden, desto mehr Ideen entwickeln wir, um das Buchcafé noch attraktiver und noch verführerischer für die einzelnen Kundengruppen zu gestalten. Ich war vorgestern nach dem Unterricht in List, um mit der Mitarbeiterin des Ladens zu sprechen, in dem Sylter Produkte verkauft werden. Die hätten großes Interesse daran, ihr Meersalz, die hausgemachte Pasta und das Wattbier auch bei uns zu verkaufen.«

Vero nickte zustimmend, während sie die Schale einer Biozitrone abrieb und in das Dressing mischte. Natürlich war sie sofort Feuer und Flamme für die Idee gewesen, neben Büchern auch regionale Feinkostprodukte anzubieten.

»Bea hat nächste Woche einen Termin mit dem Winzer aus Keitum«, fuhr Nele fort. »Wenn alles klappt, können wir auch seinen Wein mit ins Programm nehmen. Immerhin sträubst du dich ja nicht mehr so sehr dagegen, im neuen *Büchernest* auch andere Waren zu verkaufen, die zusätzliche Kundschaft in den Laden locken, nicht wahr, Bea?«

»Das mache ich alles nur euch zuliebe«, erwiderte diese grummelnd. Doch ihre Augen leuchteten genauso begeistert wie Neles. »Wenn der Weg in die Leserherzen über Sylter Lebensmittel und Schnickschnack führt, dann ist das eben so. Besser, als aufzugeben. Wichtig ist nur, dass wir uns nicht zum Affen machen und Waren ins Sortiment aufnehmen, die nicht zu unserem Profil passen. Oder uns Sachen aufquatschen lassen, die zwar das Label Sylt tragen, aber in Wahrheit gar nicht von der Insel sind. Da muss man schon ein bisschen aufpassen.«

Adalbert trat zu Bea und legte seinen Arm um ihre Hüfte. »Keine Sorge, Bea, darauf achten wir alle. Uns kann keiner so leicht etwas vormachen, und in Hinrich und mir habt ihr auf alle Fälle bereitwillige Tester. Ich habe gehört, dass das *Lister Hafenwasser* ganz lecker sein soll. Das würde ich sehr gern mal verkosten.«

»Hafenwasser?«, fragte Lissy irritiert. Sie hatte gerade an Liu gedacht, die zusammen mit Leon bei dessen Eltern in Archsum war. Leons Mutter hatte heute Geburtstag und wollte zuerst mit der Familie im Traditionsrestaurant *Königshafen* in List essen und anschließend spazieren gehen. Beides war für Larissa zu anstrengend und riskant. »Was für ein Hafenwasser?«

»Vergiss das ganz schnell wieder, das ist nichts für dich, Schätzchen«, antwortete Nele grinsend. »Wir werden diesen

Drink auch im Hotel anbieten, denn die Mischung aus Haselnusslikör und Wodka ist superlecker.« Nele fuhr sich genüsslich mit der Zunge über die Lippen. »Sobald du wieder etwas trinken darfst, veranstalten wir damit eine lustige kleine Party.«

Vero goss die dampfenden Kartoffeln ab, zermuste sie mit dem Stampfer, gab einen Schuss Sahne dazu, würzte mit einer Prise frischer Muskatnuss und klatschte dann in die Hände.

»So, Kinners, alle Mann an den Tisch. Lasst uns ab jetzt aber bitte über etwas anderes sprechen als über das *Büchernest* und stattdessen lieber genießen, was ich für euch gekocht habe. Danach könnt ihr euch wieder die Köpfe heißreden, wenn ihr mögt.«

Nachdem alle sich an den Tisch gesetzt und Hinrich die Gäste mit Getränken versorgt hatte, servierte Vero das Essen: Es gab Kabeljaufilet in Senfsoße mit Kartoffelpüree und Gurkensalat, Lissys Leibspeise.

»Mmh, Vero, das ist ja ein Gedicht!«, schwärmte Sven, und alle stimmten ihm zu. »Am liebsten würde ich dich als Köchin fürs Hotel engagieren. Zu schade, dass wir nur Frühstück und Nachmittagskaffee anbieten.«

Lissy schmunzelte in sich hinein, weil sie erwartete, Vero würde ihn zurechtweisen, schließlich hatte Sven soeben – wenn auch indirekt – das Thema *Büchernest* angeschnitten. Da es aber um ihre Kochkünste ging, hielt Vero sich nicht mehr an ihre eigenen Vorgaben: »Ich hoffe wirklich, dass das mit diesen literarischen Dinnerevents klappt«, meinte sie und reckte die Gabel in die Luft. »Wenn ich nachts nicht schlafen kann, notiere ich mir Konzeptideen, und glaubt mir: Ich habe schon jede Menge davon!«

»Ich wusste gar nicht, dass du Schlafstörungen hast.« Hinrich schenkte seiner Frau einen Blick, in dem eine Mischung aus Besorgnis und Vorwurf lag. »Wieso sagst du denn keinen Ton?«

Vero schien dies unangenehm zu sein. »Ach was, das ist doch gar nichts«, wehrte sie ab. »Senile Bettflucht gehört nun mal zu unserem Alter. Außerdem ist es doch tausendmal besser, ich erfinde neue Rezepte oder Ideen für Events, als dass ich nachts stumpfsinnig vor der Glotze sitze oder dich nerve, indem ich das Licht anmache und lese, nicht wahr?«

Hinrich schien nicht recht überzeugt, auch Bea hob die rechte Augenbraue.

Vero braucht unbedingt eine Aufgabe, dachte Larissa betroffen. Egal, ob im Hotel oder im *Büchernest*, sie ist sonst hoffnungslos unterfordert.

Hinrich ließ jedoch nicht locker: »Das nächste Mal weckst du mich. Dann trinken wir zusammen ein Glas warme Milch mit Honig oder schnappen frische Luft im Garten. Was hältst du davon?«

»Heiße Milch, igitt!« Bea schüttelte sich. »Ach, Hinrich. Nun lass Vero sich doch austoben. Sei froh, dass du nachts deine Ruhe hast, und freu dich lieber darüber, dass deine Frau noch immer so ein Energiebündel ist. Und das ganz ohne Sport.«

Der letzte Satz war ein kleiner Seitenhieb der sport- und bewegungsbegeisterten Bea, die Vero wegen ihres Hangs zur Gemütlichkeit gern aufzog und immer wieder versuchte, sie zum Walken oder zur Aquagymnastik zu animieren. »Ich brauche übrigens auch bald eine neue Aufgabe.«

Alle Augenpaare richteten sich auf Bea, die diese Aufmerksamkeit sichtlich genoss. »Und ich weiß auch schon, welche. Aber ich verrate es euch nicht.«

Nun redeten und fragten alle durcheinander, während Lissy überlegte, was sie von der Andeutung ihrer Tante halten sollte. Wenn das *Büchernest* tatsächlich eine neue Bleibe fand, brauchte das Team jede Menge Unterstützung und Manpower.

»Es ist etwas, das mir schon eine ganze Weile im Kopf herumspukt und im Erfolgsfall auch ein bisschen Geld in die Kasse des *Büchernests* spülen könnte«, behauptete Bea vollmundig. »Aber bis es so weit ist, schweige ich wie ein Grab, egal, wie sehr ihr mich mit Fragen löchert.«

»Ein Schluck *Lister Hafenwasser* für dich, meine Liebste?«, fragte Adalbert augenzwinkernd und entkorkte die hübsche Flasche mit dem goldgelben Inhalt. »Wie du sicher weißt, sollte man vor seinem Mann niemals Geheimnisse haben.«

Beas triumphierendes Lächeln verschwand, ihre Augen funkelten: »Na, das sehe ich aber ganz anders, Adalbert. Denn wie heißt es doch so schön?«

Sie schloss die Augen und begann zu singen:

> *»Jede Frau hat ein süßes Geheimnis,*
> *von dem niemand, nur sie, etwas weiß,*
> *denn das zarte, geliebte Geheimnis,*
> *das verrät sie um gar keinen Preis!«*

23.

Sophie

»Tschüss meine Süße, viel Vergnügen mit deinem neuen heißen Lover.«

Nele lächelte anzüglich, während ich meinen Mantel anzog. »Tu nichts, was ich nicht auch tun würde.«

»Wie zum Beispiel an einem windigen Tag Riesenrad fahren?«, konterte ich. »Also dann, bis morgen. Viel Spaß mit den Kunden. Vergiss bitte nicht, die Bestellung für Frau Sanders in Hörnum zu verschicken.«

Ohne Neles Antwort abzuwarten, stürmte ich aus dem *Büchernest*. Bevor ich nach List fuhr, wollte ich mich noch frisch machen und umziehen.

Wie gut, dass Nele mir ihr Auto lieh, sonst wäre es noch knapper geworden.

Im Pavillon angekommen, prüfte ich den Inhalt meines Kleiderschranks. Diesmal wollte ich ein bisschen schicker aussehen als bei meinen letzten Treffen mit Ole.

Es galt, gleichzeitig warm genug für eine Fahrt auf dem Lister Riesenrad angezogen zu sein und zugleich später ein Outfit zu tragen, das »etwas für mich tat«, wie es der Designer Guido Maria Kretschmer so schön formulierte.

Nacheinander flogen Pullis, T-Shirts, ein Kleid und zwei Röcke auf das gemütliche Korbsofa.

Keines der Kleidungsstücke fand Gnade in meinen Augen. Sollte ich vielleicht Nele fragen, ob sie mir etwas lieh?

Ich verwarf diesen Gedanken jedoch wieder, denn zum einen kostete es zu viel Zeit, wieder zum Laden zurückzugehen, und zum anderen war Nele immer viel auffälliger gekleidet als ich. Was bei ihr kreativ und stylisch wirkte, ließ mich unter Garantie aussehen, als wollte ich zum Karneval.

Lissys Geschmack kam meinem da schon näher.

Aber kannten wir uns auch gut genug für so eine Bitte?

Eine Minute später wählte ich ihre Nummer: »Lissy, Sophie hier. Die Frage ist mir etwas unangenehm …, aber könntest du mir vielleicht etwas zum Anziehen leihen?«

Ich konnte förmlich ihr Schmunzeln hören, als sie fragte: »Kommt darauf an, was du vorhast. Mein Schrank ist nicht mal halb so voll wie der von Nele. Aber komm gern vorbei, womöglich findest du ja trotzdem etwas, das dir gefällt.«

Lissy wohnte zum Glück um die Ecke, und so stand ich keine fünf Minuten später vor ihrem Schrank, der deutlich aufgeräumter war als meiner.

»Dafür ist Leon zuständig«, erklärte Lissy, bevor ich bewundernd »Wow« sagen konnte. »Wenn er nicht ständig meine Sachen zusammenlegen, aufräumen und aufhängen würde, hätte ich nichts anzuziehen. Ohne ihn und Vero würde unser ganzer Haushalt im Chaos versinken.«

»Ist sicher gar nicht so einfach, überwiegend liegen zu müssen«, erwiderte ich, weil Lissy mir leidtat. »Was sagt denn deine Ärztin? Ist sie zufrieden mit dem Verlauf der Schwangerschaft?«

Lissy zuckte mit den Schultern. Heute war sie ausgesprochen blass, tiefe Schatten lagen unter ihren Augen. Für den vierten Monat war sie bereits erstaunlich rund. Doch im Gegensatz zu vielen anderen Schwangeren hatte sie extrem am Bauch zugenommen, der Rest ihres Körpers war beinahe beängstigend schmal und zart.

»Mal so, mal so«, sagte sie. »Gerade heute geht es mir nicht besonders gut, ich werde Frau Seebald fragen, ob sie abends noch bei mir vorbeischauen kann. Aber jetzt genug von mir. Erzähl doch mal, was du vorhast und was dir so als Outfit vorschwebt. Etwas Schickes zum Tanzengehen? Hast du ein Date?«

Ich konnte mir zwar kaum vorstellen, dass Nele dichtgehalten hatte, aber es schien so zu sein. Oder Lissy war diskret genug, sich nicht zu verplappern und zu verraten, dass sie von meinem Flirt mit Ole wusste.

»Ich treffe mich gleich mit Ole Jacobsen von der Galerie *Dünenmeer* zum Riesenradfahren. Anschließend wollen wir noch irgendwo ausgehen, aber er wollte nicht verraten, wohin.«

»Ist das der Ole, dem Bea das vergriffene Buch geschenkt hat und der so schöne Kunstwerke aus Treibholz fertigt?«

»Ja, genau der. Wir haben vor drei Wochen eine Wanderung um den Ellenbogen unternommen, und heute steht Lists neue Attraktion, das Riesenrad, auf dem Programm. Ist das eigentlich nur während des Jubiläums dort aufgebaut, oder wird das eine Dauereinrichtung?«

»Soweit ich weiß, wird es dort nur bis Ende Oktober stehen«, antwortete Lissy. »Wer will schon bei Sturm und Kälte in fünfunddreißig Metern Höhe in einer Gondel hin und her geschaukelt werden? Aber bei schönem Wetter ist das bestimmt toll, also genieß es. Könnte ich hier weg, würde ich das auch ausprobieren.«

Während wir uns unterhielten, inspizierte ich den Inhalt von Lissys antikem Bauernschrank und hielt schließlich ein rotes Kleid in der Hand, das mir auf Anhieb gefiel.

»Das habe ich für den Besuch einer Ballettaufführung im Hotel *Benen-Diken-Hof* gekauft und nur dieses eine Mal getragen«, erklärte Lissy. »Probier's mal an. Die Farbe müsste gut zu deinem leicht gebräunten Teint und den dunklen Haaren passen. Das Bad ist nebenan, da kannst du dich umziehen.«

Lissy hatte recht: Bisher hatte ich um die Farbe Rot immer einen großen Bogen gemacht, doch nun fragte ich mich, wieso.

»Hey, das siehst toll aus: Wie für dich gemacht!«, rief Larissa begeistert, als ich wieder ins Schlafzimmer kam. »Darüber den gefütterten Jeansmantel, den du zu Beas Hochzeit anhattest, ein Stirnband gegen den Wind, zur Sicherheit noch einen Schal, und du bist eine viel größere Attraktion als das Riesenrad.« Lissys Kompliment ging mir hinunter wie Öl. »Und weißt du was? Weil es dir so gut steht, schenke ich es dir.«

»Das kann ich auf gar keinen Fall annehmen«, protestierte ich, obwohl sich das Kleid anfühlte wie eine zweite Haut. Der Stoff war zugleich anschmiegsam und edel, beinahe wie Seide.

»Doch, das kannst du, denn ich bestehe darauf. Du hast uns schon so viel geholfen und trägst dieses ganze Hin und Her um das *Büchernest* mit Fassung. Das bedeutet uns allen sehr viel. Also: Jetzt raus mit dir und ab nach List. Genieß deinen freien Nachmittag. Ich surfe unterdessen mal auf der Website der Galerie. Vielleicht finde ich da ja etwas fürs *Büchernest* oder als Eröffnungsgeschenk für Svens Hotel.«

Ich fiel Larissa noch vor Freude um den Hals, bevor ich mich dann verabschiedete. Am Eingang traf ich Leon, der einen wunderschönen Blumenstrauß in der Hand hielt.

»Das wird sie freuen«, flüsterte ich im Hinausgehen und zog dann die Tür hinter mir zu. Lissy und Leon waren mein großes Vorbild. Ein eingespieltes Team, ein Liebespaar und bald schon Eltern von zwei Kindern. Die beiden hatten es mit Sicherheit nicht immer einfach gehabt, doch sie schienen füreinander bestimmt zu sein, was David und mir leider nie vergönnt gewesen war.

David ...

Je länger ich hier auf Sylt war, und je häufiger ich Ole sah, desto mehr rückte er in den Hintergrund.

Es gab Tage, an denen ich die vergangenen Jahre wie einen Film erlebte, den ich einmal sehr geliebt hatte, nun aber nicht mehr ansehen wollte.

Es gab aber auch immer wieder Momente, in denen es unendlich schmerzte, dass es uns nicht gelungen war, unsere Liebe in eine gelingende, glückliche Beziehung zu verwandeln.

David schien es gut zu gehen, wie ich den Mails entnahm, die er mir ab und zu schickte. Auch die neue Frau in seinem Leben machte ihn offenbar glücklich, was ich aber nicht von ihm selbst erfuhr, sondern über Umwege durch gemeinsame Freunde.

Mein Herz begann vor Aufregung und Vorfreude auf das Wiedersehen mit Ole zu pochen.

Nach dem spontanen Wattspaziergang in Keitum waren

wir zwei Tage später gemeinsam beim Essen gewesen und vorgestern Abend sogar im Kino in Westerland. Keiner von uns beiden hatte ein Wort darüber verloren, was da zwischen uns eigentlich lief.

Ich aus Angst davor, durch Fragen etwas Zartes, Schönes zu zerstören, das im besten Fall gerade dabei war, zu wachsen.

Und Ole?

Er war kein Mann großer Worte. Doch seine leuchtenden Augen, seine feste Umarmung und seine leidenschaftlichen Küsse sprachen Bände.

»Da bist du ja endlich«, sagte er, als ich aus Neles Auto stieg, das ich auf dem Parkplatz vor dem *Zentrum Naturgewalten* in List geparkt hatte, und nahm mich in den Arm. Der helle Sonnentag hatte sich während der Fahrt an die Nordspitze in ein dunkles Gewand gehüllt, starker Wind trieb die Wolken hinaus aufs offene Meer.

Ich warf einen skeptischen Blick auf das Riesenrad, das direkt am Hafenbecken neben der alten Bootshalle stand. Majestätisch ragte es über dem Meer auf, ein beeindruckender, unerwarteter Anblick auf dieser Insel. Trotzdem hätte ich mir besseres Wetter gewünscht, um in die Gondel zu steigen.

»Na, hast du Schiss?«, fragte Ole augenzwinkernd, als wir Arm in Arm zur Kasse des Fahrgeschäfts gingen.

»Ein bisschen«, antwortete ich wahrheitsgemäß. »Aber ich vertraue darauf, dass die das Ding nur dann in Betrieb nehmen, wenn keine Gefahr besteht.«

Die vielen, mit schweren Steinen gefüllten Säcke, die die Fundamentsohle des Riesenrads beschwerten, beruhigten mich ein wenig.

»Ich bin bei dir, also kann dir sowieso nichts passieren«,

sagte Ole und kaufte an der Kasse zwei Tickets. Ehe ich michs versah, schwebten wir schon einige Meter über dem Boden. Als sich unsere Gondel in der höchsten Position befand, verspürte ich ein Gefühl von Kindheit. Erinnerungen an meinen Vater wurden wach, der gern mit mir auf den Hamburger *Dom* gegangen war, wie der Jahrmarkt dort hieß.

»Alles gut?«, fragte Ole schmunzelnd.

»Ich denke schon«, antwortete ich und bestaunte die Nordsee, die unter uns lag wie ein graugrüner Wellenteppich. Eine Möwe flog so dicht an unseren Köpfen vorbei, dass ich das Gefühl hatte, nach ihr greifen zu können.

»Dann ist's ja gut – und ab geht die Post!«

Ich kreischte los, als Ole das Rad in der Gondel drehte und wir plötzlich kreiselten. Als die Kabine wieder nach unten fuhr, wurde mir schwindlig und ein bisschen übel. Doch seltsamerweise überwog die Freude, Ole dabei zuzusehen, wie viel Spaß er an dieser Fahrt hatte, und mein Unwohlsein löste sich beinahe in nichts auf.

»Ist diese Insel nicht wunderschön?«, rief er begeistert und deutete auf die hellen Dünen von Listland. »Die Parkplätze da unten stören zwar ein bisschen, aber ich finde es hier grandios. Super, dass wir das zusammen machen.«

»Das finde ich auch«, erwiderte ich und schmiegte mich dicht an ihn.

David war ein echter Intellektueller gewesen, ein Mann der Worte, aber keiner, der zupacken konnte.

Ich war mir stets der Tatsache bewusst gewesen, dass ich diejenige von uns beiden war, die notfalls handgreiflich werden würde, falls wir jemals in eine bedrohliche Situation gerieten.

Doch an Oles Seite fühlte ich mich stark, und das nicht nur, weil er selbst es war. So drehten wir Runde um Runde auf unserem Riesenrad, entdeckten immer wieder Neues, lachten und alberten herum, bis die Fahrt schließlich endete. Am liebsten hätte ich wie ein kleines Kind in die Hände geklatscht und »Noch mal, noch mal!« gerufen, doch ich bremste mich. Bis Oktober würde es sicher noch häufig Gelegenheit geben, bei strahlendem Sonnenschein zu fahren und die Aussicht ohne den starken Wind zu genießen, der an der Gondel gerüttelt hatte.

Ein wenig wackelig auf den Beinen, ließ ich mir gerade von Ole hinaushelfen, als ich die Worte: »Papa, wer ist *das* denn?« hörte.

Es dauerte einen Moment, bis ich erkannte, dass mit »Papa« Ole gemeint war. Vor uns beiden stand ein hübsches junges Mädchen, das mich wütend anstarrte.

Ole war ebenso überrascht wie ich, als sie sagte: »Oh nee! Sag mir bitte, dass die Bitch in diesem hässlichen roten Fetzen nicht deine neue Freundin ist.«

24.
Nele

Nele war nervös wie schon lange nicht mehr.

Heute war sie nämlich von Ulrike Moers zu einem Gespräch in die Akademie beordert worden. Zudem musste sie am Abend mit Sven über etwas sprechen, das ihr seit einiger Zeit auf der Seele lag.

»Herein!«

Nele öffnete die Tür zum Büro der Moers, die sie ohne ein Lächeln begrüßte und auf den Stuhl vor ihrem Schreibtisch deutete. »Kaffee?«

»Ja, gern«, antwortete Nele und setzte sich, während Frau Moers den Deckel der Thermoskanne aufschraubte und dunkelbraune Plörre in die Tasse goss.

»Um gleich zur Sache zu kommen, Frau Sievers.« Ulrike Moers' Tonfall war genauso kalt wie der abgestandene Kaffee. »Wir sind augenblicklich nicht besonders zufrieden mit Ihrem Unterrichtsstil.«

Mist! Nele hatte so etwas schon befürchtet, als sie gestern Abend die SMS mit der Bitte um ein außerplanmäßiges Treffen bekommen hatte. »Wir beobachten mit großer Sorge, dass Ihre Schüler einen Weg einschlagen, der keinesfalls Ziel des

Kurses ist. Am Ende sollen die Teilnehmer ein fertiges Bild mit nach Hause nehmen können, das ihnen das Gefühl gibt, hier auf Sylt etwas gelernt, etwas ganz Eigenes erschaffen zu haben. Doch ich fürchte, dies wird nach dem jetzigen Stand der Dinge nicht gelingen.«

»Das sehe ich aber ganz anders«, entgegnete Nele knapp und versuchte das Zittern ihrer Stimme unter Kontrolle zu bekommen.

»Der Kurs endet kommenden Donnerstag, und ich teile Ihren Optimismus in keiner Weise. Bislang sehe ich nur wilde Skizzen, sinnloses Herumgekritzel wie im Kindergarten. Und vor allem: keine Farben.«

Nele nickte. *Ruhig, ganz ruhig! Raste jetzt bloß nicht aus!*

»Haben Sie nichts dazu zu sagen?«, schnaubte Ulrike Moers, sichtlich empört.

»Gab es Beschwerden seitens der Schüler?«

»Nein.«

»Na also. Wo ist dann das Problem? Ich garantiere Ihnen, dass jeder einzelne Kursteilnehmer am Donnerstag die Schule mit einem großartigen Bild und dem Gefühl verlassen wird, hier auf Sylt die beste Zeit seines Lebens verbracht und viel gelernt zu haben.«

Die beste Zeit seines Lebens?!

Nun, das war in der Tat ein wenig dick aufgetragen, aber hier ging es um ihre Ehre.

»Das können Sie mir wirklich garantieren?«

»Ja, das kann ich.«

»Na dann, ich nehme Sie beim Wort. Aber wehe ...«

Mit dieser vagen Androhung möglicher Konsequenzen war Nele auch schon wieder entlassen und verließ die Akademie mit gemischten Gefühlen. Sie war stolz darauf, sich der Moers selbstbewusst entgegengestellt zu haben, doch sie wusste auch um das Risiko, das sie mit ihrer ungewöhnlichen Art des Unterrichts eingegangen war.

Ach was, das wird schon!, sprach sie sich selbst Mut zu, als sie in ihr klappriges Auto stieg und den Motor startete. Sven zu überzeugen würde sicher weitaus schwieriger werden.

Bis zu ihrer Verabredung hatte sie aber noch Zeit.

Wieso diese also nicht dazu nutzen, ein bisschen über die Insel zu fahren und nach einem geeigneten Ort für das *Büchernest* Ausschau zu halten? Vielleicht gelang es ihr ja, eine Location zu entdecken, die bislang noch kein Makler auf dem Radar hatte.

Einer spontanen Eingebung folgend, beschloss sie von List aus zur Südspitze der Insel zu fahren. Sie ergatterte einen freien Parkplatz in der Nähe des Hafens von Hörnum und freute sich darüber, dass die Sonne schien und die Nordsee heute blau glitzern ließ, statt gräulich wie an trüben Tagen.

Nele schlenderte die kleine Promenade entlang und beobachtete von dort aus das Treiben am Strand und an dem freien Platz unterhalb des Leuchtturms. Hier stand die kleine Fisch- und Crêpesbude, die mit einer etwas größeren am Hafen um die Gunst der Gäste wetteiferte, aber auch kleine Marktstände versuchten, kauflustige Kunden anzulocken.

Nele erinnerte sich beinahe wehmütig an viele Abende im Hochsommer, an denen Lissy und sie Olli in Hörnum besucht hatten, wo er damals wohnte.

Hier schwimmen zu gehen war ein großes Vergnügen, denn es ging nicht ganz so mondän zu wie sonst fast überall auf Sylt.

Der Strand, die Surfschule und der dazugehörige Kiosk waren beliebte Treffpunkte von Neles Surferfreunden. An diesem Ort hatte sie in den Sommermonaten häufig die Nacht zum Tag gemacht.

War das alles nicht früher ein bisschen einfacher, unbeschwerter?, fragte Nele sich, während sie überlegte, ob sie sich ein Eis gönnen sollte. Würde es ab jetzt immer so sein, dass eine Sorge die nächste ablöste, wie es leider in den vergangenen Jahren häufig der Fall gewesen war: Hinrichs Herzinfarkt, die sinkenden Umsätze des *Büchernests*, die Sorge, Bea könnte dement werden, der große Wasserschaden, der das Buchcafé beinahe ruiniert hätte, Lissys Fehlgeburten und nun die komplizierte Schwangerschaft.

Wo war das luftig leichte, flatterhafte Leben geblieben, das sie so sehr liebte? Das sie brauchte wie die Luft zum Atmen? Natürlich waren in dieser Zeit auch unendlich viele schöne Dinge geschehen, für die sie sehr dankbar war.

Lissys Worte »Wir sind eben nicht mehr Ende zwanzig« hallten in Neles Gedächtnis wider. »Dinge ändern sich, Menschen ändern sich. Den Lauf der Zeit kann man nun mal nicht aufhalten, also geht man am besten mit ihm mit und versucht, das Beste daraus zu machen.«

Lissy, ihre über alles geliebte Freundin.

»Weißt du eigentlich, was für eine tolle, kluge und einfach wunderbare Frau du bist und dass ich dich liebhabe?«, platzte es aus Nele heraus, als sie Larissa spontan anrief.

Sie vernahm ein verwundertes »Huch?« und musste über sich selbst lachen. Wie so oft war sie ihrem Impuls gefolgt und hatte sich bei Larissa gemeldet, ohne vorher auch nur eine Sekunde darüber nachzudenken.

»Was ist los, Nele? Hast du einen deiner *sentimental moments*? Wo steckst du überhaupt?«

»In Hörnum«, antwortete Nele und leckte an ihrem Eis. Schoko-Pistazie, eine Kombination, für die sie schwärmte, seit sie zum ersten Mal Eis gekostet hatte.

»Ah, verstehe. Du denkst an unsere Sommerpartys mit Olli und Paula. Ja, das war toll. Aber irgendwie auch furchtbar weit weg. Werden wir alt?«

»Genau das frage ich mich auch gerade«, erwiderte Nele, die in das kleine Wäldchen abbog, das parallel zum Strand verlief. Vom Eis war nur noch die knusprige Waffel übrig, die sie jetzt mit einem Happs verschlang, bevor eine Möwe sie stibitzte. »Statt das Leben zu genießen, sind wir ständig dabei, Pläne zu schmieden, Probleme zu wälzen, sie zu lösen und uns den Kopf zu zerbrechen. Und vorhin habe ich auch noch zu allem Überfluss eins von der Moers auf den Deckel bekommen.«

»Wieso denn das?«, fragte Larissa verwundert. »Ich dachte, es läuft ganz gut.«

Nele erzählte, was passiert war, und bestaunte gleichzeitig die vielen Bäume mit den teils tief herabhängenden Ästen, die Brennnesseln, Brombeerbüsche und das wild wuchernde Unkraut auf dem Waldboden. Strenger, feuchter Modergeruch stieg ihr in die Nase.

Durch das schräg hereinfallende Sonnenlicht wirkte dieser Ort magisch, fast wie ein Urwald.

Sylter Dschungel, schoss es ihr durch den Kopf, und sie beschloss, am Montag mit ihren Schülern hierherzukommen.

»Das überstehst du locker«, bemühte Larissa sich, ihrer Freundin Mut zu machen. »Aber vergiss jetzt mal den ganzen

Nervkram und genieß Hörnum. Du ahnst gar nicht, wie sehr ich dich beneide. Setz dich auf die Terrasse des *Strönholt* und trink bitte einen Kaffee oder Eistee für mich mit, ja?«

»Das mache ich«, versprach Nele in Erinnerung an wunderschöne Abende, als sie beide, manchmal auch gemeinsam mit Paula, auf der Terrasse des Golfclubs gesessen hatten, der zum Hotel *Budersand* gehörte. Einen Gin Tonic in der Hand, vor sich den schier atemberaubenden Blick auf die Nordsee und auf die Nachbarinseln Amrum und Föhr.

»Ich komme auch sobald wie möglich bei dir vorbei, um dich abzulenken. Aber vorher muss ich noch etwas Wichtiges mit Sven besprechen.«

»Fängst du jetzt auch mit dieser Geheimniskrämerei an wie Bea?«, schimpfte Lissy. »Ich wüsste wirklich gern, was sie vorhat. Adalbert sagt, dass sie immer mal wieder für längere Zeit verschwindet, ohne zu sagen, wohin. Wenn sie wieder da ist, hat sie supergute Laune, rote Wangen und ist aufgekratzt wie ein Teenager. Wäre sie nicht Bea, müsste man befürchten, sie hat eine Affäre.«

»Gerade *weil* sie Bea ist, sollte man diese Möglichkeit durchaus erwägen«, erwiderte Nele nachdenklich, bereute ihre Worte aber sofort. »Ach was, das ist Unsinn. Zum einen ist sie frisch verheiratet und liebt Adalbert, auch wenn sie nichts lieber tut, als das abzustreiten. Zum anderen hat sie uns ja freimütig erzählt, dass sie etwas plant, mit dem sich auch noch Geld verdienen lässt. Vielleicht hat sie ja einen Direktvertrieb für den *Thermomix* übernommen oder etwas in der Art.«

»Früher oder später werden wir es erfahren«, kicherte Lissy und gähnte dann herzhaft. »Aber jetzt bin ich müde und muss ein bisschen schlummern. Ohne Kaffee kommt mein Kreislauf nicht in Schwung, aber ich darf ja keinen trinken. Außerdem kann ich nachts nicht schlafen, weil ich nicht mehr weiß, wie ich liegen soll. Also, mach's gut und hab viel Spaß.«

»Mach's du auch gut, Süße, und pass auf dich auf. Nicht mehr lange, dann hast du es geschafft, hast ein süßes Baby, einen flachen Bauch und darfst wieder literweise dein Lieblingsgetränk in dich hineinschütten.«

Nach dem Telefonat machte Nele kehrt, um zurück zum Strand zu gehen.

In Hörnum war der Sand so weiß und feinkörnig wie Puderzucker. Sie zog die Schuhe aus und steckte sie in ihren Beutel. Noch war der Sand nicht so warm wie im Sommer, aber das Gefühl, ihn unter den Fußsohlen zu spüren, war schier unbeschreiblich. Er kitzelte und streichelte ihre Haut, als würde jemand sie mit einer Feder berühren.

Amüsiert beobachtete sie zwei Mädchen und einen Jungen, die am Wassersaum standen und mit bunten Fischernetzen an Teleskopstielen hantierten.

»Komm, wir ordnen sie nach Sorten«, sagte das größere der beiden Mädchen und ließ etwas in ihren pinkfarbenen Eimer fallen. Ob sie damit Krebse meinte, die hier an den Strand gespült wurden, oder Fische, war Nele nicht klar.

»Was denn für Sorten?«, fragte der Junge, der schätzungsweise sechs Jahre alt war.

Gute Frage, dachte Nele schmunzelnd und erblickte an der Pier mehrere Angler.

Diese Szenerie ist wirklich einzigartig, Sylt hat so unfassbar viele Gesichter, dachte sie wohlig seufzend.

Wenn sie sich umdrehte, ragte vor ihr der rot-weiß geringelte Leuchtturm auf, eingebettet in Büsche von Sylter Heckenrosen, die gerade zu blühen begannen. Kanus, Katamarane und Boote lagen am Strand, einige Stand-up-Paddler versuchten ihr Glück auf dem spiegelglatten Wasser.

Wenn Nele sich nach links drehte, konnte sie das Hotel *Budersand* sehen, das nicht nur äußerst exklusiv, sondern auch architektonisch eine echte Ausnahme auf der Insel war. Doch ihr fehlte die Zeit, um tatsächlich zum *Strönholt* zu gehen, wie sie mit einem Blick auf die Uhr feststellte.

Heute Abend würde Sven zu ihr zum Essen kommen, und Nele musste noch einkaufen. Obwohl sie gern und gut kochte, hatte sie auch aus Zeitmangel entschieden, sich auf die Auswahl von *Feinkost Meyer* in Wenningstedt zu verlassen und etwas zu servieren, mit dem sie Sven bezirzen konnte.

Ihr Plan musste einfach aufgehen, das war sie ihren Freundinnen und dem *Büchernest* schuldig.

»Willst du irgendwas von mir?«, fragte Sven auch prompt, als Nele ihn in ihrer Wohnung über dem *Büchernest* empfing. »Das sieht hier ja alles großartig aus. Und der Wein!« Er betrachtete das Etikett des edlen Roten, für den Nele ein halbes Vermögen hingeblättert hatte. »Hast du eine Bank überfallen?«

»Was sind das denn bitte schön für Unterstellungen?«, fragte sie, zog einen Schmollmund und klimperte mit den Wimpern, die eine Extraportion Mascara abbekommen hatten.

Auch bei der Wahl der Lippenstiftfarbe hatte sie Gas gegeben und sich für ein tiefes Rot entschieden. Tief war auch ihr Dekolleté und der Rock selbst für ihre Verhältnisse sehr kurz.

»Aber du planst doch irgendetwas. Gib's zu.« Sven ließ nicht locker, er kannte Nele offenbar gut genug.

»Okay, gewonnen. Du hast recht.« Nele schenkte Sven und sich das Glas beinahe randvoll mit Rotwein. »Also, Folgendes: Morgen musst du dich doch entscheiden, ob du im Hotel das Konzept der Kulturevents realisieren willst oder nicht.«

Sven verzog keine Miene, und Nele platzte beinahe vor Anspannung. »Deshalb wollte ich dich fragen, ob du dir nicht einen Ruck und dem Ganzen einfach dein Okay geben kannst, obwohl wir immer noch keinen neuen Standort gefunden haben. Du könntest das Konzept im Notfall auch mit der *Buchhandlung Klaumann* aus Westerland durchziehen. Ich habe mit dem Besitzer gesprochen, er freut sich, wenn er die Büchertische bei euch machen kann. Außerdem habe ich eine neue Idee, auf die mich mein heutiger Trip nach Hörnum gebracht hat. Wir könnten das *Büchernest* auch in einer Art Buchwagen unterbringen. So wie die Foodtrucks. Bei schönem Wetter stellen wir Tische und Stühle davor, Vero bewirtet die Gäste wie gehabt, und nebenbei empfehlen und verkaufen wir Bücher. Dann sind wir örtlich flexibel und könnten auf diese Weise jeden Tag an einem anderen Ort der Insel stehen. Mittwochs ist immer Markt vor dem Rathaus in Westerland, ich habe schon gefragt, was so ein Stellplatz kostet, und ...«

Nele konnte nicht weitersprechen, weil Svens Küsse ihr schier den Atem raubten. Als sie endlich wieder Luft bekam, löste sie sich aus seiner Umarmung und stand auf, um wieder einen klaren Kopf zu bekommen. Nele hatte eine Mission, und sie würde nicht aufgeben, bevor Sven nicht Ja gesagt hatte.

»Außerdem können wir nicht tatenlos zusehen, wie Vero Schlafstörungen hat, Lissy ihres Berufs beraubt wird und Bea komische Sachen anstellt, nur weil ihr langweilig ist. Das endet in einer Katastrophe, wenn wir nicht rechtzeitig eingreifen. Garantiert!«

Svens Mundwinkel zuckten, als er sagte: »Komm her zu mir, du tapfere und edle Kämpferin für das *Büchernest*. Habe ich dir schon mal gesagt, wie sexy du aussiehst, wenn du für etwas brennst?«

»Haha, lustig«, fauchte Nele. »Also, was ist jetzt?«

»Du hättest dir das hier sparen können, meine Süße, denn ich habe längst alles geregelt. Olivia sitzt seit drei Tagen an der Kampagne. Ich vertraue euch, und ich möchte euch nicht zusätzlich unter Druck setzen, indem ich meine Pläne von euren abhängig mache. Also, was ist? Wollen wir essen oder die ganze Sache lieber im Bett feiern? Ich habe Champagner mitgebracht. Ist unten im Auto in einer Kühltasche. Soll ich ihn holen?«

25.

Sophie

»Wie lange bleibt Lena denn auf Sylt?«, fragte ich und versuchte so unbeteiligt wie möglich zu klingen, um mir nicht anmerken zu lassen, wie sehr ich daran zu knapsen hatte, dass mein Date mit Ole nach dem Auftauchen seiner Tochter ein unschönes Ende genommen hatte.

Es fiel mir schwer, am Telefon mit ihm über seine familiäre Situation zu sprechen, denn ich spürte, wie sehr sie ihn belastete, doch Ole musste bei seiner Tochter bleiben, der es zurzeit nicht gut ging. Also konnten wir uns nicht treffen.

»So lange, bis ich sie davon überzeugt habe, zurück nach Hamburg zu fahren, und vor allem: wieder zur Schule zu gehen«, antwortete Ole leicht gereizt. »Ich freue mich zwar immer, wenn Lena mich besucht, aber diesmal ist es echt anstrengend mit ihr.«

»Es ist aber auch nicht einfach, wenn die Mutter einem plötzlich einen neuen Mann vor die Nase setzt, den man partout nicht leiden kann«, versuchte ich Lenas Standpunkt zu verteidigen. »Sie ist noch nicht alt genug, um von zu Hause auszuziehen, und wenn der Typ wirklich so nervig ist, wie sie erzählt, würde ich auch keine Minute mit ihm unter einem Dach wohnen wollen.«

Ich erinnerte mich sehr deutlich an Lenas gequälten Blick, als wir in List einen Kaffee trinken gegangen waren und sie sich ihren Kummer von der Seele geredet hatte.

Allys neuer Freund schien ein echter Schnösel zu sein, der mit Jugendlichen überhaupt nichts am Hut hatte und seine Zeit lieber allein mit Ally verbrachte, statt Lena für sich zu gewinnen zu wollen.

»Das ist aber trotzdem kein Grund, nicht mehr zur Schule zu gehen«, knurrte Ole. »Lena wird sich alles kaputt machen, Abi und Studium inklusive. Dabei kann ich doch nicht tatenlos zuschauen.«

»Das habe ich auch gar nicht gesagt«, widersprach ich. »Lass ihr doch einfach ein paar Tage Zeit und die Freiheit, sich zu sortieren und mit dir in Ruhe über alles zu sprechen, was ihr auf der Seele liegt. Danach seht ihr weiter.«

Wieso fühlte ich mich auf einmal, als sei ich Oles Lebenspartnerin, die gemeinsam mit ihm familiäre Probleme lösen muss?

»Und wir beide sehen uns dann gar nicht mehr?«

Seine Frage rührte mich, aber ich wollte weder zusätzlichen Druck wegen eines Treffens auf ihn ausüben, noch mich Lenas verächtlichen Kommentaren aussetzen. »Wir warten mal, wie es sich fügt. Melde dich einfach, wenn du Klarheit hast, ich habe hier sowieso jede Menge zu tun. Heute Nachmittag wird das *Büchernest* offiziell an den Vermieter übergeben, was für Lissy, Bea, Vero und Nele schmerzhaft und schwierig wird. Danach geht's weiter mit der Suche nach einer neuen Bleibe. Also, macht's gut ihr beiden, ich bin sicher, ihr schafft das. Halt mich auf dem Laufenden, wenn du magst.«

Nachdem ich aufgelegt hatte, war mir flau im Magen, und ein vertrautes Gefühl von Traurigkeit überflutete mich, ohne dass ich genau sagen konnte, woher es rührte.

Beruflich würde es nun aller Wahrscheinlichkeit nach bergaufgehen: Bea bekam nach der Übergabe das Geld des Vermieters, Sven hatte zugestimmt, das Hotel als Literaturhotel zu vermarkten. Es war sicher nur eine Frage der Zeit, bis sich ein neuer Laden fand, der dem alten *Büchernest* ebenbürtig war.

Ich versuchte den Anfall von Trübsinn beiseitezuschieben und mich stattdessen darauf zu konzentrieren, was heute meine Aufgabe war: nämlich dem Team des *Büchernests* zur Seite zu stehen.

»Na los, bringen wir es hinter uns!«

Beas schroffer Tonfall passte so gar nicht zu den Trauermienen von Lissy, Vero und Nele. Doch alle kannten sie gut genug, um zu wissen, dass dieser Schritt ihr das Herz zerriss.

»Über vierzig Jahre lang war das hier meine Heimat«, fuhr Bea fort, als sie – zum letzten Mal in ihrem Leben – die Tür der Buchhandlung öffnete, die früher *Bücherkoje* geheißen hatte. »Ich habe hier drin mehr Zeit verbracht als mit Knut zusammen ... oder mit Adalbert. Es gab schöne Tage und grauenvolle. Manche Kunden sind mir im Lauf der Jahre ans Herz gewachsen, manche weggestorben, anderen wiederum habe ich sonst was an den Hals gewünscht, weil ich so wütend auf sie war, aber ich habe jede einzelne Sekunde meiner Arbeit genossen.« Und zu Lissy gewandt: »Weißt du noch, als dieser Kunde dich am Abholfach zur Schnecke gemacht hat, weil du noch ganz neu hier warst und den Buchtitel falsch verstanden hattest?«

Larissa nickte, Tränen glitzerten in ihren Augen.

»Und kannst du dich noch an das Theater erinnern, das Fiete veranstaltet hat, weil Paula die Spiegeleier nicht nach seinem Geschmack zubereitet hat?«, schniefte Vero mit rot verquollenen Augen. »Dabei ist sie eine tolle Köchin und war ein echter Engel in der Not, als Hinrich den Infarkt hatte.«

Sie umklammerte die Hand ihres Mannes, der ebenfalls ganz betrübt dreinschaute. »Schade, dass Paula und Olli heute nicht hier sind, wo diese ...«, Vero konnte kaum reden, weil ihr die Trauer ganz offensichtlich die Kehle zuschnürte, »... Ära zu Ende geht. Auch wenn wir wieder auf die Beine kommen, wird es nie mehr sein wie früher.«

Auch Nele schwelgte in der Vergangenheit: »Erinnerst du dich noch, Lissy, wie sehr meine Blairwitch uns erschreckt hat, als du in der Silvesternacht bei mir warst? Wir dachten, Einbrecher würden das *Möwennest* ausrauben. Dabei hatte nur meine Katze das Keramikgeschirr umgeworfen, das ich in Kommission verkauft habe. Ein ziemlich teurer Scherbenhaufen ... und nun ist auch Blairwitch ...«

Ich nahm Nele in den Arm, weil ich wusste, wie sehr ihr der Tod ihrer über alles geliebten Katze immer noch zusetzte. Die Schönheit mit dem pechschwarzen, glänzenden Fell war in der Nacht zum letzten Jahreswechsel friedlich auf ihrem Lieblingssessel eingeschlafen. Nele hatte unzählige Fotos von ihr im Atelier stehen, und auch ich konnte mich noch gut an dieses ganz besondere Tier erinnern.

»Na, ihr Hübschen, alles klar bei euch?«, tönte auf einmal eine männliche Stimme, die mir bekannt vorkam.

Wir drehten uns um, und ich traute meinen Augen kaum, als ich sah, wer zu Besuch gekommen war: Olli und Paula, an die ich mich nur noch vage von Neles Vernissage erinnern konnte.

»Das gibt's doch nicht!«, kreischte Nele, und Lissy fiel Paula um den Hals. Larissa hatte für diesen besonderen Anlass eine Ausnahmegenehmigung von ihrer Gynäkologin bekommen, musste aber weiterhin vorsichtig sein. Vero und Olli lagen einander in den Armen, nacheinander begrüßte jeder jeden.

»Das ist wirklich lieb von euch«, murmelte Bea, sichtlich gerührt. »Nun sind wir komplett und können ordentlich Abschied nehmen. Also, Kinners, noch ein Rundgang, und dann macht der Letzte das Licht aus, ja?«

In dem Bewusstsein, einen nostalgischen Einblick in eine mir fremde Welt zu gewinnen, die mir durch Fotos und Erzählungen bereits vertraut war, folgte ich dem Tross.

In diesem Moment war ich nicht mehr Sophie, die Neue im Team, sondern Sophie, die niemals Teil der Geschichte dieses Buchcafés gewesen war und es auch nie sein würde.

So wie ich vermutlich auch nie Teil einer anderen Gemeinschaft sein würde. Ole und ich kannten uns noch nicht lange und gut genug, um gemeinsam Lenas Nöte zu lösen, auch auf Sylt war ich eigentlich eine Fremde.

David hatte mich nicht auf Dauer in seine Welt gelassen, in Hamburg fühlte ich mich ebenfalls nicht mehr zu Hause.

Eine Wanderin zwischen den Welten, ohne Heimathafen.

Fetzen von Anekdoten drangen an mein Ohr, während ich mechanisch die Räume abschritt.

Es roch immer noch ein wenig muffig und modrig, obwohl der Wasserschaden nun fast schon ein halbes Jahr zurücklag.

»Ich hoffe, die Keitumer Mütterinitiative hat Erfolg«, murmelte Paula, die neben mir stand, nachdem wir dem Raum Adieu gesagt hatten, in dem die Kids der *Inselkrabben*-Kita gelacht, gemalt, gesungen und kleine Geschichten erfunden hatten. Die brünette Mittvierzigerin war blass und ernst, auch für sie ging mit dem heutigen Tag etwas zu Ende, das sie aufgebaut und das ihr viel bedeutet hatte.

»Aber klar, die Sylterinnen haben viel Energie und Kampfgeist, wenn sie sich etwas in den Kopf setzen«, sprach Bea ihr Mut zu. »Vergiss nicht: Viele von uns stammen von der tapferen Friesin Merret Lassen ab, und wer ihr Blut in den Adern hat, den haut so schnell nichts um. Und, was sagt ihr? Seid ihr bereit, den Laden hier dichtzumachen?«

Da es hier absolut nichts zu sehen gab, außer einigen Spinnweben, einer Malerleiter und einem Trockengerät, das vergessen worden war, verließ einer nach dem anderen nun das Buchcafé.

»Tschüss, *Büchernest*, es war mir eine Freude und Ehre«, sagte Larissa mit der kleinen Liuna-Marie an der Hand. »Du hast in mir die Liebe zum Beruf der Buchhändlerin geweckt. Hier habe ich Leon und Nele kennengelernt, aber auch in gewisser Weise mich selbst. Dafür werde ich dir für immer dankbar sein.«

Liu sagte ebenfalls »Tschüss« und winkte, während Bea abschloss und dann, wie mit dem Vermieter vereinbart, den Bund mit allen Schlüsseln in den Briefkasten warf.

Ein metallisches, klackendes Geräusch besiegelte das traurige Ende einer langen Ära …

Schweigend verteilten sich alle auf die Autos, denn nun ging es nach Morsum, wo Vero bereits alles für ein köstliches

Essen und eine Abschiedsfeier vorbereitet hatte, zu der auch Leon, Sven und Arfst kommen wollten.

Das leise Surren meines Handys kündigte den Eingang einer WhatsApp-Nachricht an:

> Ich hoffe der Abschied war nicht zu traurig und du schaffst es, deine Kollegen aufzuheitern. Lena und ich haben gerade riesigen Zoff, und ich würde jetzt viel lieber mit dir am Strand spazieren gehen, als mich zu streiten. Warst du eigentlich schon mal am Morsum-Kliff?

Oles unerwartete Nachricht ließ das dumpfe Gefühl von Einsamkeit, das mich umklammert hielt, ein wenig erträglicher werden. Doch ich durfte mich nicht allzu sehr an ihn gewöhnen, denn es würde mir sonst noch viel schwerer fallen, die Insel wieder zu verlassen.

26.
Nele

Neles Herz flatterte, als sie, gemeinsam mit ihren Schülern, die Bilder arrangierte, die im Verlauf des Kurses Freie Malerei entstanden waren.

Am heutigen Donnerstagabend um 19 Uhr sollte die Abschlussausstellung eröffnet werden, und gleich würde Ulrike Moers vorbeischauen, um alles in Augenschein zu nehmen.

»Ich bin ja so aufgeregt!«, wiederholte die zarte Edith zum tausendsten Mal. Dabei schnitt sie so starke Grimassen, dass ihr die große Brille von der Nase zu rutschen drohte.

»Wird schon«, sprach der Lederjackentyp Holger, der Nele mittlerweile ans Herz gewachsen war, Edith Mut zu und kaute fröhlich seinen Kaugummi. »Deine Farbkomposition ist der Hammer. Da kann ich mir echt 'ne Scheibe davon abschneiden.«

»Bin gespannt, was Frau Moers dazu sagt, dass die Bilder diesmal nicht auf Staffeleien präsentiert werden«, meldete sich nun auch Ewald, der älteste ihrer Schüler, zu Wort.

Das bin ich allerdings auch, dachte Nele, die insgeheim auf ein Donnerwetter gefasst war. Doch jedes Gewitter zog irgendwann vorüber, man musste sich nur gut davor schützen.

»Moin, die Damen und Herren«, ertönte wie aufs Stichwort die schrille Stimme der Akademieleiterin. Sie starrte mit weit aufgerissenen Augen auf die Bilder, die alle kunstvoll arrangiert waren – aber flach auf dem Boden.

»Was ist denn hier los?«, fragte sie entsetzt. »Sie wissen schon, Frau Sievers, dass die Vernissage in zwei Stunden beginnt, nicht wahr?«

»Ja, das weiß ich«, antwortete Nele und zwang sich, so gelassen wie möglich zu klingen. Was konnte im schlimmsten Fall schon passieren? Das Seminar war zu Ende, das Kursziel erreicht. »Wir sind hier so gut wie fertig. Sieht das nicht toll aus?«

Kreideweiß im Gesicht umrundete Ulrike Moers die Bilder, die, zu einer Silhouette der Insel Sylt angeordnet, auf dem Parkettboden lagen. Nele hatte darauf geachtet, genug Platz zu lassen, damit die Zuschauer die Exponate betrachten konnten, ohne versehentlich daraufzutreten.

»Wir warten nur noch auf die Holztreppe, von der aus man das Ganze von oben betrachten kann, dann wirkt die Bildkomposition noch eindrucksvoller«, fuhr Nele fort, während ihre Schüler mit sichtlich angehaltenem Atem auf das Urteil warteten. »Die müsste aber jeden Moment angeliefert werden.«

»Ja, sind wir denn hier auf der *documenta*, oder was?«, zischte Ulrike Moers. »Wie können Sie es wagen!«

»Also, ich finde, das sieht toll aus«, sprang nun Ewald Nele bei. »Zum einen ist das wirklich innovativ. Zum anderen spiegelt die Zusammengehörigkeit der Bilder die vielen Facetten der Insel wider. Genau wie das Gemeinschaftsgefühl, das wir in den letzten Wochen füreinander entwickelt haben. Schauen Sie bitte genau hin, und Sie werden sehen ...«

»Unsinn, ich werde nichts dergleichen tun«, fiel die Schulleiterin dem alten Herrn ins Wort. »Können Sie mir bitte verraten, wie die Schüler unserer Einrichtung ihren Lieben daheim zeigen sollen, was sie hier geschaffen haben, wenn das Ganze eine Art ... nun ja, Gemeinschaftswerk ist und ein Bild nicht ohne das andere funktioniert?«

Nele wollte gerade »Dafür hat der liebe Gott den Fotoapparat erfunden« sagen, biss sich jedoch rechtzeitig auf die Zunge.

»Wir haben alle Arbeiten einzeln, aber auch zusammen fotografiert«, verteidigte sie ihr Konzept. »Die Bilder selbst wurden für jeden Teilnehmer zum Mitnehmen auf Holz gedruckt, außerdem gibt es ein YouTube-Video von der Entstehung dieser Installation, das die Akademie später online stellen kann. Holger kennt sich mit so etwas bestens aus, weil er in einer Werbeagentur arbeitet. Sie können die Bilder hier in der Schule aufhängen, oder ich stelle sie dem neuen Hotel *Strandkorbträume* in Keitum zur Verfügung, das nach der Eröffnung viele Kunst- und Literaturevents veranstalten wird. Die Entscheidung liegt ganz bei Ihnen.«

»Ich habe wirklich ganz schön viel von Frau Sievers gelernt, der Kurs hat großen Spaß gemacht«, eilte nun auch Edith zu Hilfe, die Stimme vor lauter Aufregung nur noch ein Kieksen.

Ulrike Moers kam gar nicht mehr dazu, noch irgendetwas zu sagen, da zwei Mitarbeiter der Galerie *Dünenmeer* die Treppe brachten, die Ole auf Sophies Bitte eigens für diesen Anlass aus Treibholz zusammengezimmert hatte.

»Dann scheine ich hier ja nicht mehr gebraucht zu werden«, giftete Ulrike Moers und verließ den Raum mit empörtem Schnauben. »Die Vernissage bekommen Sie dann sicher auch bestens ohne mich hin.«

»Äh, wie meint sie das?« Edith guckte unsicher über den Rand ihrer Riesenbrille, als die Moers davongerauscht war. »Wird sie etwa später nicht dabei sein? Aber wer hält dann die Ansprache?«

»Ach was, die kriegt sich schon wieder ein«, erwiderte Holger und versenkte seinen Kaugummi im Abfalleimer. »Die Eröffnung darf sie auf keinen Fall schwänzen, es sei denn, sie meldet sich krank.«

Und genauso kam es auch: Keine halbe Stunde später informierte Ulrike Moers Nele darüber, dass sie sich hatte übergeben müssen und nun mit Magenkrämpfen im Bett lag. Eine Vertretung sei so kurzfristig nicht zu bekommen, Nele müsse den Abend mit den Gästen und der Presse alleine stemmen.

»Notruf an alle«, simste Nele keine zwei Minuten später an ihre Freunde: »Ich werde gleich einer Meute Gästen und Journalisten zum Fraß vorgeworfen. Brauche dringend eure Unterstützung. Kann einer von euch eine Ansprache halten?«

Punkt sieben Uhr standen die Besucher der Abschlussveranstaltung des Seminars, versorgt mit Fingerfood und einem Glas Sylter Wein, im Foyer des Ausstellungsraums, plauderten beschwingt und freuten sich auf die Vernissage.

Unterdessen flatterte Nele wie ein Kolibri hin und her und besprach die letzten Einzelheiten mit Adalbert. Er hatte sich sofort bereit erklärt, ihr aus der Patsche zu helfen und im Dialog mit Nele und einigen Schülern über das Konzept der Sylt-Installation zu sprechen. Mit seiner sonoren Stimme und Erfahrung als Lehrer und Dozent war er genau der Richtige für diese ganz besondere Aufgabe.

»Hiermit erkläre ich die Ausstellung für eröffnet«, sagte er, nachdem die einführenden Worte gesprochen waren, und schloss die Tür zum Ausstellungsraum auf. Vero und Bea sorgten dafür, dass nicht alle auf einmal hineinstürmten, Hinrich und Sophie waren älteren Besuchern beim Bewältigen der Treppe behilflich.

»Soll sich ja keiner das Bein brechen«, sagte Hinrich augenzwinkernd, als er die Hand einer alten Dame nahm.

In der Zwischenzeit gab Nele der Sylter Presse Interviews, allen voran Leon, und schwärmte von der Kreativität ihrer Schüler, die sich auf dieses eher ungewöhnliche Experiment eingelassen hatten. Soweit sie es mitbekam, waren alle Besucher hellauf begeistert und staunten darüber, wie toll die Farbkompositionen die typischen Gegebenheiten auf Sylt widerspiegelten: Edith hatte sich der Südspitze von Hörnum angenommen und ein Feuerwerk aus dem Grün des Dschungelwäldchens hinter dem Strand gezündet, gemischt mit dem Rotweiß des Leuchtturms, dem Grau der Steine an der Pier und der Slipanlage vor dem Hotel und dem dunkelgrünen Algenbelag dort.

Ewald hatte sich den Ellenbogen ausgesucht, alle anderen übernahmen die Inseldörfer, das Wattenmeer, die offene See und vieles mehr.

»Alle Achtung«, lobte ein Herr, der seinen rechten Arm in einer Schlinge trug. »Sie haben ganz schön was aus meinen Schülern herausgeholt«, sagte er zu Nele, die sich zwischen zwei Interviews ein Glas Sekt gönnte. »Die Idee der Sylt-Silhouette ist großartig und hat bestimmt den Teamgeist der Gruppe gefördert.«

»Dann sind Sie wohl Thorsten Müller«, schlussfolgerte Nele und wollte ihm gerade die Hand geben, was natürlich

Unsinn war, denn die war eingegipst. »Schön, dass Sie uns besuchen.« Nun bemerkten auch einige der Kursteilnehmer ihren ehemaligen Lehrer und lächelten ihm zu. »Wie geht es denn mit der Heilung voran?«

Sie hatte sich den Dozenten ganz anders vorgestellt, irgendwie spießiger. Doch Thorsten Müller sah genauso aus, wie Nele es von ihrem Studium an der Kunstakademie kannte: lässig gekleidet, das halblange Haar zu einem Zopf gebunden, dunkler, mit einigen grauen Strähnchen durchzogener Bart. Ganz die Attitüde eines Künstlers und Bohemiens.

Er entsprach ihrem Beuteschema, doch sie hatte ja jetzt Sven, der sich gerade angeregt mit Leon unterhielt.

»Danke der Nachfrage«, antwortete Müller schmunzelnd. »Ich werde es wohl überleben.«

»Können Sie denn ab Herbst wieder malen, pardon: unterrichten?«

»Sind Sie etwa scharf auf meinen Job?« Thorsten Müller musterte Nele aus meerblauen Augen, die einen tollen Kontrast zu seinen dunklen Haaren bildeten. Doch er wirkte eher amüsiert als beunruhigt oder gar genervt.

»Nein, nein ...« Nele geriet ins Schlingern, was sowohl an der Aufregung als auch am Sekt lag. »Ich wollte Ihnen auf gar keinen Fall irgendetwas streitig machen. Für mich endet an diesem Abend eine schöne, lehrreiche Zeit, und dann beginnt eine neue. Ich wollte wirklich nur wissen, ob die Genesung zu Ihrer Zufriedenheit verläuft.«

»Würden Sie denn gern weiter hier unterrichten? Ihre Schüler lieben Sie ja offenbar abgöttisch.«

»Wenn Frau Moers mich haben möchte, was ich ehrlich gesagt bezweifle, und die Akademie einen zusätzlichen Kurs verkraftet, warum nicht? Man könnte ein Seminar mit einem anderen Schwerpunkt anbieten, etwas, das bislang noch im Angebot fehlt.« Während Nele dies sagte, bemerkte sie zu ihrem Erstaunen, wie sehr ihr der Betrieb hier innerhalb dieser kurzen Zeit ans Herz gewachsen war: die Akademie mit dem grandiosen Blick aufs Meer, die Schüler, das Unterrichten, die gemeinsame Liebe zur Kunst. Die Freude daran, etwas Kreatives zu erschaffen.

Doch es hatte keinen Sinn, sich in Wunschfantasien zu verlieren, denn Ulrike Moers würde niemals zulassen, dass Nele nach dem heutigen Abend je wieder einen Fuß über die Schwelle der Schule setzte.

»Verstehe«, erwiderte Thorsten Müller schmunzelnd. »Wenn Sie mich jetzt bitte einen Augenblick entschuldigen? Edith und Ewald möchten etwas mit mir besprechen.«

Neles Augen folgten dem Kunstdozenten, dann kreuzte ihr Blick den von Sven, der nun zu ihr kam und ihr einen Kuss gab: »Glückwunsch, das ist eine wirklich gelungene Ausstellung. Es würde mich riesig freuen, wenn wir die Installation im Hotel aufhängen könnten. Ich bin stolz auf dich.«

Nele wurde rot, weil sie an die Auseinandersetzung mit Ulrike Moers dachte. Natürlich war sie ebenfalls begeistert vom Werk ihrer Schüler. Doch dieses Hochgefühl wurde gedämpft durch den Streit mit Ulrike Moers.

»Danke, das ist lieb von dir. Aber ich bin ehrlich gesagt froh, wenn der Trubel hier vorbei ist. Momentan würde ich nichts lieber tun, als mir diese Biester von hohen Schuhen von den Füßen zu reißen und mich aufs Sofa zu lümmeln. Diese Woche war ganz schön anstrengend.«

»Dann machen wir genau das, was dir guttut«, erwiderte

Sven, streichelte ihr kurz über die Wange und nahm sie in den Arm. »Sobald du hier wegkannst, bringe ich dich nach Hause, und wir feiern deinen Erfolg noch mal zu zweit. Ach übrigens, wer war denn dieser Schmierlappen, mit dem du da eben gequatscht hast?«

»Der ehemalige Kursleiter«, antwortete Nele. »Der ist aber gar nicht schmierig, sondern eigentlich ganz nett und hat mir ebenfalls zum Erfolg gratuliert.«

Aus den Augenwinkeln nahm sie wahr, wie Thorsten Müller sie und Sven beobachtete.

Doch sie konnte seinen Blick nicht deuten.

27.
Larissa

Larissa zog sich hinter dem Paravent in der Praxis von Frau Dr. Seebald an und setzte sich dann auf den Besucherstuhl der Gynäkologin. Alles an ihr war dermaßen angespannt, dass sie jede Faser ihres Körpers einzeln spürte.

Kein Wunder, schließlich war jede Untersuchung für sie eine angstbeladene Tortur, weil sie schlechte Nachrichten befürchtete.

Doch heute strahlte ihre Ärztin und bestätigte, dass Lissys Schwangerschaft mittlerweile wieder relativ normal verlief. Es dauerte einen Moment, bis diese unerwartete Neuigkeit zu ihr durchdrang. Durfte sie das denn wirklich glauben?

»Das bedeutet aber nicht, dass Sie jetzt Purzelbäume schlagen oder die Nächte durchmachen dürfen«, sagte Frau Dr. Seebald augenzwinkernd und reichte Larissa das neue Ultraschallbild.

»Haben Sie sich denn schon eine Klinik auf dem Festland ausgesucht, in der Sie entbinden wollen?«

»Leon und ich diskutieren das noch«, antwortete Lissy, für die das Glück plötzlich greifbar nah schien. Das Baby war außer Gefahr, alles würde gut gehen. »Wirklich schade, dass es auf den Inseln keine Möglichkeit mehr gibt, seine Kinder zur Welt zu bringen. Andererseits bin ich einfach nur froh, wenn alles glattgeht und wir bald Eltern werden.«

»Ich freue mich sehr für Sie und Ihren Mann«, sagte Frau Dr. Seebald. »Und was das andere betrifft: Das ist nun mal leider der Lauf der Dinge, deshalb müssen wir uns damit arrangieren. Also, meine Liebe, weiterhin alles Gute, und passen Sie auf sich auf. Wir sehen uns ja bald wieder.«

Bea blickte von irgendwelchen Notizen auf, als ihre Nichte ins Wartezimmer kam, und war erleichtert, als Lissy fröhlich verkündete, dass alles in bester Ordnung war.

»Was kritzelst du denn da eigentlich seit Neuestem immer herum?«, fragte Lissy, als Bea hektisch ein kleines schwarzes Büchlein in ihrer Handtasche verschwinden ließ. »Führst du auf einmal Tagebuch?«

»So ähnlich«, antwortete Bea vage. »Wie sieht's aus, mein Schatz, hast du Hunger? Und was mich noch viel mehr interessiert: Wird's ein Junge oder ein Mädchen? Wir warten alle seit der zwanzigsten Woche darauf, dass du dich mal äußerst oder wenigstens verplapperst.«

»Jede Frau braucht ihr süßes Geheimnis, schon vergessen?«, entgegnete Lissy grinsend und hakte sich bei ihrer Tante unter. »Apropos süß: Spendierst du mir zur Feier des Tages eine Schoko-Crêpe an der Strandpromenade? Darauf habe ich einen totalen Heißhunger.«

Eine kleine Weile später flanierten die beiden gemütlich die belebte Friedrichstraße in Richtung Meer hinauf.

Die Insel war deutlich voller als noch vor wenigen Wochen, bald schon begann die Hochsaison auf Sylt.

»Wird dir nicht auch ein bisschen mulmig angesichts der

vielen Konkurrenz?«, fragte Larissa, als sie an der *Buchhandlung an der Wilhelmine* vorbeigingen, die seit der Renovierung ausnehmend schön geworden war. Allein hier und in der Strandstraße buhlten insgesamt fünf Buchhandlungen um die Gunst der Käufer, den Laden am Bahnhof nicht mit eingerechnet.

»Ach was«, winkte Bea ab. »Hier ist genug Platz für uns alle. Und wir wollen uns ja nicht ins Getümmel von Westerland stürzen, sondern dahin gehen, wo wir gebraucht werden. Morgen früh wird der Makler uns neue Objekte präsentieren, von denen einige aber erst im Bau sind. Könntest du dir denn grundsätzlich vorstellen, erst nächstes Jahr zu eröffnen und in der Zwischenzeit lediglich Svens Veranstaltungen zu organisieren?«

Larissa überlegte. An sich wäre es ihr lieber gewesen, die Neueröffnung so schnell wie möglich über die Bühne zu bringen, solange die Insulaner und Touristen das *Büchernest* noch auf dem Radar hatten und nicht zur Konkurrenz abgewandert waren. »Wenn es nicht anders geht, natürlich. Aber ich hoffe ehrlich gesagt immer noch darauf, dass sich etwas anderes ergibt. Schade, dass wir das Haus von Ineke nicht mieten können. Es vergeht kaum ein Tag, an dem Nele und Sophie nicht berichten, wie sehr die Kundinnen von dieser Kombination aus Privaträumen und Ladengeschäft schwärmen.«

»Das wird Ineke niemals machen«, sagte Bea und schaute gedankenverloren in den Himmel, während Larissa Crêpes für sie beide bestellte. »Aber gut, dass du das noch mal sagst, womöglich sollten wir unsere Suchkriterien neu definieren. Ich rufe gleich heute Nachmittag den Makler an und erzähle ihm von dieser Idee. Vielleicht gibt es irgendein Objekt in Kampen, das ohnehin die meiste Zeit des Jahres leer steht ...«

»Du willst nicht ernsthaft nach Kampen?!« Lissy verschluckte sich an einem Bissen Crêpe, heiße Schokosoße tropfte ihr aufs Kinn. »Weißt du, wie hoch die Mieten da sind? Dagegen können wir auf gar keinen Fall anverdienen. Nee, nee, wir bleiben bei den Orten, die wir bislang im Visier hatten, und dehnen unsere Suche lediglich auch auf Wohnhäuser aus.«

Nachdem die beiden eine Weile am Wasser entlanggeschlendert waren, war es an der Zeit, zurück nach Keitum zu fahren.

Bea musste Sophie im Laden ablösen und Larissa wieder zurück auf ihre bequeme Couch.

Daheim angekommen, hatte sie eine Idee: *Lust auf einen echten Mädelsabend? Ich habe gute Neuigkeiten von meiner Gyn und außerdem sturmfreie Bude*, schrieb sie an Nele und Sophie, die sofort begeistert zusagten. Nele wollte sich um das Essen kümmern und Sophie um die Getränke.

»Wie toll! Herzlichen Glückwunsch für dich, Leon und das Baby«, freute Nele sich, als sie am frühen Abend mit Sophie im Schlepptau bei Larissa eintraf und sofort auf die Terrasse stürmte, wo Lissy für drei gedeckt hatte.

Auch Sophie umarmte Larissa und gratulierte.

»Das haben wir ja ewig nicht mehr gemacht«, rief Nele, streckte sich auf der Liege aus und sah sich suchend um. »Aber sag: Wo stecken Liu und Leon? Es ist so verdächtig still hier.«

In der Tat war gerade nichts zu hören außer dem Zwitschern der Vögel, die feierten, dass die Tage immer länger wurden.

»Liu schläft heute bei Anke, weil Leon beruflich für zwei Tage in Berlin ist«, antwortete Larissa. »Ach Mädels, es ist so schön, euch zu sehen. Aber bevor wir mit dem Essen anfangen: Nele, gibt es irgendetwas Neues von Ulrike Moers? Hat sie sich inzwischen gemeldet?«

Nele kramte in ihrer Beuteltasche und legte schließlich mehrere Kopien von Artikeln aus der örtlichen Presse, die über die gelungene Vernissage berichtet hatten, auf den Holztisch, auf dem sämtliche Leckereien fürs Abendessen standen. In jedem Bericht war Nele der eindeutige Star, die Akademie selbst rückte dabei in den Hintergrund. »Nein, ich habe null und gar nichts von ihr gehört. Aber ich weiß von ihrer Sekretärin, bei der ich den Schlüssel für den Klassenraum abgeben musste, dass sie mindestens noch eine Woche krankgeschrieben ist.«

»Also hat sie die Erkrankung gar nicht erfunden«, sagte Sophie nachdenklich, während sie alkoholfreien Sekt in Lissys Glas füllte und Prosecco in die beiden anderen. Schließlich ließ sie Blätter von Zitronenmelisse und einige Himbeeren in die Gläser gleiten. »Das tut mir aber leid. Dann ist ihr die ganze Sache offensichtlich im wahrsten Sinn des Wortes auf den Magen geschlagen.«

»Willst du etwa damit sagen, dass ich daran schuld bin?«, fragte Nele mit blitzenden Augen. »Nee, nee, den Schuh ziehe ich mir nicht an. Ich habe nur meinen Job gemacht, und das offenbar gut.«

»Aber womöglich ist ja genau das das Problem«, stimmte nun auch Lissy Sophies Theorie zu. »Natürlich ist das reine Spekulation, aber könnte es sein, dass Ulrike Moers durch dein innovatives Konzept ihre Arbeit an der Akademie bedroht sieht?«

»O nein«, stöhnte Nele und rieb sich die Schläfen. »Ich

habe echt keine Lust, an so einem wunderschönen Abend über diese Frau zu reden. Lasst uns lieber feiern, dass Frau Dr. Seebald zufrieden mit dir ist, und auf das Kleine in deinem Bauch anstoßen. Obwohl: das *Kleine* nehme ich zurück. Ich finde, du siehst aus, als wolltest du jeden Moment ein Walbaby zur Welt bringen. Wenn das in dem Tempo so weitergeht, passt du bald nicht mehr durch die Terrassentür.«

Lissy schmunzelte und wandte sich dann an Sophie: »Wie war eigentlich deine Verabredung mit Ole, das wollte ich dich schon ewig fragen. Hat ihm das rote Kleid gefallen?«

»Ihm schon, seiner Tochter eher nicht«, antwortete Sophie trocken. »Lena hat gerade eine familiäre Krise und findet es offenbar ziemlich ätzend, dass ihr Vater und ich uns treffen. Lenas Mama hat sich einen neuen Mann geangelt, den Lena partout nicht leiden kann, und vor dem ist sie nun hierher nach Sylt geflüchtet.«

»Nur um dann festzustellen, dass Papa auch jemanden gefunden hat, der ihm etwas bedeutet«, murmelte Lissy und strich sich eine Haarsträhne hinters Ohr. »Keine leichte Situation. Wie lange bleibt sie denn auf der Insel?«

Sophie holte erst tief Luft, als zögerte sie noch, sich zu öffnen, doch dann redete sie sich ihren Kummer von der Seele. Man konnte förmlich spüren, wie gut es ihr tat, im vertrauten Kreis all die Dinge anzusprechen, die sich bei ihr angesammelt hatten und die sie beschäftigten.

Lissy und Nele hörten aufmerksam zu.

»Wäre Ole denn ein Mann für dich?«, fragte Nele, die gerade an einer Olive kaute. »Ich meine, könntest du dir vorstellen, eine Beziehung mit ihm aufzubauen und seinetwegen auf Sylt zu bleiben?«

»Ist es nicht ein bisschen früh für diese Frage?«, wandte Lissy ein und streichelte ihren runden, prallen Bauch.

Das Baby strampelte fröhlich, ganz so, als wollte es seiner Mama Hallo sagen.

»Okay, okay, ich halte die Klappe«, erwiderte Nele schmunzelnd und nippte an ihrem Prosecco. »Sophie, du bist tausendmal weniger impulsiv als ich, du wirst schon das Richtige tun. Außerdem würde ich mir wegen Lena keine großen Sorgen machen. Sie muss sowieso wieder zurück nach Hamburg, weil sie Schule hat. Da erledigt sich das Thema ganz von allein.«

»Tut es wohl eher nicht«, entgegnete Sophie, die gerade eine Nachricht auf ihr Handy bekommen hatte. »Ole schreibt, dass er gleich morgen früh gemeinsam mit Lena nach Hamburg fährt, um mit Ally und ihrem neuen Freund zu reden. Lena möchte auf die Schule nach Sylt wechseln, aber das geht nur mit Zustimmung ihrer Mutter.«

»Oops«, erwiderte Nele und umklammerte ihr Glas.

Auch Larissa wusste nicht so recht, was sie dazu sagen sollte …

28.
Sophie

Endlich!
Voller Vorfreude öffnete ich die Kartons mit Büchern, die ich für die Kinderbibliothek von Svens Hotel bestellt hatte, und hakte Titel für Titel auf dem Lieferschein ab: ein *Best of* Kinderbuchklassiker, ergänzt durch Neuerscheinungen, die ich anhand von Leseexemplaren der Verlage ausgewählt hatte.

Ich bewunderte die Schätze, die Nele heute Abend ins Hotel *Strandkorbträume* bringen würde, während Licht durch die Dachluke fiel und umherfliegende Staubkörnchen in magischen Sternenstaub verwandelte. Die Bilderbücher mit ihrem hochwertigen, gestrichenen Papier und den aufwendigen Illustrationen. Bücher, die mich schon mein ganzes Leben lang begleiten, und Bücher, die ich gerade erst für mich entdeckt hatte.

Insgesamt fast einhundert Fantasy-Titel, Bilderbücher, spannende Jugendromane, Pferdebücher, Lexika über die Nordsee – sie alle wurden mit dem Etikett des Hotels beklebt und damit als Eigentum der Bibliothek gekennzeichnet. Svens Budget war wirklich großzügig bemessen, und ich hatte aus dem Vollen schöpfen können.

»Alles klar mit der Kinderbuchlieferung?«, fragte Nele, die die Treppe heraufgerannt kam, das Smartphone in der Hand. »Ich habe Sven gerade in der Leitung. Er ist irre nervös, weil am Donnerstag zur Vorpremiere für die Presse alles klappen muss.«

»Kannst ihn beruhigen, es ist alles bestens«, gab ich zur Antwort und verteilte die Titel, nach Altersgruppen sortiert, auf mehrere Kartons. Nele rauschte von dannen, ihre Absätze klapperten auf der Holztreppe.

Zwei Minuten später war sie wieder oben, diesmal ein wenig außer Atem. »Nun will Olivia wissen, ob du eine Kinderbuchautorin für Donnerstag engagieren kannst, um der Presse zu zeigen, wie ernst es Sven mit dem Literaturkonzept und der Kinderfreundlichkeit ist«, teilte sie mit und schnitt dabei eine Grimasse.

Mehr als ein verwirrtes »Äh ...« fiel mir spontan nicht ein. Donnerstag war schon übermorgen.

Wo sollte ich denn so schnell jemanden herzaubern?

»Ja, ich weiß, das ist extrem kurzfristig«, sagte Nele. »Aber ich habe Sven versprochen, gelassen zu bleiben und mich über nichts von dem aufzuregen, was Olivia in den letzten Tagen so alles angezettelt hat.«

Und *zack!* räumte sie Bücherstapel beiseite, die auf dem Boden lagen, setzte sich, verschränkte ihre Beine zum Lotossitz und formte mit Daumen und Zeigefinger beider Hände das *Om*-Zeichen. »Siehst du? Ich bin die Ruhe in Person«, murmelte sie und atmete mit geschlossenen Augen demonstrativ ein und aus.

»Ja, das sehe ich, und ich bin echt beeindruckt. Trotzdem habe ich eine Frage: Wer kümmert sich inzwischen um die Kunden?«

»Vero«, sagte Nele und begann ein Mantra zu summen.

Ich musste mich schwer zusammenreißen, um nicht loszuprusten. Um ihr Temperament in den Griff zu bekommen, brauchte es weit mehr als Atemübungen und Meditation.

»Hat Adalbert dir das beigebracht?«, fragte ich belustigt, und Nele nickte. »Ich finde, das sieht toll aus. In dir scheint eine echte Yogini zu schlummern – zumindest was das Styling betrifft. Pluderhose, lila T-Shirt, ein Armband mit Buddha-Anhängern ...« Ich umkreiste Nele, die mit keiner Wimper zuckte. »Sag mal, hast du dir da etwa einen Punkt auf die Stirn geklebt?«

»Das ist kein Punkt, sondern ein *Bindi*«, erklärte sie hoheitsvoll und drückte ihren Rücken durch. »Das Wort *Bindi* stammt aus dem Sanskrit und bedeutet Tropfen. Im übertragenen Sinne so viel wie das dritte Auge ... also jetzt mal rein energetisch betrachtet.«

»Gemäß dem Motto, drei Augen sehen mehr als zwei?« Nele war wirklich zum Piepen. »Du weißt aber schon, dass ein *Bindi* in Indien den Status einer verheirateten Frau symbolisiert, oder? Gibt es da irgendetwas, das ich wissen sollte?«

»Verheiratet?!« Nele riss entsetzt die Augen auf, rieb sich über die Stirn, und schon kullerte ein glänzendes Teilchen über den Fußboden. Ich hob die kleine Schmuckperle auf und gab sie Nele, die sich aus ihrer Verknotung gelöst hatte und nun den Staub von der Rückseite ihrer Pluderhose abklopfte.

»Hier muss dringend mal gewischt werden«, sagte sie und warf die Perle in den Papierkorb. »Wäre super, wenn du das mit der Autorin hinbekommen könntest. Nicht Olivia zuliebe, sondern für Sven.«

»Schon verstanden«, rief ich Nele hinterher, die jetzt nach unten eilte, um Vero zu helfen. Dann wählte ich Beas Nummer und fragte sie um Rat. Zum Glück kannte sie einige Autoren, von denen zwei sogar gerade Urlaub auf der Insel machten. Bea versprach, ein wenig herumzutelefonieren und sich zu melden, sobald sie etwas in Erfahrung gebracht hatte.

Am späten Nachmittag fuhr ich mit dem Rad in Richtung Morsum-Kliff, wo ich mit Ole verabredet war, der seit heute Mittag wieder aus Hamburg zurück war. Ob mit oder ohne Lena, würde ich gleich bei einem Spaziergang erfahren.

Auch wenn ich es mir nur ungern eingestand: Ich war nervös wie vor der Abiturprüfung. Je länger ich Ole kannte und mit ihm zusammen war, desto mehr wuchs er mir ans Herz. Ich konnte und wollte nicht glauben, dass das plötzliche Auftauchen seiner Tochter nun womöglich alles zerstörte, das sich bislang so wunderschön gefügt hatte.

»Hey, da bist du ja«, empfing Ole mich mit einem Lächeln, als ich mein Fahrrad am Radständer des Hotels *Landhaus Severin's* abstellte. Diesmal hatte er weder eine Umarmung noch einen Kuss für mich übrig. Mir rutschte sofort das Herz in die Hose, und ich hätte am liebsten kehrtgemacht.

Auch Ole fühlte sich sichtlich unwohl und trat verlegen von einem Bein aufs andere. »Hast du Lust, eine kleine Runde zu laufen, oder wollen wir erst mal auf der Hotelterrasse einen Kaffee trinken?«

»Lieber laufen«, antwortete ich knapp und hoffte, dass er meine Unsicherheit nicht bemerkte. »Ich war doch noch nie hier und bin schon sehr gespannt. Die Farben des Kliffs sind ja geradezu legendär.«

In dem Moment, als wir losgingen, setzte sich vor unseren Augen eine Herde Schafe in Bewegung, flankiert von einem Hütehund und dem Schäfer. Sie trieben die Herde aus weißen, braunen und schwarzen Schafen zur Heidefläche an der Kliffkante.

»Ganz schön beeindruckend, nicht wahr?«, fragte Ole, nachdem wir eine Weile staunend dem eingeübten Zusammenspiel zwischen Schäfer und Hund zugesehen hatten. »Die Herde folgt den Anweisungen ihres Chefs blind, es gibt keine Fragen. Keins der Tiere tanzt aus der Reihe.«

Das klang für mich wie eine traurige Metapher.

»Lief es denn nicht gut in Hamburg?«, gab ich vorsichtig zurück, während wir in gebührendem Abstand den Schafen folgten, die nun nacheinander zum eleganten Sprung über den Bohlenweg ansetzten, um auf die angrenzende Wiese zu gelangen.

»Geht so«, erwiderte Ole und nahm unerwartet meine Hand.

Ich zuckte erst zurück, entschied mich dann aber, ihn gewähren zu lassen. Meine Hand in seiner – ein schöner Anblick, einer, den ich nicht mehr missen wollte.

Doch jetzt ging es darum, Ole eine gute und verständnisvolle Zuhörerin zu sein.

»Es war irre anstrengend, und ich muss leider sagen, dass ich Lena verstehen kann«, fuhr er mit seinem Bericht fort. »Allys Freund Jens ist ein sehr spezieller Typ. Ich vermute ja, dass es nicht mehr allzu lange dauern wird, bis sie das selbst kapiert, aber momentan ist Ally so blind vor Liebe, dass sie gar nicht begreift, was für einen Egomanen sie sich da ins Haus geholt hat.«

»Klingt ja gar nicht gut. Wie geht es jetzt weiter?« Oles Nähe und Wärme taten unendlich gut, doch ich hatte Angst davor, was kommen würde.

»Ally hat zugestimmt, dass Lena den Schulbesuch auf Sylt fortsetzt, vorausgesetzt, sie wird hier angenommen. Da ich auf der Insel ganz gute Kontakte habe, gehe ich allerdings davon aus, dass das klappt, auch wenn so ein Wechsel zum Ende des Schuljahrs nicht gerade toll ist. Aber Lena sieht komplett rot, wenn sie auf Jens trifft, und ihm geht es umgekehrt ebenso. Diese Situation ist weitaus schlimmer als ein Schulwechsel.«

Was für eine Mutter tut so etwas?, fragte ich mich. Wie konnte sie nur ihre neue Liebe über die Liebe zu ihrer Tochter stellen?

Laut sagte ich stattdessen: »Ist doch schön, dass Lena die Möglichkeit hat, hierherzukommen, wo du sie unterstützen kannst. Platz hast du ja genug, und es dauert auch nicht mehr ewig, dann sind Sommerferien. Kennt Lena denn jemanden in ihrem Alter auf Sylt, oder muss sie sich einen komplett neuen Freundeskreis aufbauen?«

»Zum Glück kennt sie Rieke, die ehemalige Auszubildende des *Büchernests,* die jetzt in der *Buchhandlung Klaumann* in Westerland arbeitet. Und einige Leute aus der Kitesurfer-Clique, die sich immer im *Twisters* in der Paulstraße in Westerland trifft. Sie hat Allys und mein Sportgen geerbt, außerdem ist sie kommunikativ. Was das angeht, wird es wohl keine Schwierigkeiten geben.« Ole ließ meine Hand los und atmete tief aus. »Was mir viel eher Sorgen bereitet, ist, wie aggressiv sie auf dich reagiert hat. Auf der Rückfahrt von Hamburg hat Lena mir deutlich zu verstehen gegeben, dass sie dich nicht in unserem Haus sehen möchte.«

Ole senkte den Blick, und ich hätte am liebsten losgeschrien: Wieso muss ich ausbaden, was ein Typ namens Jens verbockt hat?

Wieso treffe ich schon wieder auf einen Mann, der mir viel bedeutet, den ich aber nicht haben kann?

Doch ich sagte nichts dergleichen, sondern ballte stattdessen die Faust in der Jackentasche. Nele hätte Ole in so einer Situation garantiert den Kopf abgerissen, aber ich verstand seinen Zwiespalt: Er wollte nicht den gleichen Fehler machen wie seine Ex-Frau. Ole würde seine Tochter beschützen, und zwar um jeden Preis.

»Was bedeutet das konkret? Willst du mir sagen, dass wir uns ab jetzt nicht mehr treffen sollten?« Meine Stimme zitterte, als ich diese Frage stellte, aber das war mir mittlerweile egal. Diese grauenvolle Situation musste dringend geklärt werden.

Zu meiner großen Überraschung nahm Ole mich in den Arm und gab mir einen langen, innigen Kuss. »Nein, das soll es auf gar keinen Fall heißen«, murmelte er, während er mir übers Haar strich. »Ich wollte nur wissen, ob deine Vermieterin etwas gegen Herrenbesuch im Pavillon hat. Zumindest so lange, bis Lena sich davon überzeugt hat, dass du eine tolle, warmherzige Frau bist und keine Bedrohung wie dieser Idiot Jens.«

Steine in der Größe von Felsbrocken purzelten mir von der Seele. »Bea kann zwar manchmal sehr streng sein, aber ich denke, dass sie in diesem Fall Nachsicht walten lassen wird«, antwortete ich augenzwinkernd. »Also, was ist? Wollen wir hier Wurzeln schlagen, oder möchtest du mir lieber endlich mal dieses Kliff zeigen, das ich bislang nur von Fotos kenne?«

Ole hob mich hoch und wirbelte mich ein paarmal durch die Luft, bis mir schwindlig wurde, weil ich nicht mehr unterscheiden konnte, wo Himmel und Erde begannen und wo sie endeten.

Als ich wieder einigermaßen auf den Beinen stand, gingen wir zuerst über die Holzbohlen durch die Heide und dann den Weg mit dem für Sylt untypischen, ockerfarben rötlichen Sand entlang bis nach unten. Schilder mit der Aufschrift *Bitte nur Hauptwege benutzen* ermahnten die Besucher des Kliffs, das Naturschutzgebiet zu achten und sich korrekt zu verhalten.

Unten angekommen, fühlte ich mich, als sei ich in der Sahara oder auf einem anderen Planeten gelandet: Die Gesteinsschichten der hohen Abbruchkante schimmerten, je nach Lichteinfall, mal rot, mal dunkelgrau, dann wieder beinahe golden. Geologen hatten an diesem Anblick sicher mindestens so viel Spaß wie wir.

»Ist das nicht ein wunderschöner Kontrast zwischen dem roten Kliff, dem grünen Seegras am Watt und den pinkfarbenen Heckenrosen?«, rief ich verzückt aus. Dass ein Großteil meiner Begeisterung damit zu tun hatte, dass Ole mich weiterhin treffen wollte, musste ich ihm nicht unbedingt auf die Nase binden.

»Ich finde ja diese Gesteinstürmchen fast noch toller«, erwiderte Ole und deutete auf die vielen Formationen, die überall am Fuß der Abbruchkante verteilt standen und mit Grasbüscheln durchsetzt waren. Einige von ihnen waren mit Zweigen verziert, andere regelrecht eingezäunt, wie magische Steinkreise.

»Wollen wir so was auch machen?« Ole sah so begeistert

aus wie ein Vater, der beinahe mehr Spaß als seine Kids daran hat, am Strand Sandburgen zu bauen, dass ich zustimmte.

Also bauten wir kurze Zeit später, Seite an Seite, einen wunderschönen Turm aus Steinen und Muscheln, den ich zusätzlich mit Blumen verzierte, die ich in den Salzwiesen fand.

»Der steht für uns und für das, was wir gerade haben«, sagte Ole, nachdem unser Kunstwerk fertig war und wir es bestaunt und fotografiert hatten. Als Wind aufkam und raschelnd durch die Halme des Schilfs fuhr, dachte ich mit pochendem Herzen: Ich hoffe, der Turm hält dem nächsten Sturm stand.

29.
Nele

Er kann dich zärtlich streicheln, umarmen, pieksen, nerven und manchmal einfach grausam sein, dachte Nele, als sie aufs Rad stieg, um nach Archsum zu fahren.

Doch an diesem Donnerstagmorgen war der Sylter Wind sanftmütig gestimmt und spielte liebevoll mit dem zarten rotgoldenen Haarflaum auf ihren Armen. Sie trug ein buntes Top und Flip-Flops, weil es heute ungewöhnlich warm war und sie frische Luft an ihre Haut lassen wollte.

Nach den langen, kalten und dunklen Wintermonaten war sie geradezu ausgehungert nach Luft, Sonne und Sommer.

Die Sonnenbrille auf der Nase, die Haare zu zwei Zöpfen geflochten, trat sie fröhlich in die Pedale, grüßte hier und da Bekannte, die gerade ihren Hund Gassi führten oder in den Bauerngärten herumwerkelten, bevor sie zur Arbeit mussten. Diese Inseldörfer sind wirklich wunderschön, dachte sie wieder einmal, nachdem sie das Ortsschild von Archsum passiert, einem Traktor ausgewichen und am Hotel *Christian der Achte* vorbeigeradelt war.

Ihr Ziel war jedoch nicht das Hotel, sondern ein Friesenhäuschen eine Querstraße weiter. Nele atmete tief durch und zupfte die Verpackung des Blumenstraußes, den sie in ihrem Fahrradkorb transportiert hatte, zurecht. Dann drückte sie auf die Klingel. Es dauerte eine ganze Weile, bis sie Schritte hörte. Kurz darauf öffnete sich die obere Hälfte der typisch nordfriesischen Klönschnacktür.

»Was wollen Sie denn hier?« Ulrike Moers sah aus, als sei ihr ein Gespenst erschienen. Sie wollte gerade die Tür wieder schließen, als Nele »Stopp!« rief und mutig ihre Hand dazwischenschob. »Ich würde gern mit Ihnen reden ... und ich habe auch Blumen dabei«, erklärte sie, »... und vor allem: selbst gebackenen Mohnkuchen.«

»Sagen Sie bloß, Sie können auch noch backen?«, fragte die Moers. Blass, dünn und mit großen dunklen Rändern unter den Augen, war sie ein wirklich mitleiderregender Anblick.

»Kann ich nicht«, erwiderte Nele und schüttelte den Kopf. »Aber Vero ist eine spitzenmäßige Bäckerin.«

»Ich weiß«, meinte Ulrike Moers seufzend. »Ich vermisse das Café im *Büchernest*. Und die sensationelle rote Grütze. Keine Ahnung, wie Vero das macht, aber ihre schmeckt besser als alles, was ich sonst je gekostet habe.«

»Ja, so ist sie, unsere Vero«, stimmte Nele in das Loblied ein. »Sie hat mir übrigens auch verraten, wie sehr Sie ihren Mohn-Käse-Kuchen lieben.«

Ulrike Moers machte »Hm«, verzog aber weder eine Miene noch machte sie Anstalten, die Tür zu öffnen. »Sie wissen aber schon, dass ich wegen einer Magengeschichte krankgeschrieben bin?«, knurrte sie dann.

»Genau darüber wollte ich gern mit Ihnen sprechen«, erwiderte Nele. So leicht würde sie sich nicht abschütteln lassen.

»Aber das würde ich ungern hier auf der Straße tun. Kochen Sie uns einen Tee? Ich nehme auch Pfefferminze oder Kamille, wenn es sein muss.«

Widerwillig knurrend öffnete die Leiterin der Akademie die Tür, ließ Nele herein und nahm ihr die Blumen ab.

Bereits auf den ersten Blick war zu erkennen, dass sie allein im Haus lebte, es sei denn, ihr Mann stand auch auf dekorativen Schnickschnack und Nippes aller Art.

Ulrike Moers trug einen rosa Bademantel und hellgraue Filzpantoffeln mit Ankermotiv. Nele folgte ihr in die Küche, wo ihre Gastgeberin den Wasserkocher anstellte.

»Eigentlich trinken Sie doch viel lieber Kaffee, nicht wahr?« Diese Frage war eher eine Feststellung, daher nickte Nele, woraufhin Frau Moers einen der Hängeschränke öffnete, um eine Dose Kaffeepulver herauszuholen.

Am Kühlschrank hingen Dekomagnete mit inseltypischen Motiven, einer Möwe, einer Muschel, einem Leuchtturm, aber auch Postkarten und Urlaubsfotos. Auf einigen von ihnen war die Moers zu sehen – deutlich jünger und entspannter, gemeinsam mit zwei hübschen Kindern, beide blond, die Nasen voller Sommersprossen und mit strahlend blauen Augen.

Man erkannte erst auf den zweiten Blick, dass die Fotos nicht vollständig waren, offenbar war hier etwas abgeschnitten worden.

»Wann können Sie denn wieder arbeiten?«, fragte Nele, die sofort wilde Theorien über das Privatleben von Frau Moers aufstellte. Ihr Blick fiel auf Medikamente, die fein säuberlich auf der Küchenfensterbank aufgereiht standen: Nicht alle waren gegen ein Magenleiden, das meiste sah eher nach Mitteln gegen Stress und Ängste aus. Und zur Behandlung von Wechseljahresbeschwerden.

»In ungefähr zwei Wochen, wenn alles gut geht. Mein Arzt sagt, ich habe eine Magenschleimhautentzündung, mit der man nicht spaßen sollte. Aber ich finde, er soll sich nicht so anstellen, das habe ich schließlich häufiger. Ein paar Tage Ruhe, ein bisschen Schonkost, und dann bin ich wieder auf dem Damm.«

Alles, was Nele über diese Krankheit wusste, war, dass sie stressbedingt war und dazu tendierte, chronisch zu werden, wenn man nicht auf sich achtgab.

»Mmh!« Frau Moers schloss die Augen und schnupperte an einem Stück Kuchen, das sie gerade auf einen Teller gelegt hatte. »Dieser Duft von Mohn … der erinnert mich an meine Kindheit. Meine Mutter war eine ebenso tolle Bäckerin wie Vero. Leider lebt sie nicht mehr.«

Offenbar getrennt oder geschieden, die Kinder aus dem Haus, die Mutter tot. Konnte es sein, dass Ulrike Moers furchtbar einsam war?

»Haben Sie mal daran gedacht, sich eine Auszeit zu nehmen oder eine Kur zu machen?«, fragte Nele, die von Minute zu Minute mehr Mitgefühl verspürte. Ursprünglich hatte sie nur herkommen und ihr schlechtes Gewissen beruhigen wollen, für den Fall, dass ihre Ausstellung tatsächlich schuld an Ulrike Moers' Erkrankung war. Doch nun gewann sie den Eindruck, dass hinter der Unpässlichkeit vor der Vernissage eine viel tiefer gehende Geschichte lag.

»Für so etwas habe ich keine Zeit«, lautete die schnippische Antwort, der Kuchenteller wurde beiseitegeschoben. »Die Akademie braucht mich. Wir haben nicht genug Fördergelder, um eine längerfristige Vertretung für mich zu engagieren.«

Nele wollte gerade »Aber Gesundheit geht vor!« sagen, doch sie wusste, es würde nichts nützen. Die Moers gehörte zu den Millionen von fleißigen, pflichtbewussten Frauen, die auch noch arbeiteten, wenn sie schon mit einem Bein im Grab standen. Nun war ihr auch klar, weshalb sie selbst so ein rotes Tuch für sie war: Sie nahm sich alle Freiheiten, wenn ihr etwas nicht passte, die Ulrike Moers sich vermutlich ihr Leben lang versagt hatte.

»Ich … ich könnte Ihnen unter die Arme greifen«, hörte sie sich plötzlich zu ihrem eigenen Erstaunen sagen. »Natürlich ehrenamtlich. Es sieht so aus, als hätte ich bald mehr Zeit, als mir lieb ist, und dann hätten Sie die Chance, mal ein bisschen kürzerzutreten. Ich habe zwar keine genaue Vorstellung von dem, was Sie da in der Akademie alles machen, aber ich bin nicht auf den Kopf gefallen und lerne ziemlich schnell.«

Ulrike Moers starrte sie über den Rand der Teetasse an, Dampfschwaden stiegen vor ihrem blassen Gesicht auf. »Wollen Sie sich noch mehr unter den Nagel reißen als nur den Kurs?«, zischte sie. »Reicht es Ihnen denn nicht, dass Ihre Klasse den Förderverein angeschrieben und darum gebeten hat, nächstes Jahr auch wieder von Ihnen unterrichtet zu werden? Damit machen Sie ja schon Thorsten Müller Konkurrenz. Und jetzt wollen Sie auch noch meinen Posten? Ich würde vorschlagen, Sie gehen jetzt, bevor ich mich vergesse.«

»O nein, das haben Sie vollkommen falsch verstanden!«, protestierte Nele mit pochendem Herzen. Ihre Schüler hatten darum gebeten, dass sie nächstes Jahr wieder unterrichtete? Wie süß war das denn bitte?

»Ich möchte Ihnen doch nur helfen. Was den Kurs betrifft, so habe ich Thorsten Müller auf der Vernissage gesagt, dass ich das sehr gerne machen würde, aber nur unter der Voraussetzung, dass sein Seminar bestehen bleibt und ich ein zusätzliches bekäme. Andernfalls kommt das für mich nicht infrage. Ich möchte weder jemandem schaden noch etwas wegnehmen. Natürlich habe ich meine Fehler, aber so ein Verhalten gehört ganz bestimmt nicht dazu. Ich weiß selbst am besten, wie es ist, etwas zu verlieren, das einem am Herzen liegt ...«

Plötzlich fiel es Nele schwer, weiterzusprechen. Der Makler hatte immer noch keine vernünftigen Ladenangebote in petto, alle Immobilien waren schlicht unbezahlbar. Allmählich sah sie schwarz für die Zukunft des *Büchernests*.

»Ich baue lieber gemeinsam mit anderen Menschen etwas auf, als es zu zerstören.« Der letzte Teil des Satzes kam nur als ersticktes Flüstern, während ihr die Tränen über die Wangen kullerten.

Was war denn nur auf einmal los mit ihr?

Da saß sie in einer fremden Küche mit einer ihr fast fremden, feindselig gestimmten Frau und heulte plötzlich wie ein Schlosshund über den drohenden Verlust des Buchcafés. Verzweifelt klammerte sie sich an ihre Kaffeetasse, da legte sich auf einmal die Hand von Ulrike Moers auf ihre.

»Schhschh, nicht weinen«, sagte sie und klang mit einem Mal ganz mütterlich. »Oder vielleicht doch. Lassen Sie es raus. Es ist bestimmt nicht gut, die Dinge so in sich hineinzufressen, wie ich es mein Leben lang getan habe. Denn womit wird das belohnt? Der Mann verlässt einen für eine andere Frau, die angeblich mehr Temperament und Gefühl hat, der Arbeitgeber droht mit Rauswurf, wenn man länger krankgeschrieben ist, nur weil man zu ängstlich ist, sich zu wehren.«

Nele blickte durch den Tränenschleier zu Ulrike Moers.

Auf einmal sah sie das Bild einer Frau, wie sie hätte sein können, wenn sie sich nur getraut hätte. Schon in Frau Moers' Büro war Nele im hintersten Winkel eine Skulptur aufgefallen, die so gar nichts Liebliches an sich hatte. Unter dem Ausschnitt des Bademantels blitzte etwas hervor, das verdächtig nach einem Tattoo aussah. Eines der Fotos am Kühlschrank zeigte eine hübsche junge Frau – vielleicht die Moers? – unter einem Wasserfall in einem exotischen Regenwald.

»Darf ich Sie etwas fragen?«, flüsterte Nele und genoss es seltsamerweise, immer noch Ulrikes Hand auf ihrer zu spüren. Diese nickte stumm, nun ebenfalls mit Tränen in den Augen. »Können Sie bildhauern? Stammt die unglaubliche Figur in Ihrem Büro, die ganz entfernt an die Arbeiten von Giacometti erinnert, zufällig von Ihnen?«

»Wie … woher …?« Ulrike Moers strahlte mit einem Mal über das ganze Gesicht.

»Kompliment«, erwiderte Nele. »Ganz, ganz großes Kompliment! Haben Sie noch mehr Arbeiten dieser Art? Wenn ja, dann würde ich sie furchtbar gern sehen.«

Nele musste immer noch an diese beinahe magische, hochemotionale Begegnung mit Ulrike Moers denken, als sie sich am späten Nachmittag für den Pressempfang im Hotel zurechtmachte. Nie hätte sie gedacht, dass es möglich wäre, ein so tolles Gespräch mit der Leiterin der Akademie zu führen, hinter deren scheinbar biederer Fassade eine interessante, quicklebendige Frau steckte. Als die Moers ihr gestanden hatte, wie sehr ihr die Sylt-Installation von Neles Schülern gefiel, hatten sie einander spontan umarmt und beschlossen, den Kontakt miteinander zu halten.

Doch nun ging es um Sven und um sein großes Projekt – und nicht mehr um Nele: Das Hotel *Strandkorbträume* würde morgen die Schlagzeilen der Sylter Zeitungen dominieren und hoffentlich eine hervorragende Figur machen. Olivia hatte, das musste Nele leider neidvoll eingestehen, einen ausnehmend guten Job gemacht. Wenn ihr Konzept aufging, würden heute Abend wirklich alle da sein, die Einfluss in der Reisebranche hatten und meinungsbildend waren. Diese tolle Mischung aus Journalisten, TV-Leuten, Radiomoderatoren, Sponsoren, Reisebloggern und sogenannten *Influencern*, denen unzählige Fans auf Instagram, ihren Blogs oder YouTube folgten, war nicht einfach zusammenzustellen. Und es war noch schwerer, sie auf die Insel zu locken, da täglich andere neue Hotspots eröffnet wurden und deren Betreiber diese Art von Einladungen noch viel exklusiver gestalteten.

»Du siehst toll aus!«, lobte Sophie, heute wieder in Larissas rotem Kleid, das ihr ganz ausnehmend gut stand. Während die beiden sich für den Presseempfang zurechtmachten, kümmerten sich Bea und Vero um das *Büchernest*. Sophie würde nachher die kurze Lesung einer Autorin moderieren, deren Romanreihe um eine Meerjungfrau gerade die Herzen großer und kleiner Leseratten im Sturm eroberte.

»Ich gehe mal eben zu Sven ins Büro, um ihm Glück zu wünschen«, sagte Nele, als Sophie und sie Punkt halb sechs am Hotel eintrafen. Um sechs sollte der Empfang für die

Presse starten. Sophie nickte und marschierte zur Bibliothek, wo sie mit der erfolgreichen Kinderbuchautorin verabredet war.

»Hallo Schatz, ich wünsche dir ...« Nele blieben die Worte im Hals stecken, als sie das Büro ihres Liebsten betrat: Sven und Olivia küssten sich, als seien sie immer noch ein Liebespaar ...

30.
Larissa

»Glückwunsch, ihr beiden, das ist wirklich alles wunderschön geworden«, gratulierte Larissa, als sie, gemeinsam mit allen anderen, am Samstagabend bei der Einweihungsparty des Hotels *Strandkorbträume* vorbeischaute.

Das ganz in Beige- und Hellgrautönen gehaltene Hotelfoyer war mit Dutzenden von Windlichtern illuminiert. Überall standen Bistrotische mit weißen Leinentischtüchern, auf denen Muscheln, kleine Steine und weiße Heckenrosen aus Stoff dekoriert waren. Als Willkommensgruß verteilte Tanja, die frischgebackene Empfangschefin des Hotels, Schlüsselanhänger mit kleinen Strandkörben und entsprechend gestaltete Ansteckbuttons.

Im Hintergrund hörte man Meeresrauschen und Chill-out-Musik. Flinke Kellner servierten nordische Spezialitäten und schenkten reichlich Crémant an die Gäste aus.

Arfst wirkte sehr stolz auf das Werk seines Enkels und gab Larissa zur Begrüßung einen Kuss auf die Wange.

Sven lächelte. »Es gefällt dir also, obwohl es kein Heuhotel geworden ist, wie du es letztes Jahr vorgeschlagen hast?«

Lissy tat, als müsste sie erst überlegen. »Nun, ich denke,

dass ich das neue Konzept noch toller finde«, antwortete sie schließlich schmunzelnd. »Ich freue mich schon auf die ersten gemeinsamen Veranstaltungen. Der Auftakt bei der Pressevorpremiere war ja schon mal ganz vielversprechend. Unser Büchertisch war im null Komma nichts leer gekauft.«

»Bleibt nur zu hoffen, dass es auch so gut läuft, wenn es nicht um Meerjungfrauen geht«, sagte Leon, der neben seiner Frau stand und nebenbei Fotos für den Instagram-Account seiner Zeitung machte. Sven bedankte sich bei ihm für die Lobeshymnen, die am Freitag in der Sylter Presse über das Hotel *Strandkorbträume* erschienen waren.

Kurz darauf waren die drei Männer in ein Gespräch über lokalpolitische Themen vertieft.

»Hast du Olivia schon irgendwo entdeckt?«, fragte Bea, die zusammen mit Adalbert, Vero und Hinrich gekommen war.

»Zum Glück nicht«, zischte Lissy, immer noch zutiefst schockiert darüber, was am Abend der Vorpremiere passiert war. Sven hatte zwar mehrfach seine Unschuld an dem Vorfall mit Olivia beteuert, aber Larissa konnte verstehen, dass Nele es heute vorzog, daheimzubleiben. Auch sie selbst wollte nur kurz der Form halber gratulieren und dann wieder zurück zu ihrer Freundin gehen, die daheim auf sie wartete und Trost benötigte.

»Na, na, na, nicht so kiebig«, tadelte Adalbert, der Sven geglaubt hatte, als dieser Nele beteuerte, dass Olivia ihm in einer Mischung aus Sektlaune und Aufregung über den bevorstehenden Presseempfang um den Hals gefallen war. »Olivia hat sich bei Nele entschuldigt, ihr alles erklärt, und sie wird am Pfingstmontag wieder abreisen, wenn ihr Job hier erledigt ist. Nele und Sven zoffen sich andauernd, das wird schon wieder. Die beiden lieben sich doch!«

»Ich bin trotzdem froh, wenn diese Frau endlich das Weite sucht«, sagte Bea. »Sie beherrscht ihren Job zwar, scheint menschlich aber eine Katastrophe zu sein. Außerdem finde ich sie arrogant und ignorant. Ich erinnere nur an die unsägliche Reportage, die sie über Sylt im Winter verfasst hat. Als würden alle Insulanerinnen Pullover strickend am Kamin sitzen und ansonsten Marmelade einkochen, basteln und Kaffeekränzchen organisieren. Irgendjemand sollte ihr mal sagen, dass das einundzwanzigste Jahrhundert auch auf Sylt angekommen ist.«

»Nun regt euch doch nicht immer über diese Reportage auf«, mischte sich nun Sophie ein. »Ihr wisst selbst ganz genau, dass viele Leserinnen von solchen Landlust-Magazinen derartige Berichte und Fotos lieben. Je komplizierter und unsicherer die Welt da draußen wird, desto mehr sehnen sich alle nach heiler Welt, prasselndem Kaminfeuer, heißen Eintöpfen, dem Duft von Apfelkuchen und ...«

»Stopp! Aus! Ich kann nicht mehr!«, rief Bea und hielt sich die Ohren zu. »Besprich diesen Kram gern mit Vero, aber nicht mit mir. Von mir aus kann diese Schnecke gern auf die Art ihr Geld verdienen. Aber wenn sie Nele das Leben schwer macht oder ihr gar wehtut, bekommt sie es mit mir zu tun, und zwar nicht zu knapp.«

Lissy schmunzelte in sich hinein, weil Bea Olivia eine *Schnecke* nannte und so in Fahrt war. Wie eine Löwin, die laut brüllend ihr Junges verteidigte.

Vero stemmte die Hände in ihre molligen Hüften: »Was soll das denn bitte schön heißen, Bea?!«, fragte sie, und Hinrich verkniff sich ein Grinsen, was man daran sehen konnte, dass seine Nasenflügel bebten. »Willst du damit sagen, dass ich von vorgestern bin? Ich glaub, es geht los! Frag du mich noch mal, ob ich dir deinen heiß geliebten Apfelkuchen backe.«

Oje, dachte Larissa seufzend, während das Baby in ihrem Bauch zu strampeln begann.

Was war denn heute auf einmal los mit allen?

»Ach nee, Vero, so war das doch nicht gemeint«, lenkte Bea ein, während Lissy ihren Bauch massierte. *Ganz ruhig, Baby, die kabbeln sich nur. Daran musst du dich leider gewöhnen,* flüsterte sie ihrem Kind zu. *Aber am Ende vertragen sie sich alle wieder, weil sie sich abgöttisch lieben.*

»Sicher?«, fragte Vero und zog einen beleidigten Flunsch.

»Ganz sicher, Ehrenwort«, antwortete Bea und legte ihrer Freundin einen Arm um die Schulter. »Ich werde mich auf ein Jahr im Voraus für all deine Lesungsdinner hier im Hotel anmelden, damit ich auf gar keinen Fall irgendetwas von dem verpasse, was du für diese Anlässe Fantastisches zauberst.«

»Das will ich dir aber auch geraten haben«, sagte Vero, schon ein bisschen zugänglicher. »Du musst dich übrigens gar nicht anmelden, du bist nämlich zusammen mit dem Hotel die Veranstalterin, schon vergessen?«

»Kann ich euch beide jetzt allein lassen?«, fragte Lissy, die sich vor Müdigkeit kaum noch auf den Beinen halten konnte. »Ich möchte nämlich nach Hause, noch ein bisschen mit Nele quatschen und Liu Gute Nacht sagen. Ich lasse euch Leon als Streitschlichter da – oder als Bodyguard, je nachdem, was gebraucht wird.«

»Ja, geh du nur, mein Schatz, und pass auf dich auf«, erwiderte Bea. »Keine Sorge, Vero und ich sind schon wieder ein

Herz und eine Seele. Muntere die arme Nele ein bisschen auf und macht euch einen netten Abend. Ich erzähle dir dann morgen, wie es war.«

Nachdem Larissa sich von allen, die sie kannte, verabschiedet hatte, verließ sie das Hotel, blieb aber noch einen Moment vor dem Eingang stehen, der links und rechts von zwei Strandkörben flankiert wurde, angestrahlt von Fackeln in Terrakottatöpfen.

Ein Hauch von Wehmut überkam sie, weil sie an den Abend zurückdachte, an dem damals das Buchcafé eingeweiht worden war – die Fusion aus Neles Café *Möwennest* und Beas Buchhandlung *Bücherkoje*. Hoffentlich hat Sven mehr Glück als wir, murmelte sie, als sie die Straße, die zu ihrem Häuschen führte, entlangging. In der Ferne ertönten Musik und fröhliches Lachen aus dem Hotel.

»Na, wie war's?«, fragte Nele, die gerade mit Liu auf dem Sofa saß und mit einer Handpuppe spielte, was Liu sichtlich gut gefiel. Sie klatschte in die Hände, lachte über das ganze Gesicht, krabbelte aber dann vom Sofa und kam Lissy entgegen, als sie bemerkte, dass ihre Mama wieder daheim war.

Lissys Bauch war mittlerweile viel zu rund, um ihre Tochter noch hochheben zu können, also nahm sie Liu bei der Hand und schaute auf die Uhr. »Du müsstest eigentlich schon längst im Bett sein, Käferchen«, sagte sie, doch Liu schüttelte energisch den Kopf.

»Sie hat mich so lieb abgelenkt«, erklärte Nele entschuldigend. »Aber ich hätte sie gleich ins Bett gesteckt, keine Sorge.«

»Ach was, alles ist gut«, winkte Lissy ab. »Ich bringe sie schnell nach oben, und dann quatschen wir, okay? Ich kann dir zwar nicht versprechen, dass ich lange durchhalte, aber ich werde mein Bestes geben. Kochst du mir bitte inzwischen einen Tee?«

Nele gab Liu, die sich tatsächlich müde die Äuglein rieb, einen Kuss. Liu sagte »Nachti« und ließ sich ausnahmsweise widerstandslos nach oben in ihr Zimmer bringen.

Wenig später saßen die beiden Freundinnen, eingewickelt in Flauschdecken, auf dem Sofa. Nele hatte den Kamin angemacht, denn sie fror unablässig, seitdem sie gesehen hatte, wie Sven und Olivia sich küssten.

»Du hast nichts verpasst«, beeilte sich Lissy zu versichern. »Das Hotel ist wunderschön geworden, und alle Gäste schienen begeistert zu sein, aber du kennst ja sowohl die Räumlichkeiten als auch die Deko und alles Weitere.«

»Hast du …?« Nele war offensichtlich außerstande, den Namen ihrer Rivalin auszusprechen.

Lissy schüttelte den Kopf. »Wenn Olivia überhaupt noch da war, hat sie sich dezent im Hintergrund gehalten. War bestimmt besser so, sonst hätten Bea, Vero oder ich sie einen Kopf kürzer gemacht.«

»Was gut gewesen wäre, da diese Frau sowieso unverschämt groß ist«, ergänzte Nele. »Sie hat leider eindeutig Modelmaße.«

Nele sah heute wirklich fertig aus: Die füllige Lockenpracht klebte traurig an ihrem Kopf, sie war ungeschminkt und wirkte vollkommen übermüdet. Hektische rote Flecken und rissige Lippen unterstrichen das Bild des Elends.

»Weißt du eigentlich, dass Olivia trotz allem, was passiert ist, weiterhin die Pressearbeit für das Hotel machen soll?«, fragte Nele mit brüchiger Stimme.

»Wie bitte?« Im ersten Moment glaubte Larissa, sich verhört zu haben.

»Das ist auch der Grund, weshalb ich Sven vor die Wahl gestellt habe – entweder Olivia oder ich. Wenn er sich für die Schlampe entscheidet, packe ich sofort meine Sachen und verlasse Sylt.«

»Hey, nun mal immer mit der Ruhe«, versuchte Lissy ihre aufgebrachte Freundin zu beruhigen. »Du glaubst doch nicht allen Ernstes, dass Sven das tun würde? Er weiß schließlich ganz genau, wie eifersüchtig du bist, und nun blöderweise auch zu Recht.«

»Da unterschätzt du aber leider seinen Dickkopf«, murmelte Nele und zog sich die Flauschdecke bis unter die weiße Nasenspitze. »Er steht auf dem Standpunkt, dass er nichts Falsches getan hat, weil die Initiative von Olivia ausging, dass sie für ein kleines Honorar einen super Job macht und dass er sich kein Ultimatum stellen lassen will, weil er mich kindisch findet.«

»Ach was, der kriegt sich schon wieder ein«, versuchte Lissy der Situation die Dramatik zu nehmen. Nele hatte einen fatalen Hang zur Übertreibung und brachte sich damit nicht zum ersten Mal in eine unschöne Lage.

»Lass ihn erst mal die Eröffnung gut über die Bühne bringen, damit der Druck weg ist. Dann wird er schon von selbst einsehen, dass er einen Kompromiss eingehen muss, wenn er dich behalten möchte. Schließlich ist Olivia nicht die einzige bezahlbare PR-Frau auf der Welt, er kann im Handumdrehen Ersatz für sie finden. Aber so eine Frau wie dich findet er kein zweites Mal.«

Notfalls werde ich ihn höchstpersönlich davon überzeugen, dachte Lissy grimmig.

Sie wollte auf jeden Fall vermeiden, dass Nele unglücklich war und wieder durch die Weltgeschichte gondelte, weil sie keine andere Lösung für ihr Dilemma sah.

»So gern ich deinen Optimismus auch teilen würde«, seufzte Nele, »ich bin mir da nicht so sicher. Schließlich hat Sven den Kuss erwidert, wie ich mit eigenen Augen gesehen habe. Er ist nicht das wehrlose Opfer, als das er sich gerade darstellt.«

31.

Sophie

Seit Tagen herrschte auf Sylt eine für Anfang Juni ungewöhnliche Hitzewelle und machte allen zu schaffen.

Vero war übellaunig, weil sie sich ein paarmal beim Kochen mit den Zutaten vertan hatte, Lissy und Bea hatten sich mit dem Makler zerstritten, weil dieser ihrer Meinung nach nicht in der Lage war, zu verstehen, wie das neue *Büchernest* beschaffen sein sollte. Danach hatte Bea ihre Koffer gepackt und war verschwunden, ohne zu sagen, wohin. Zwischen Nele und Sven herrschte seit über einer Woche eisige Funkstille, weshalb Nele fortwährend im Internet nach neuen Reisezielen suchte, die sie ansteuern wollte, falls Sven nicht nachgab.

»Das ist ja das reinste Irrenhaus hier«, schimpfte ich, nachdem mich eine Kundin zur Schnecke gemacht hatte, weil sie mir partout nicht glauben wollte, dass der neue Roman ihrer Lieblingsautorin erst im Juli erscheinen würde und nicht wie sonst im Mai. Die Worte: »Dann versuche ich es eben in Westerland, wo es kompetenteres Personal gibt«, hallten immer noch in meinen Ohren nach, während ich Dutzende von Büchern wieder einsortierte, die ich der Dame als Alternative hatte schmackhaft machen wollen.

Die Kunden vor ihr waren leider auch ziemlich nervig gewesen.

»Ach du je, was ist denn passiert?«, fragte Vero, die zuvor in der Küche herumgewerkelt und neue Rezepte für die Lesungsevents im Hotel ausprobiert hatte.

Die erste Veranstaltung unter dem Motto *Meeresleuchten* sollte Mitte August stattfinden.

»Ich weiß nicht, ob es an den Kunden liegt, die so gereizt sind, oder an mir«, gab ich zurück, während ich zu meinem Ärger spürte, wie ein dumpfer Kopfschmerz sich anbahnte.

Ich liebte den Sommer und konnte Hitze gut vertragen, aber bei hoher Luftfeuchtigkeit und schwülem Wetter ging mein Kreislauf in den Keller. »Momentan habe ich das Gefühl, andauernd angemotzt zu werden, dabei bin ich genauso freundlich und zuvorkommend wie immer ... glaube ich wenigstens.«

»Schätzchen, ärgere dich nicht, dazu ist die Zeit viel zu kostbar«, erwiderte Vero. »Probier stattdessen lieber das hier.«

Mit stolzem Lächeln reichte sie mir einen Suppenlöffel mit hellgelbem, kristallinem Inhalt, garniert mit einer Himbeere. Ich kostete und fühlte mich augenblicklich versöhnt mit der Welt. Das Zitronensorbet zerschmolz auf der Zunge und hinterließ einen wohltuend fruchtigen Geschmack – genau das Richtige bei diesem Wetter.

»Und jetzt stell dir das Ganze bitte mit schwarzen Johannisbeeren anstelle von Himbeeren vor«, sagte Vero. »In einem kühlen Drink, wahlweise mit oder ohne Alkohol.«

Ich leckte mir mit der Zunge über die Lippen und schloss kurz die Augen. »Ja, das kann ich mir vorstellen. Sehr gut sogar. Aber was soll das für ein Drink sein? Ich wusste gar nicht, dass du jetzt auch unter die Cocktailmixerinnen gegangen bist.«

Vero schmunzelte. »Die Zutaten sind Prosecco, Soda, ein Schuss *Crème de Cassis*, ein Spritzer Johannisbeersaft, ein Löffel Zitronensorbet und obendrauf die Johannisbeeren. Das alles natürlich mit den Beeren aus meinem Garten. Sven hat mich gebeten, einen Cocktail namens *Strandkorbträume* zu kreieren, der den Gästen serviert werden soll, sobald sie im Hotel eingecheckt und es sich gemütlich gemacht haben. Die Kinder bekommen das Ganze natürlich mit Johannisbeersaft und Soda.«

»Wow«, sagte ich, ehrlich beeindruckt. »Wenn du möchtest, stelle ich mich sehr gern als Versuchskaninchen zur Verfügung. Ich nehme mal an, dass du das Zitronensorbet selbst zubereitet hast?«

»Aber natürlich, was glaubst du denn?«, erwiderte Vero empört. »Wie du weißt, habe ich allen Fertigprodukten schon vor Jahren den Kampf angesagt und werde nicht müde, diesen Kampf auch weiterhin zu führen. Übrigens, du hast eine Kundin. Wir reden nachher weiter.«

Vero deutete auf ein junges Mädchen, das sich die Postkarten ansah, die wir sonst in zwei Ständern vor der Buchhandlung präsentierten. Aufgrund der hohen Luftfeuchtigkeit waren wir zurzeit allerdings gezwungen, die ausladenden Säulen in den Eingangsbereich zu schieben.

Die junge Kundin stand mit dem Rücken zu mir, Stöpsel in den Ohren, und ganz vertieft in die Betrachtung einiger Karten, die sie sich ausgesucht hatte. Irgendetwas an ihr kam mir bekannt vor, aber das bildete ich mir sicher nur ein.

Teenager verirrten sich eher selten nach Keitum, unser Publikum war im Schnitt deutlich älter.

Als das Mädchen sich umdrehte, konnte ich nicht sagen, wer mehr erschrak – sie oder ich.

»Moin Lena, was machst du denn hier?«, stammelte ich und hätte mich gleichzeitig wegen meiner Unsicherheit ohrfeigen mögen. Auch Lena wirkte, als würde sie sich lieber in Luft auflösen, als mit mir zu sprechen.

»Das Gleiche könnte ich Sie fragen«, brummte sie, die Stöpsel ihres iPods immer noch in den Ohren.

»Nun, ich arbeite hier«, antwortete ich, ohne zu lächeln. *Was du wüsstest, wenn du beim Kaffeetrinken in List nicht so sehr damit beschäftigt gewesen wärst, mich doof zu finden.*

»Und ich ... bin dann auch schon wieder weg«, erwiderte Lena, steckte die Karten zurück in den Ständer und wollte gerade gehen, als sie von einer Sekunde auf die andere zusammensackte.

Wie ein Käfer lag sie auf dem Rücken, das Gesicht kalkweiß, die Augen geschlossen. Ich stürzte zu ihr, klopfte ihr auf die Wangen und rief ihren Namen. Doch Lena rührte sich nicht. Gott sei Dank ging ihr Atem regelmäßig. Panisch rief ich nach Vero, die sofort aus der Küche geflitzt kam, sich Lena anschaute und, im Gegensatz zu mir, die Nerven bewahrte.

»Hol mal Wasser aus der Küche – und Cola!«, ordnete sie an, setzte sich auf den Boden und bettete den Kopf des Mädchens in ihren Schoß. »Die lütte Deern hat einen kleinen Kreislaufkollaps, wie ich vermute, aber das wird schon wieder, keine Sorge.«

Als ich mit den Getränken und einem Eisbeutel aus dem Tiefkühlfach des Kühlschranks wieder in den Verkaufsraum eilte, hatte Lena die Augen geöffnet, blieb aber stumm wie ein Fisch.

»Hier, trink das«, ordnete Vero an, stützte ihren Kopf und flößte ihr Cola ein. Lena trank mit gierigen Schlucken, und ich sah erleichtert, wie ihre Wangen nach und nach wieder etwas rosiger wurden. Vero wiegte das Mädchen in ihren Armen, was diese zu meinem großen Erstaunen geschehen ließ, wenn nicht sogar genoss.

»Ja, ja, die Hormone«, sagte sie schließlich schmunzelnd. »Dazu diese Bullenhitze, man bekommt kaum Luft zum Atmen. Das hält ja der Stärkste nicht aus. So, nun kühlen wir dir mal den Nacken, min Seuten, und legen dir die Beine hoch. Damit das Blut wieder dahin zurückfließt, wo wir es haben wollen. Sophie, holst du mal bitte alle Kissen, die du finden kannst?«

Ich bewunderte Vero für ihre Gelassenheit. Man merkte, dass sie selbst Kinder großgezogen hatte und nun auch Oma war. Nachdem ich die Kissen von der Couch zusammengesammelt und unter Lenas Beine gestopft hatte, überlegte ich, ob ich Ole anrufen und ihm vom Zusammenbruch seiner Tochter erzählen sollte. Doch ich entschied mich schließlich dagegen, weil ich erst einmal abwarten wollte, bis es ihr besser ging.

»Was hast du denn nachher noch Schönes vor?«, wollte Vero wissen und tätschelte liebevoll Lenas Hand. »'n büschen in der Nordsee abkühlen? Ich wünschte, ich wäre so jung wie du, dann würde ich mich heute auch in die Fluten stürzen. Wenn wir es hier auf der Insel schon mal so heiß haben, muss man das ja ausnutzen, nicht wahr?«

»Aber wieso machen Sie das denn nicht, was hat das mit

dem Alter zu tun?«, fragte Lena mit einer Stimme wie ein aus dem Nest gefallenes Vögelchen.

Vero lachte. »Hast du mich mal genauer angeguckt, Schätzchen? Was soll ich denn deiner Meinung nach zum Baden anziehen? Ein Zelt? Nee, nee ... den Strand überlasse ich euch jungen, hübschen Dingern. Ich habe daheim in Morsum meinen Garten mit wunderbarem Schatten von den hohen Obstbäumen. Wenn ich es gar nicht mehr aushalte, stecke ich die Füße ins Planschbecken meiner Enkel. Aber natürlich nur, wenn die nicht gerade im Wasser spielen.«

Lena kicherte, und ich war Vero unendlich dankbar dafür, dass sie mir in dieser seltsamen Situation beistand.

»Wie oft sind Ihre Enkel denn da?«, wollte Lena wissen. »Bestimmt andauernd, oder? So nett, wie Sie sind.«

Ein Strahlen ging über Veros Gesicht. »Das ist ja lieb, meine Süße, ich finde dich auch sehr nett. Hm, was war noch mal deine Frage? Diese Hitze macht einen wirklich ganz rammdösig. Ach so, ja, meine beiden Enkel kommen, so oft es geht. Sie lieben meine Grießkuchenschnitten mit Pflaumenkompott, meine Burger und natürlich das Trampolin, das mein Mann Hinrich für sie aufgebaut hat. Wenn ich gut in Form bin, hüpfe ich auch mit, obwohl so ein Trampolin angeblich nur hundertfünfzig Kilo aushält.«

»Sie sind nett, aber verrückt«, meinte Lena. »Warum hacken Sie denn so auf Ihrer Figur herum? Sie sehen so ... hübsch gemütlich aus. Eine Oma wie Sie hätte ich auch gern.«

»Hast du denn keine Großeltern, Kindchen?« Vero wirkte ehrlich entsetzt.

»Die Eltern meiner Mama leben in Australien, also nicht gerade um die Ecke. Und Papas Eltern sind, nun ... ein wenig speziell. Ole, also meinem Papa, gehört die Galerie *Dünenmeer* in List. Vielleicht kennen Sie die ja.«

An dieser Stelle hörte ich auf, den Laden aufzuräumen, und spitzte neugierig die Ohren.

Ole hatte seine Eltern nie erwähnt, und ich hatte nie nach ihnen gefragt. Kein Wunder, für Gespräche dieser Art sahen wir uns einfach viel zu selten.

»Speziell muss ja nicht immer gleich schlecht sein«, meinte Vero. »Und natürlich kenne ich die Galerie. Dein Vater macht wunderschöne Kunst aus Treibholz. Ich habe da schon ein paarmal Geschenke gekauft. Wenn du magst, kannst du mich übrigens gerne mal in Morsum besuchen kommen. Was isst du denn am liebsten?« Bei dieser Frage zwinkerte Vero mir verschwörerisch zu, und ich verstand: Sie wollte eine Brücke zwischen Lena und mir bauen und lockte das Mädchen mit dem, worauf sie sich verstand wie keine Zweite: leckerem Essen.

»Labskaus«, kam es wie aus der Pistole geschossen. »Aber ohne Rollmops. Ich mag nämlich keinen Fisch. Aber ich liebe Rote Bete, die könnte ich den ganzen Tag essen.«

»Ohne Fisch also, verstehe«, sagte Vero schmunzelnd. »Also dann einfach nur würzige, violette Matschepampe und viele Gewürzgurken, richtig?«

»Richtig!« Lena nickte begeistert. Ich sah mit Staunen, wie sehr Lena gerade einem kleinen, liebebedürftigen Mädchen glich und rein gar nichts mehr mit dem pseudoerwachsenen, biestigen Teenager gemein hatte, als der sie sich in List präsentiert hatte. Vero hatte das intuitiv erkannt und gab ihr das Gefühl, geborgen zu sein.

»Was meinst du?«, mischte ich mich nun in die Unterhaltung. »Soll ich dich zurück nach List fahren, sobald du wieder auf den Beinen bist?«

Lenas rasante Verwandlung glich der von Dr. Jekyll zu Mr. Hyde: »Nein«, war alles, was sie dazu sagte. Kein Dankeschön dafür, dass ich ihr ebenso geholfen hatte wie Vero.

»Na, dann bringe ich dich eben«, sagte Vero. »Ich muss sowieso nach List, um Sylter Meersalz zu kaufen.«

»Das wäre superklasse, ich bin nämlich mit dem Rad da und weiß nicht, ob ich in der Hitze den Rückweg schaffe.«

Das dankbare, begeisterte Leuchten in Lenas Augen galt leider nicht mir, sondern allein Vero. Entsprechend hatte ich auch keine große Lust, mit anzupacken, als die beiden das Fahrrad in den Kofferraum von Veros Auto wuchteten, sondern kümmerte mich um die Nachbestellungen.

32.
Nele

»Wo steckt Bea eigentlich? Sie ist jetzt schon seit Tagen abgetaucht und hat keinem verraten, wohin und warum ... merkwürdig«, sagte Nele, als sie sich am Sonntag mit Lissy und Sophie zu einem gemütlichen Brunch bei Larissa im Garten trafen. Am Abend zuvor hatte ein starkes Gewitter die Luft aufgeklart, die Temperaturen waren auf angenehme zweiundzwanzig Grad gesunken.

»Ich habe auch keinen blassen Schimmer«, erwiderte Larissa und füllte knackbunten Obstsalat in drei weiße Porzellanschalen. »Sie hat sich nur vergewissert, dass ihr im *Büchernest* auch ohne sie klarkommt, und das war's dann. Scheint mal wieder einer ihrer legendären Alleingänge zu sein.« Und zu Sophie gewandt: »Das macht Bea öfter mal, wir sind das also schon gewohnt. Reichst du mir bitte mal das Gebäck rüber? Danke.«

Vero hatte für das Freundinnenfrühstück extra ihre legendären Nusshörnchen und Zimtschnecken gebacken, Nele hatte Omelette mit Tomaten und roter Paprika zubereitet, und Sophie hatte für eine Käseplatte mit Köstlichkeiten vom friesischen Käselädchen aus Keitum gesorgt.

Leon war mit Liu nach Hörnum zum Sandburgenbauen gefahren, damit die drei Zeit hatten, in Ruhe zu plaudern und ein ausgiebiges Frühstück zu genießen.

»Meinst du, ihr Verschwinden hat etwas mit dem Geheimnis zu tun, das sie immer noch nicht lüften will?«, fragte Sophie.

»Gut möglich«, meinte Nele. »Hauptsache, sie ist bis heute Abend zurück, denn ich möchte morgen endlich mal wieder freihaben.«

»Aber klar bin ich das, wofür hältst du mich denn?« Wie aufs Stichwort stand Bea vor den dreien und lächelte strahlend. Dann zog sie ihre Nase kraus. »Mmh, die Zimtschnecken duften ja köstlich. Darf ich mir auch eine nehmen?«

»Aber natürlich, was für eine Frage«, sagte Lissy und umarmte ihre Tante, die einen großen Umschlag hinter dem Rücken verbarg. »Schön, dass du dich auch mal wieder bei uns blicken lässt. Wo warst du denn nur? Aus Adalbert war ja nichts herauszubekommen, egal, wie sehr wir ihn mit Fragen gelöchert haben.«

»Na, das will ich auch hoffen.« Mit einem schelmischen Lächeln schnappte sich Bea dann Neles Kaffeebecher, obwohl ihr der Arzt wegen des erhöhten Blutdrucks dringend geraten hatte, die Finger von koffeinhaltigen Getränken zu lassen. »Kinners, es gibt was zu feiern.«

»Hast du einen Platz fürs *Büchernest* gefunden?«, fragten Lissy und Nele wie aus einem Mund, doch Bea schüttelte den Kopf.

»Das leider nicht, aber ... tadaa ... vor euch steht eine frischgebackene Krimiautorin. Na, was sagt ihr dazu?«

»Wie bitte?«, stammelte Nele, deren Gedanken Purzelbäume schlugen.

Auch Lissy schien komplett vor den Kopf gestoßen: »Aber wie ... warum ... also, wann hast du ...? Wovon redest du da bitte?«

»Also«, Bea setzte sich auf einen Klappstuhl, den Sophie ihr gebracht hatte, tunkte ihre Zimtschnecke in Neles Kaffee, biss genüsslich ein Stück davon ab und öffnete schließlich den Briefumschlag, »das hier, meine Lieben, ist ein Zweibuchvertrag mit dem Verlag Klockmann & Söhne aus Hamburg. Die wollten sogar gleich für drei Bücher abschließen, aber meine Agentin hat mir geraten, erst einmal abzuwarten, wie die Zusammenarbeit mit den Hamburgern läuft. Der Vorschuss für beide Bücher beträgt insgesamt vierzigtausend Euro, also eine Summe, die wir zurzeit ganz gut gebrauchen können, nicht wahr?«

»Vierzigtausend Euro?!« Nele fächelte sich Luft zu. »Das ist ja der Knaller! Aber wann hast du diese ganze Geschichte eingefädelt? Wann wirst du die Bücher schreiben? Wann soll das erste erscheinen? Und woher in drei Teufels Namen hast du bitte schön eine Agentin?! Kann mir mal bitte einer sagen, was hier gerade los ist?«

»Ich verstehe auch nur Bahnhof«, stimmte Lissy zu. »Hol mal bitte tief Luft, und dann erzählst du der Reihe nach. Mir fliegt gleich der Kopf weg.«

Bea genoss den Tumult, den ihre Ansage ausgelöst hatte, sichtlich: »Also, ihr Lieben, dann spitzt mal eure Öhrchen«, sagte sie. »Ich habe schon Mitte letzten Jahres, als absehbar war, dass die Umsätze des *Büchernests* sinken würden, begonnen zu überlegen, wie wir diesen finanziellen Verlust ausgleichen könnten. Eines Tages hat mich der Verlagsvertreter von Klockmann & Söhne zum Abendessen eingeladen, nachdem wir das neue Programm bei ihm bestellt hatten, und wir haben darüber gesprochen, wie sehr die Nordseekrimis immer noch boomen. Auch darüber, wie viel Geld sich damit verdienen lässt, wenn eine Reihe gut läuft. Als ich mal wieder nachts schlaflos dalag, habe ich gedacht, ich probiere das einfach mal aus. Und was soll ich sagen? Ich bin aus dem Bett gehüpft, weil Adalbert mal wieder so laut geschnarcht hat, dass die Wände wackelten, und habe einfach angefangen zu schreiben.«

Im Raum war es mucksmäuschenstill, alle lauschten gebannt Beas fast abenteuerlicher Geschichte. »Keine Ahnung, woher das alles kam. Es scheint, als hätten sich all die Bücher, all die vielen Geschichten, alles, was ich je erlebt und gesehen habe, in mir angestaut und mussten nun raus. Morgens um sieben hatte ich bereits die ersten dreißig Seiten im Kasten und konnte irgendwie nicht mehr aufhören. Deshalb habe ich beinahe jeden Tag geschrieben, wenn es meine Zeit zuließ.«

»Aber wo?«, fragte Lissy, die ihre Tante mit einer Mischung aus Ungläubigkeit und Bewunderung anstarrte. »Wohin hast du dich immer geschlichen, wenn wir dich nicht finden konnten?«

»Ich war entweder in der Bibliothek in Westerland oder in irgendeinem Café in der Nähe der Schauplätze, an denen mein Krimi spielt. Ich wollte vermeiden, dass einer von euch mir auf die Schliche kam, bevor ich wusste, ob mein Vorhaben auch von Erfolg gekrönt sein würde.«

»Und das war es ja ganz offensichtlich«, sagte Nele. »Daher nochmals die Frage: Wie kamst du an eine Agentur? Und wie um alles in der Welt zu so gut bezahlten Verträgen? Mit beidem kenne ich mich schließlich als Kinderbuchillustratorin bestens aus.«

»Ich habe mich bei befreundeten Autoren nach einer guten Agentin umgehört«, fuhr Bea mit ihrer sensationellen Geschichte fort. »Die hat meinen Text gelesen, für toll befunden und eine Auktion bei den Verlagen veranstaltet. Da mehrere Verlage an meinen Ergüssen interessiert waren, haben sich die Angebote ein bisschen, nun ja ...«, Bea grinste schelmisch, »... nach oben geschraubt. Offenbar schreibe ich ganz gut, außerdem genieße ich einen ziemlichen Ruf in der Branche. Der erste Band ist jetzt fertig und erscheint Ende Oktober, also pünktlich zum Beginn des Weihnachtsgeschäfts, der zweite im nächsten Jahr. Dann aber schon Ende Juni, weshalb ich ab jetzt ganz schön in die Tasten hauen muss. Was wiederum bedeutet, dass ich womöglich nicht so häufig wie sonst im *Büchernest* aushelfen kann.«

»Krass!«, war alles, was Nele dazu einfiel.

Auch Larissa schnappte nach Luft: »Bea, erst mal herzlichen Glückwunsch, das ist wirklich eine großartige und echt überraschende Neuigkeit. Ich bin so gespannt auf die Bücher und darauf, was du dir da hast einfallen lassen. Aber so toll ich das auch alles finde und mich darauf freue, deinen Erstlingsroman zu lesen – das muss jetzt alles kurz mal warten, da wir zuerst dringend beschließen müssen, ob und wie es mit dem *Büchernest* weitergehen soll. Das Baby kommt im September, wir können nicht ewig Inekes Gastfreundschaft in Anspruch nehmen, du bist jetzt unter die Autorinnen gegangen, Sophie braucht eine Perspektive. Und Nele möchte Sylt verlassen, wenn Sven nicht zur Vernunft kommt, wonach es momentan unglücklicherweise nicht aussieht. So leid es mir auch tut, wir können diese Entscheidung nicht mehr länger aufschieben und darauf hoffen, dass wieder ein Wunder geschieht. So laufen die Dinge nun mal nicht.«

Nele nickte zustimmend, während es in ihrem Bauch rumorte und blubberte. Allein die Erwähnung von Svens Namen ließ sie innerlich erstarren und machte sie wütend zugleich.

Sie konnte es immer noch nicht fassen, dass er sich nicht meldete, schließlich lag die Schuld an dieser fatalen Geschichte allein bei Olivia und ihm.

»Ich brauche übrigens auch bald eine Marschroute, denn die Akademie hat bei mir angefragt, ob ich im kommenden Semester einen Kurs mit dem Titel *Sylter Informel – Malen für Freigeister* übernehmen möchte. Am Titel sollte man noch arbeiten, aber ich bin natürlich sehr geschmeichelt, dass die Akademie ein Budget dafür zur Verfügung gestellt hat, weil meine Ausstellung so großen Anklang gefunden hat. Außerdem hätte ich die Chance, direkt mit Ulrike Moers zusammenzuarbeiten, deren Sekretärin Ende des Jahres in den Ruhestand gehen wird. Sie hat bei den Fördermitgliedern mit Kündigung gedroht, und das hat zum Glück Wirkung gezeigt.«

»Das ist ja toll!« Bea schien sehr beeindruckt. »Aber Nele, das solltest du unbedingt tun, egal, was aus uns und aus dem *Büchernest* wird. Du bist eine begabte Künstlerin und offensichtlich auch eine tolle Lehrerin. Geh deinen Weg, unabhängig von uns und den Büchern – und Sven, diesem albernen Kindskopf. So einfach lassen wir dich diesmal nicht ziehen.«

»Ich fände es auch schöner, wenn du bleibst, Nele«, meldete sich nun auch Sophie zu Wort. »Du hast dir jetzt so viel

Großartiges aufgebaut, du liebst die Insel und fühlst dich hier doch eigentlich wohl. Wenn du doch mal Tapetenwechsel brauchst, kannst du einfach verreisen, so wie andere Leute auch. Aber du solltest nicht mehr flüchten, weil dir die Dinge hier über den Kopf wachsen.«

Neles Hals schnürte sich zusammen, auf ihrer Nase bildeten sich kleine Schweißperlen. Würde sie es wirklich aushalten, auf derselben Insel, im selben Ort zu leben wie Sven?

Sie würden einander ständig begegnen, und es würde sie jedes Mal schmerzlich daran erinnern, dass diese Liebe mit dem Auftauchen von Olivia zum Scheitern verurteilt gewesen war, bevor sie sich überhaupt hatte richtig entfalten können.

»Aber wo soll ich denn wohnen, wenn wir aus Inekes Haus müssen?«, fragte sie mit brüchiger Stimme. »Ihr wisst selbst, wie schwer es ist, hier etwas Bezahlbares zu finden. In meinem Fall ist es auch nicht mit einer kleinen Einzimmerwohnung getan, ich brauche ja Platz zum Malen und für meine Bilder.«

»Ich könnte Ole fragen, ob er einen Raum als Atelier an dich vermietet«, schlug Sophie vor. »Natürlich kann ich seinen Platzbedarf nicht wirklich beurteilen, aber ich habe den Eindruck, dass das machbar sein müsste. Dann bräuchtest du nur noch ein Zimmer zum Wohnen. Oder zu ziehst wieder in den Pavillon, den ich nicht mehr brauche, falls das *Büchernest* nicht wieder aufgebaut wird.«

»Hätte, sollte, wenn, falls«, murmelte Lissy bedrückt. »So etwas nennt man wohl einen gordischen Knoten. Irgendjemand muss dringend mal am Ende des Seils ziehen und die ganze Geschichte positiv auflösen, sonst sitzen wir hier noch ewig herum und kommen kein Stück voran. Ganz ehrlich: Ich halte diesen Zustand nicht mehr lange aus.«

Nachdem Larissa ausgesprochen hatte, was Nele, Sophie und bestimmt auch Vero schon seit Wochen dachten, war es still auf der Terrasse. Beas triumphierendes Lächeln war erloschen, nun traten wieder die Sorgenfalten hervor.

Auch in Nele rumorte es, weil sie es satthatte, passiv auf Svens Entscheidung warten zu müssen: »Apropos gordischer Knoten«, rief sie schließlich aus. »Wisst ihr was? Ich habe weder die Lust noch die Kraft, hier länger herumzuhocken und darauf zu warten, dass der werte Herr sich endlich bequemt, sich mal bei mir zu melden. Ich gehe jetzt ins Hotel und sage ihm, dass er sich die Beziehung mit mir abschminken kann. Ihr habt recht: Ich werde mir diese tolle Chance mit der Akademie nicht verbauen, nur weil so ein Blödmann mir das Herz gebrochen hat. Die Zeiten, in denen ich mit wehenden Fahnen geflüchtet bin, sind tatsächlich vorbei. Ihr lauft ja schließlich auch nicht weg, wenn es brenzlig wird.«

Nach diesen Worten stand Nele auf und blickte in die Runde.

»Guter Plan, zeig dem Mann, was eine Harke ist«, feuerte Bea sie an. Auch Lissy und Sophie sprachen ihr Mut zu.

Mit dem guten Gefühl, das Richtige zu tun, verließ Nele wenig später Larissas Haus und bog in die Straße zum Hotel *Strandkorbträume* ein. Sie traute ihren Augen kaum, als Sven ihr plötzlich entgegenkam, einen Katzenkorb in der Hand.

»Hey, ich wollte gerade zu dir. Schau mal, was ich hier habe.« Nele war verdutzt, als sie ein zartes Maunzen hörte, aber noch verwirrter, als Sven ihr den Korb in die Hand drückte, aus dem ein weißes Katzenschnäuzchen herausspitzte.

»Ich möchte mich bei dir für den Mist, den ich gebaut habe, entschuldigen. Olivia ist jetzt weg und wird nie wieder für mich arbeiten. Du bist mir tausendmal wichtiger als eine gute Pressearbeit für das Hotel. Ich liebe dich, und ich hoffe, dass du mir verzeihen kannst. Bitte glaub mir, dass ich keinerlei Gefühle für Olivia hege und nur mit einer einzigen Frau zusammen sein möchte, nämlich mit dir.«

Nele wusste nicht, was sie fühlen oder antworten sollte, als Sven ihr das Kätzchen in den Arm legte, das sich sofort wohlig schnurrend an sie schmiegte.

Konnte sie ihm wirklich vertrauen, nur weil es ihm leidtat?

33.
Sophie

Eine Woche war vergangen, seitdem Bea verkündet hatte, sie würde unter die Krimiautoren gehen, und Lissy sie zu Recht darauf drängte, endlich eine Entscheidung über die Zukunft des *Büchernests* zu treffen.

»Als würden sie alle riechen, dass es uns bald nicht mehr gibt«, stöhnte Nele, als wir nach Feierabend gemeinsam die Abrechnung machten. Zuvor hatte ich telefonisch die dringendsten Kundenbestellungen an den Grossisten durchgegeben, weil viele wichtige Titel so schnell wie möglich nachgeliefert werden mussten.

»Es ist wie bei Restaurants, die plötzlich den größten Zulauf haben, kurz bevor sie schließen müssen, weil die Leute entweder daheimgeblieben sind, sich was vom Lieferservice bestellt haben oder bei der Konkurrenz essen waren.«

»Ja, es ist wirklich doof und vor allem unheimlich traurig«, stimmte ich Nele zu und war erstaunt, als ich sah, wie viel wir in der vergangenen Woche umgesetzt hatten.

Die Saison, das zumeist schöne Wetter und das neue Konzept lockten viele Touristen ins *Büchernest*. Fast alle verliebten sich auf Anhieb in den schönen Laden und die ansprechend präsentierten Bücher.

»Aber wenigstens hast du dich wieder mit Sven vertragen, ist das nicht viel wichtiger als die Arbeit? Wie läuft es denn jetzt eigentlich? Vertraust du ihm wieder?«

Nele hielt einen Moment inne und atmete dann tief aus. »Sagen wir mal so: Ich habe seine Erklärung akzeptiert und seine wiederholten Bitten um Entschuldigung angenommen. Aber ich habe ihm noch nicht wirklich verziehen. Daran ändert auch weder die Tatsache, dass er sich jemand Neues für die Pressearbeit holt, noch das Kätzchen, das er mir geschenkt hat, etwas. Obwohl die Kleine wirklich zum Anbeißen süß ist.«

Die Kleine war ein steingraues Kätzchen mit einer weißen Schnauze, weißen Pfötchen und einer schwarzen Zeichnung auf der Brust, die aussah wie ein Herz. Sven hatte Nele mit diesem Geschenk eine Freude machen wollen, weil er genau wusste, wie sehr ihr Blairwitch fehlte. Zurzeit hatte das Kätzchen noch keinen Namen, weil Nele sich nicht entscheiden konnte.

»Gib euch beiden einfach ein bisschen Zeit«, riet ich und dachte dabei an Ole, den ich schon länger nicht mehr gesehen hatte. Lena belegte ihn mit Beschlag und hatte in einigen Schulfächern offenbar starke Defizite, sodass Ole mit ihr lernen musste und parallel nach einem guten Nachhilfelehrer für Mathe und Physik suchte.

»Was ist denn eigentlich mit dir und Ole?«, fragte Nele prompt und schaltete den Tabletcomputer aus. »Seht ihr euch dieses Wochenende?«

Traurig schüttelte ich den Kopf.

»Habt ihr denn wenigstens mal darüber gesprochen, was das zwischen euch beiden ist und wie es in Zukunft weitergehen soll? Ole kann sich doch sein Liebesleben nicht von einer Sechzehnjährigen diktieren lassen! Ich dachte immer, der Mann sei ein echter Kerl.«

»Dass er seine Tochter liebt und gut für sie sorgt, ist doch kein Zeichen von Schwäche«, verteidigte ich Ole. »Ganz im Gegenteil. Für mich ist ein echter Kerl jemand, der Verantwortung übernimmt und die Dinge tut, die getan werden müssen. Aber auch bei uns passt das Bild mit dem gordischen Knoten: Solange ich nicht weiß, ob ich hier in Zukunft noch arbeiten kann und auf Sylt bleibe, hat es auch keinen Sinn, mit Ole darüber zu sprechen, ob das mit uns nur eine Affäre ist oder Aussicht auf Zukunft hat.«

»Aber meinst du nicht, dass du dich ganz schnell darum bemühen würdest, dir auf Sylt eine berufliche Existenz aufzubauen, wenn du wüsstest, dass Ole dich liebt?« Nele schaute mich prüfend an und traf mit ihrer Frage leider den Nagel auf den Kopf. »Mal ganz abgesehen davon, dass ihr auch eine Beziehung haben könntet, selbst wenn du wieder zurück nach Hamburg gehen müsstest. Es sind nur drei Stunden Bahnfahrt, und so ein bisschen Distanz hält die Liebe frisch.«

»Das ist ja alles schön und richtig«, antwortete ich und spürte, dass sich die schlechte Laune an mich heranschlich wie eine giftige Schlange. »Aber momentan ist eben einfach nicht der richtige Zeitpunkt. Lena hat bei Ole derzeit absolute Priorität, und das ist auch korrekt so. Sie muss sich hier einleben, in der Schule Fuß fassen und das Gefühl haben, geborgen zu sein. Du hättest mal sehen sollen, wie sie auf Vero und ihre mütterliche Fürsorge angesprungen ist, als sie hier im Laden ohnmächtig wurde. Das Mädchen braucht momentan ganz offensichtlich sehr viel Liebe und Zuwendung.«

»Okay, okay, du hast ja recht«, wiegelte Nele ab. »Dann bleibt uns allen wohl nichts anderes übrig, als abzuwarten, wie sich Bea, Lissy und Vero hinsichtlich des *Büchernests* entscheiden. O Mann, dass die Dinge aber auch immer so kompliziert sein müssen. Also, Süße: Was hältst du davon, wenn wir heute Abend schick in Kampen ausgehen und es so richtig krachen lassen? Einfach mal Spaß haben und für eine Weile die Welt um uns herum vergessen?«

»Das wäre aber schade, denn eigentlich wollte ich heute Abend mit Sophie ausgehen«, sagte plötzlich die Stimme, nach der ich mich so sehr gesehnt hatte.

»Ole, was machst du denn hier?«, fragte ich. »Wieso hast du nicht angerufen?«

Ole schmunzelte, begrüßte Nele und gab mir dann einen Kuss. »Ganz einfach, dein Handy ist ausgeschaltet oder der Akku leer. Der Anschluss vom *Büchernest* war vorhin die ganze Zeit besetzt, also dachte ich, ich komme einfach vorbei und versuche mein Glück.«

»Das war eine sehr gute Idee«, lobte Nele, noch bevor ich reagieren konnte, und betonte dabei das Wort *sehr* so deutlich, dass es mir ein wenig unangenehm war. »Also dann, ihr Hübschen, zieht los und unternehmt was Schönes. Heute Abend spielt übrigens eine Liveband im *Strandkorbträume*, und alle Cocktails kosten fünf Euro fünfzig. Wollte ich nur mal so erwähnt haben …«

»Das klingt doch wunderbar«, sagte Ole und wandte sich dann wieder an mich: »Aber ich finde, dass Sophie bestimmen sollte, was wir machen. Ich habe dich viel zu lange vernachlässigt. Sprichst du denn überhaupt noch mit mir?«

Nele schmunzelte und malte hinter Oles Rücken ein Herz in die Luft.

»Ich denke darüber nach und lasse es dich beizeiten wissen«, erwiderte ich gespielt hoheitsvoll. »Die größte Freude würdest du mir allerdings machen, wenn wir jetzt einen Happen essen gehen könnten, denn ich habe Hunger. Wie wär's mit Pasta bei *Amici*?«

Ole rief bei dem beliebten Italiener in Keitum an und beschwatzte den Kellner so lange, bis er ihm einen Tisch für zwei Personen zusagte, obwohl eigentlich alles schon reserviert war.

»Manchmal ist es gar nicht so verkehrt, ein paar Kontakte zu haben«, erklärte er mir schmunzelnd, nachdem wir uns von Nele verabschiedet hatten und in Richtung Kliff spazierten.

Bei einem Glas Rotwein fragte ich kurze Zeit später nach Lenas Befinden.

»Hast du nicht eigentlich eine viel wichtigere Frage an mich?«, erwiderte Ole augenzwinkernd. Heute trug er ein weißes Hemd mit hochgekrempelten Ärmeln, unter denen sein Tattoo hervorblitzte. Wie immer war ich vollkommen hin und weg, wenn ich ihn sah, und konnte mich nur schwer beherrschen, ihn nicht ständig verliebt anzuhimmeln.

»Keine Ahnung, was du meinst«, entgegnete ich, tunkte Weißbrot in Olivenöl und bestreute es mit grobkörnigem Meeressalz.

»Wenn ich es vorhin richtig verstanden habe, ging es um das Thema Zukunft«, sagte Ole. »Genau gesagt, um deine und meine.«

»Hast du etwa gelauscht?«

Ich überlegte fieberhaft, wann Ole unbemerkt den Laden betreten haben konnte und worüber Nele und ich in dem Moment gesprochen hatten.

»Nicht direkt gelauscht, nur ... okay, ich geb's zu, ich war neugierig. Ich habe gehört, wie Nele meinte, ich solle mir mein Liebesleben nicht von meiner Tochter diktieren lassen. Dann hast du mich verteidigt und ein paar Dinge gesagt, die mir sehr gut gefallen haben.« Ole griff nach meiner Hand und streichelte sie zärtlich. »So wie es mir überhaupt sehr gut gefällt, dass du nicht immer alles genau wissen musst, kein Etikett brauchst für das, was wir haben, sondern das Hier und Jetzt genießt. Du bist nicht nur eine wunderschöne, aufregende Frau, Sophie, sondern auch warmherzig und klug. Was sollte ich mir also anderes wünschen, als so viel Zeit wie möglich mit dir zu verbringen.«

Mein Herz pochte, mir war warm und auch ein bisschen schwindlig. »Heißt das, dass du dir eine Beziehung mit mir wünschst?«, fragte ich, während das Blut in meinen Adern pulsierte und ich mich schlimmer fühlte als ein unsicherer Teenager.

Ole zog seine Hand zurück. Meine brannte wie Feuer, genau wie meine Wangen. »Das heißt erst mal nur, dass ich es angenehm finde, wie unkompliziert du bist.«

Angenehm?

Unkompliziert?

Das war das komplette Gegenteil von dem, was ich mir gewünscht und was ich erwartet hatte. In diesem Moment sah ich rot und wäre am liebsten kilometertief im Erdboden versunken. Da dies aber dummerweise nicht möglich war, floh ich auf die Toilette, um mich dort einigermaßen zu sammeln.

»Du bist so eine dumme Pute, Sophie«, schimpfte ich mit mir, während ich mir am Waschbecken eiskaltes Wasser ins Gesicht klatschte.

»Das finde ich gar nicht«, sagte ein kleines blondes Mädchen in einem rosa Kleid, das aus der Toilettenkabine kam, sich neben mich stellte und mich prüfend ansah.

»Sie sind doch sehr hübsch und bestimmt auch nett«, stimmte ihr ein zweites Mädchen zu, offensichtlich die Zwillingsschwester. »Weinen Sie etwa?«

Ich antwortete: »Nein, nein, macht euch keine Gedanken, es geht mir gut«, während sich meine Tränen mit dem Wasser aus dem Hahn vermischten. Als ich wieder in den Spiegel sah, bot sich mir ein Bild heulenden Elends.

»Tut es das wirklich?«, fragte Ole, der plötzlich in der Damentoilette stand, weshalb die beiden Mädchen zu kichern begannen. »Du siehst nämlich ganz furchtbar aus.«

34.
Larissa

»Guten Morgen, meine Liebste, wie wäre es mit Sonntagsfrühstück im Bett?«

Larissa hatte Mühe, die Augen zu öffnen und Leon zu antworten. Ihre Schlafstörungen wurden von Tag zu Tag schlimmer, denn es fiel ihr unendlich schwer, im Bett eine Position zu finden, die für sie bequem war und die auch das Baby mochte. »Erst mal Kaffee«, murmelte sie und fuhr sich mit der Zunge über die trockenen Lippen.

»Es gibt Caro-Kaffee oder koffeinfreien«, erwiderte Leon und gab ihr einen Kuss. Sein Atem duftete nach Zahnpasta, er selbst nach frischem Aftershave.

»Egal, Hauptsache irgendwas«, brummelte Lissy, strich über ihren runden, prallen Bauch und legte dann das Stillkissen beiseite, das sie schon seit Wochen benutzte, um bequemer liegen zu können. Es hatte ihr bereits bei der Schwangerschaft und nach der Geburt von Liuna-Marie gute Dienste geleistet und war auch jetzt ein toller Helfer in der Not. Von irgendwoher hörte sie das Telefon klingeln, während sie sich beim Gähnen beinahe den Unterkiefer ausrenkte.

Hörte diese bleierne Müdigkeit denn nie mehr auf?

Leon verschwand, um den Anruf entgegenzunehmen, und Lissy versuchte, munter zu werden.

»Bea ist dran. Haben wir heute Zeit für ein Treffen mit ihr, Adalbert, Nele, Vero und Hinrich?«, fragte Leon, der kurz darauf im Türrahmen auftauchte, den Telefonhörer unters Kinn geklemmt. »Es geht ums *Büchernest*.«

Larissa hätte an sich viel lieber den Sonntag mit ihrer kleinen Familie verbracht, als schon wieder Probleme zu wälzen. Doch es musste eine Entscheidung her, also nickte sie. Sie hörte Leon »Also gut, dann um drei zu Kaffee und Kuchen bei uns« sagen und zog sich die Decke über die Nase. An Tagen wie diesen hätte sie am liebsten den Zeiger der Uhr vorgestellt.

Wenig später brachte Leon ein Tablett mit dampfendem Malzkaffee und schwarzem Tee, gebuttertem Toast, Obst und einem kleinen Teller mit Käse. Er legte sich zu Lissy ins Bett und platzierte das Tablett in der Mitte.

»Unsere Kleine schläft tief und fest, wir haben also vorläufig Ruhe«, sagte er und köpfte ein weich gekochtes Ei. Lissy lief das Wasser im Mund zusammen, doch sie wusste, dass Eier ihr derzeit nicht bekamen. »Bea bittet Vero übrigens darum, einen Kuchen zu backen, ich muss also nachher nur noch auf der Terrasse decken und mich um die Getränke kümmern. Hast du irgendeine Ahnung, was Bea vorhat?«

»Nein«, antwortete Lissy und aß von dem saftigen Apfel, den Leon liebevoll klein geschnippelt hatte. »Aber ich ahne nichts Gutes. Wenn der Makler ein Traumangebot für uns hätte, dann hätte sie per Mail einen Link zum Objekt geschickt oder gleich einen Besichtigungstermin vereinbart. Ich fürchte, jetzt kommt eher eine Reaktion auf meine Aussage, dass bald eine Entscheidung hermuss.«

Leon trank den Tee und schaute über den Rand seiner Brille auf die Zeitung, die er zuvor achtlos ans Fußende des Betts geworfen hatte. Auf dem Titelblatt stand die Programmübersicht des Kampener Literatursommers.

»Was meinst du? Wird Bea dort nächstes Jahr mit ihrem Buch auftreten, oder werden die Kampener es eher skeptisch beäugen, wenn eine Buchhändlerin aus Keitum plötzlich Karriere als Krimiautorin macht? Hast du eigentlich schon einen Blick ins Manuskript werfen dürfen oder überhaupt irgendeine Ahnung davon, was genau sie geschrieben hat?«

»Erstens denke ich, dass Bea sicher größere Chancen auf eine Lesung im Kursaal von Wenningstedt hätte«, entgegnete Lissy. »In Kampen liegt der Schwerpunkt doch eher auf den großen Namen, den Prominenten. Und was den zweiten Teil deiner Frage betrifft, muss ich leider passen. Bis auf die Verkündung der Tatsache an sich macht meine liebe Tante nach wie vor ein Riesengeheimnis aus allem. Aber immerhin wissen wir jetzt, warum sie immer klammheimlich verschwunden ist und dass das kleine Buch, das sie hütet, wie ihren Augapfel, als Ideennotizbuch dient. Ich bin auf alle Fälle gespannt und hoffe, dass das alles gut geht und sie keine überzogenen Erwartungen hat.«

»Ich könnte sie ja mal fragen, ob wir einen Vorabdruck von ihrem Debüt machen dürfen, falls der Verlag zustimmt«, sagte Leon nachdenklich. »Das kommt bestimmt gut an und weckt schon im Vorfeld Interesse. Mal sehen, ob uns die Starautorin ein Interview gewährt, wenn es so weit ist.«

»Wehe, wenn nicht.« Larissa musste bei dem Gedanken daran schmunzeln, wie Bea sich womöglich gebärdete, wenn sie tatsächlich erfolgreich und berühmt wurde. Es konnte durchaus sein, dass ihr so etwas zu Kopf stieg.

»Doch momentan interessiert mich ehrlich gesagt viel mehr, was aus dem *Büchernest* wird und ob Sophie und ich uns neue Jobs suchen müssen. Nele hat ja zum Glück all ihre Schäfchen ins Trockene gebracht.«

»Bis auf die Wohnung«, erinnerte Leon. »Und auch das mit dem Atelier ist noch nicht ganz sicher, weil sich Ole, soviel ich weiß, noch ein wenig Bedenkzeit ausgebeten hat.«

Um Punkt fünfzehn Uhr kamen diejenigen, die zum Team des *Büchernests* gehörten, zusammen. Alle, bis auf eine.

»Wieso ist denn Sophie nicht hier?«, fragte Vero verwundert, als sie einen Marmorkuchen und Beas heiß geliebten Apfelkuchen anschnitt.

»Weil ich sie zu diesem Zeitpunkt noch nicht dabeihaben oder besser gesagt: nicht verunsichern möchte. Heute tagt sozusagen erst einmal der Familienrat«, erklärte Bea, und Larissa lief ein Schauer über den Rücken.

Das klang ganz danach, als würde ihre Tante nun doch noch einen Rückzieher machen. Adalbert schaute betreten drein, Hinrich hüstelte, während Nele Getränke ausschenkte und Lissy der kleinen Liu zuwinkte, die fröhlich in ihrer geliebten Sandkiste buddelte. Larissa beneidete ihre Tochter darum, dass diese noch nichts von all den Stolpersteinen ahnte, die das Leben zuweilen für einen bereithielt. Für sie war ihre kleine Kinderwelt ein einziger großer Abenteuerspielplatz, auf dem sie nach Herzenslust herumtollen konnte.

»Das klingt ja gar nicht gut«, meinte Lissy. Auch das Baby in ihrem Bauch schien zu spüren, dass etwas nicht stimmte, denn es strampelte energisch. »Also los, was möchtest du uns sagen?«

Alle Augenpaare hefteten sich auf Bea.

»Wie ihr alle wisst, erwartet Lissy im September ihr Baby. Die Saison auf der Insel endet ebenfalls zu dem Zeitpunkt, und auch Ineke hat signalisiert, dass sie das Haus zu Beginn des Herbstes gern wieder für andere Zwecke zur Verfügung haben würde. Ich habe mich gestern zum Tee mit ihr getroffen und sie um ein offenes Gespräch gebeten. Dank meiner beiden Buchverträge und der Zahlung unseres ehemaligen Vermieters können wir die Schulden an sie problemlos bezahlen. Doch das ändert nichts an der Tatsache, dass es uns in den vergangenen Wochen leider nicht gelungen ist, einen bezahlbaren und geeigneten Platz für das *Büchernest* zu finden, sosehr wir uns bemüht haben und sogar bereit waren, Kompromisse einzugehen.«

Bea brauchte gar nicht weiterzureden, denn ihre Entscheidung lag scheinbar klar auf der Hand.

»Wie schade«, schnüffelte Vero und putzte sich die Nase. »Ist das denn wirklich dein letztes Wort?«

Auch Nele schien nicht bereit, das endgültige Aus fürs *Büchernest* kampflos hinzunehmen.

»Wir haben bei unserem letzten Treffen gesagt, dass wir einen neuen Standort und ein tragfähiges Konzept brauchen«, erinnerte sie. »Gerade die letzten Wochen haben zum Glück bewiesen, dass es diese ungewöhnliche Art der Präsentation und das schöne Ambiente sind, die die Kunden zum Kauf verführen. Wenn wir noch, wie besprochen, Sylter Spezialitäten ins Sortiment aufnehmen, müssten wir eigentlich genug Umsatz machen, um gut über die Runden zu kommen. Könnt ihr euch denn gar nicht vorstellen, Adalberts Haus zur Verfügung zu stellen, jetzt wo Paula und Olli ausgezogen sind?

Soviel ich weiß, hast du doch noch keine Nachmieter gesucht, oder?«

Die letzte Frage richtete sich direkt an Adalbert, der sich auch heute wieder dezent im Hintergrund hielt, genau wie Hinrich.

Die beiden älteren Herren wussten genau, dass dies Sache ihrer Frauen war, genau wie die von Larissa und Nele, auch wenn Nele schon lange keine Miteigentümerin mehr war.

»Du weißt, dass ich alles dafür tun würde, euren Traum vom Buchcafé zu unterstützen«, erwiderte Adalbert mit ernster Miene. »Aber ihr alle kennt Beas Bedenken, und die müssen wir respektieren.«

»Jetzt bin ich also an allem schuld?«, empörte sich Bea, was Lissy bereits hatte kommen sehen. »Meint ihr denn, mir fällt das alles leicht? Vierzig Jahre, das ist kein Pappenstiel! Aber es wird mit anderen Mietern als mit Paula und Olli nicht funktionieren, dass Adalbert seine Unterrichtsräume weiter behalten kann, das wisst ihr alle ganz genau. Neue Mieter oder Käufer wollen das ganze Haus oder eben gar nichts. Außerdem wisst ihr, wie ich über einen Verkauf dessen denke, was sich Adalbert in all den Jahren aufgebaut hat. Das wäre Wahnsinn!«

Larissa biss sich auf die Lippe, um nicht laut auszusprechen, was sicher alle in diesem Raum dachten: Bea war in erster Linie gegen den Verkauf von Adalberts Haus, weil sie nicht die Verantwortung dafür übernehmen wollte, dass Adalbert künftig darauf angewiesen war, bei ihr zu leben, weil er kein Zuhause mehr hatte, in das er notfalls gehen konnte, sollte es zwischen den beiden einmal zu einem größeren Zerwürfnis kommen.

»Kinners, ihr habt es gehört«, ergriff nun Hinrich das Wort, während er tröstend Veros Rücken streichelte. »Es scheint an der Zeit, zu akzeptieren, dass eine schöne Ära zu Ende geht. Ihr hattet als Team viele tolle gemeinsame Jahre, für die ihr dankbar und glücklich sein könnt. Keiner von euch wird Langeweile haben, keiner hat finanzielle Nöte. Alle sind gesund und munter, Lissy bekommt bald ihr Kind, und Sophie wird etwas anderes finden, das ihr Freude macht. Glaubt mir, das ist so viel mehr, als viele andere haben.«

Auf diesen Satz folgte nachdenkliches, betrübtes Schweigen. In Larissas Augen sammelten sich Tränen, ihre Hände waren eiskalt. Es war eine Sache, mit dem Gedanken an eine anders ausgerichtete berufliche Zukunft zu spielen, aber eine ganz andere, sich tatsächlich etwas Neues aufbauen zu müssen. Natürlich würde sie irgendetwas finden, das ihr gefiel.

Aber es würde nie wieder so werden wie im Buchcafé am Keitumer Watt ...

35.
Sophie

»Musst du nicht langsam mal los?«, fragte ich, während ich überglücklich in Oles Armen lag. »Lena wartet doch sicher auf dich.«

»Nö«, erwiderte Ole und gab mir einen Kuss. »Erstens ist es viel zu schön hier bei dir im Pavillon, und zweitens ist Lena immer noch bei ihrer Freundin. Ich habe ihr genug Geld mitgegeben, damit sie sich Essen kaufen kann, also wird sie schon nicht verhungern. Außerdem ist sie ja keine fünf mehr.«

Ich lächelte selig vor mich hin und kuschelte mich noch tiefer in seine starken Arme.

Dass sich aus dem katastrophalen Abend im *Amici* etwas so Schönes entwickelt hatte, konnte ich immer noch nicht glauben.

Doch es stimmte: Wir waren seit dem gestrigen Abend in Beas Pavillon, hatten geredet, uns geliebt, erneut geredet, Pläne geschmiedet und uns immer wieder dazu beglückwünscht, dass wir einander begegnet waren.

»Versprichst du mir bitte etwas?« Ole klang so ernst, dass ich ein bisschen erschrak. »Würdest du bitte nie, nie wieder davonlaufen, bevor ich einen Satz zu Ende gebracht habe?

Ich denke und rede nun mal nicht so schnell wie ihr Frauen.«

»Ich verspreche es«, antwortete ich und dachte beschämt daran, wie Ole in den Vorraum der Toilette gekommen war, weil er sich Sorgen gemacht hatte, dass mir etwas passiert sein könnte.

Mich dort tränenüberströmt und vollkommen aufgelöst vorzufinden, hatte ihn schier fassungslos gemacht.

»Was ist denn passiert?«, hatte er gefragt und mich in den Arm genommen, was die Zwillingsmädchen zum Kichern gebracht hatte. Ich hatte nicht anders gekonnt, als ihm ehrlich einzugestehen, was ich seit Wochen versucht hatte zu verleugnen: dass ich ihn liebte und mir eine echte Beziehung mit ihm wünschte.

»Was würdest du denn denken, wenn jemand zu dir sagt: *Das heißt erst mal nur, dass ich es angenehm finde, wie unkompliziert du bist?*«

Ole hatte verständnisvoll genickt, während die beiden Mädchen reglos dastanden und unser Gespräch mit weit aufgerissenen Augen verfolgten.

»Okay, das klingt sicher erst mal nicht nach der Antwort, die man hören möchte, wenn man sich eine feste Beziehung mit dem anderen wünscht«, gab Ole schließlich unumwunden zu. »Was ich aber eigentlich sagen wollte, bevor du davongestürmt bist, war: Ich finde es angenehm, dass du uns Zeit und Raum lässt, denn das können leider nicht viele Frauen. Und dass ich es aus diesem Grund sehr gern mit uns beiden versuchen möchte, aber das Ganze nicht Beziehung nenne, sondern Liebe.«

Beim Wort *Liebe* waren die Zwillinge nicht mehr zu bremsen gewesen: »Liebespaar, nun küsst euch mal«, hatten sie im Chor gefordert, und wir hatten ihnen den Gefallen nur allzu gern getan.

Und nun lagen wir hier, ineinander verschlungen.

Nicht müde werdend, den anderen zu erforschen, zu liebkosen, zu halten, zu bestaunen und das Wunder zu genießen, das uns beiden widerfahren war.

»Sag mal, hast du auch so was wie Bier im Haus? Und zufällig Lust auf Pizza?«, fragte Ole.

»Beim Bier muss ich leider passen, aber Essen vom Lieferservice könnte mir gefallen. In meinem Kühlschrank herrscht nämlich gerade totale Ebbe.« Ich fischte nach meinem Handy, das ich auf lautlos gestellt hatte, damit wir nicht gestört wurden.

Nele hatte dreimal versucht, mich anzurufen.

Und zwei Nachrichten geschickt.

»Oh, da muss was passiert sein«, sagte ich, als ich die WhatsApp von Nele öffnete.

Ole setzte sich neben mich und schaute mir über die Schulter. »Etwas Ernstes?«

Wie erschlagen ließ ich das Telefon sinken. »Nun, wie man's nimmt. Das Team vom *Büchernest* hatte gerade ein Treffen, und es wurde beschlossen, den Traum vom neuen Buchcafé endgültig zu begraben. Bea will wohl morgen noch persönlich mit mir sprechen, aber Nele fand, dass ich das Ganze heute schon erfahren sollte.«

»Das tut mir leid. Für euch alle«, sagte Ole mitfühlend. »Aber du hast das immer kommen sehen, nicht wahr?«

Ich nickte traurig und wusste gar nicht, was ich zuerst denken oder fühlen sollte. Mal abgesehen davon, was dieser Verlust für diejenigen bedeutete, die das Buchcafé aufgebaut und all die Jahre hart dafür gearbeitet hatten, war dies der denkbar ungünstigste Zeitpunkt, um zu erfahren, dass es auf Sylt erst mal keine berufliche Zukunft für mich geben würde.

»Du machst dir Sorgen wegen eines neuen Jobs?«

Wieder konnte ich nur stumm nicken.

Doch es ging nicht nur darum, dass ich Angst vor der Zukunft hatte, sondern auch um die Gemeinschaft mit den Menschen, die mich hier nach der Trennung von David so liebevoll aufgefangen hatten. Jeder Einzelne war mir ans Herz gewachsen, und ich konnte mir ein Leben ohne Nele, Lissy, Bea und Vero kaum mehr vorstellen.

»Sag, wenn ich dir helfen kann. Du weißt, ich kenne viele Leute auf der Insel. Du könntest doch auch in der Gastronomie arbeiten, so wie ich dich verstanden habe. Kopf hoch, das wird schon, ganz bestimmt!«

»Hast du denn mittlerweile entschieden, ob du einen Raum an Nele vermieten willst, damit sie dort malen kann?«, fragte ich mit einem dicken Kloß im Hals.

Dieser Tag hatte so wunderschön begonnen. Warum war ich nur an mein Handy gegangen?

»Bislang war ich mir nicht ganz sicher, weil ich nicht weiß, ob ich vielleicht noch jemanden einstelle, der den Raum dann als Werkstatt braucht. Aber ich finde, wir sollten jetzt alle zusammenhalten und dafür sorgen, dass die Pleite mit dem *Büchernest* für alle Beteiligten so glimpflich wie möglich ausgeht. Ich rufe Nele morgen an und sage ihr das Atelier zu. Sollte ich den Raum später irgendwann brauchen, können wir immer noch weitersehen. Dat löppt sik allens wedder trecht, wie es so schön heißt.«

»Du bist mein Held«, sagte ich und gab Ole einen langen Kuss.

»Das klingt gut«, erwiderte er grinsend. »Und ich hätte da auch schon eine Idee, wie du mir das beweisen kannst. Die Pizza müsste dann allerdings warten und das Bier auch.«

Eine gute Stunde später, es war bereits sieben Uhr abends, teilten wir uns eine Quattro Stagioni und tranken Bier aus derselben Flasche. Meine Gedanken wanderten zu David, von dem ich seit einer Ewigkeit nichts mehr gehört hatte.

Das Leben mit ihm, genau wie die Zeit in Wien, erschien mir weiter entfernt als jemals zuvor.

»Na, was denkst du gerade?«, fragte Ole und faltete den leeren Pizzakarton zusammen.

»Dass das für einen Mann eine äußerst ungewöhnliche Frage ist«, gab ich lächelnd zurück. In diesem Moment fühlte ich mich so geborgen, dass ich das Gefühl hatte, das Schicksal könnte mir nichts mehr anhaben. Es würde sich schon eine Lösung finden, und wenn ich irgendwo auf der Insel als Kellnerin arbeitete. Das setzte allerdings voraus, dass ich weiterhin in Beas Pavillon wohnen durfte.

»Muss ich eigentlich ein schlechtes Gewissen haben, wenn ich hier wohnen bleibe, obwohl das früher immer Neles Zufluchtsort war?«, fragte ich mehr mich selbst als Ole.

»Nicht bis Ende Dezember«, erwiderte Ole, ohne auch nur eine Sekunde zu zögern. »Du wurdest für die Dauer eines Jahres hierhergeholt, und so wie ich Bea Hansen aufgrund deiner Erzählungen einschätze, wird sie sich an alles halten, was sie dir zugesagt hat. Aber ich werde mich morgen trotzdem in Sachen Wohnungen umhören, auch wegen Nele. Wenn du magst, können wir auch mal gemeinsam den Sylter Stellenmarkt ins Visier nehmen. Denn jetzt, wo ich dich endlich gefunden habe, lasse ich dich auf gar keinen Fall wieder gehen, egal, wie Nele über die Vorteile von Fernbeziehungen denkt.«

»Wow, du hast ja wirklich gut zugehört. Aber was wird Lena sagen, wenn sie erfährt, dass du mich häufiger sehen wirst? Darf ich denn überhaupt zu euch nach Hause?«

»Lass ihr noch ein bisschen Zeit, ja?« Ole schaute mich so verständnisheischend an, dass ich gar nicht anders reagieren konnte, als zu sagen: »Na klar, kein Problem. Vero hat ja irgendwas geplant, um uns beide zu verkuppeln, und wer weiß? Vielleicht klappt das ja. Aber ich möchte mich auch nicht ewig vor Lena verstecken, als wäre ich eine heimliche Geliebte.«

»Ganz bestimmt wird das klappen, ich kenne doch meine Tochter«, brummte Ole und zog mich wieder an sich. »Außerdem sehe ich das Ganze genauso wie du. Du bist eine Frau zum Angeben und Herumzeigen, nicht zum Verstecken. Und nun zum Dessert…«

36.
Nele

»Wie findest du es hier?«

Nele strahlte über das ganze Gesicht, als sie am frühen Mittwochmorgen den großen, lichtdurchfluteten Raum besichtigte, der an Oles Werkstatt grenzte.

Die Dachbalken waren weiß lasiert, die Sonne schien von schräg oben durch die Dachluke und füllte das Atelier mit strahlendem Leuchten. Hier würden ihre Gedanken und ihre Ideen frei fliegen können, so wie sie es liebte und brauchte.

»Toll«, antwortete Sven und bückte sich, um Campino zu streicheln, der um die Beine der Besucher strich. »Und du bist dir wirklich sicher, Ole? Ich meine, das ist eine ziemlich günstige Miete für so etwas Schönes, Großes.«

Ole stand breitbeinig und mit verschränkten Armen mitten im Raum, in dem Nele künftig malen würde, und grinste vor sich hin. »Mehr als sicher. Wenn du willst, Nele, kannst du deine Sachen schon morgen rüberbringen.«

»Das ist echt der Hammer!«, jubelte sie und fiel Ole um den Hals. »Du bist mein Held.«

»Diesen Satz höre ich neuerdings öfter, da muss wohl was dran sein«, erwiderte Ole schmunzelnd.

»Was ist denn hier los? Kleine Party am Morgen?«

Nele dreht sich um und schaute direkt in die Augen eines hübschen, aber misstrauisch dreinblickenden Mädchens. Schwarze Doc Martens an den pink bestrumpften Beinen, Lederjacke, abgeschnittene Jeans mit Nietengürtel. So ein Look war selten auf der Insel zu sehen.

»Hey, du bist sicher Lena«, sagte sie und gab ihr die Hand. »Ich bin Nele, Sophies Freundin, und das da ist mein Freund Sven.«

Nele spürte zu ihrem Erstaunen, dass es ihr heute nicht mehr ganz so schwerfiel, von Sven als ihrem Freund zu sprechen.

Er hatte sich in den vergangenen Tagen schier überschlagen, um ihr zu zeigen, wie wichtig sie ihm war und wie sehr er sie liebte. Als er gefragt hatte, ob Nele zu ihm ziehen wolle, war ihr vor Überraschung und Freude die Luft weggeblieben. Doch sie war noch nicht bereit, einen so großen Schritt zu gehen, dazu brauchte sie eindeutig mehr Zeit.

»Nele mietet diesen Raum als Atelier«, erklärte Ole. »Sie macht wirklich tolle Kunst und wird ab dem nächsten Semester hier auf Sylt an der Akademie unterrichten.«

»Zeichnest oder malst du gern?«, fragte Nele, die sich jetzt viel besser vorstellen konnte, wie schwer es für Ole sein musste, mit Lena angemessen umzugehen. Ihre Körperhaltung, ihre Kleidung, ihre versteinerte Mimik – das war Abwehrhaltung pur. Irgendwie erinnerte Lena sie mit ihrem exzentrischen, leicht punkigen Stil an sich selbst, als sie noch in Bremen gelebt und mit Gott und der Welt im Clinch gelegen hatte. Am meisten aber mit sich selbst.

»Nein, und ich habe auch nicht vor, bei Ihnen einen Kurs

zu belegen oder so. Schließlich sind Sie eine Freundin von Sophie. Außerdem bin ich kein Kleinkind, dem man Buntstifte und ein Malbuch in die Hand drückt, um es ruhigzustellen.«

»Na, na, nun mal bitte nicht so biestig«, konterte Nele, der es in den Fingern juckte, der trotzigen Göre die Ohren lang zu ziehen. »Weder Sophie noch ich haben dir auch nur das Geringste getan. So wie du dich gerade benimmst, habe ich auch gar keine Lust, dich um mich zu haben.«

Und zu Ole gewandt: »Man kann den Raum doch sicher abschließen, damit niemand hier reinkann, den man nicht sehen möchte, oder?«

Lenas Vater schaute zunächst etwas betreten drein, Sven legte beschwichtigend den Arm um Neles Schultern. Doch dann schien Ole verstanden zu haben: »Aber natürlich geht das, was für eine Frage! Hier, der Schlüssel. Du kannst dir übrigens gern für den Umzug den Transporter ausleihen, wenn du magst. Er steht hinten auf dem Hof.«

Lena schaute verdutzt zwischen ihrem Vater und Nele hin und her und sagte verächtlich: »Na, ihr beide seid ja ganz schön dicke miteinander«, doch keiner von ihnen würdigte sie auch nur eines Blickes. Offensichtlich frustriert nahm Lena Campino auf den Arm, der maunzend protestierte, und verließ das Atelier, ohne sich zu verabschieden.

»Sorry«, murmelte Ole nach dem zickigen Abgang seiner Tochter. »Lena hat gerade eine ganz miese Phase. Aber ich verspreche dir, dass sie dich nicht nerven wird, also keine Sorge.«

»Wenn ich mir um jemanden Sorgen mache, dann um Sophie und dich. Ich kann mit Lena leben, und ich schwöre dir, dass sie schon bald klein beigibt. Noch gar nicht lange her, da war ich genauso wie sie.«

»Ach ja, ist diese Phase wirklich schon vorbei?«, konterte Sven grinsend und legte den Arm um sie. »Also ich finde, dass du immer noch eine ganz schöne Kratzbürste bist.«

»Aber genau das macht doch ihren Charme aus, nicht wahr?«, erwiderte Ole. »So, ihr beiden, ich muss jetzt wieder in der Werkstatt anrauschen. Sven, du meldest dich, wenn du Lust hast, mit mir auf Schatzsuche zu gehen, ja? Ich brauche bald wieder Materialnachschub.«

»Schatzsuche?« Nele hob fragend die Augenbraue.

»Damit meint Ole die Suche nach Treibholz«, erklärte Sven. »Das macht er ein paar Mal im Jahr gemeinsam mit seinen Kumpels. Die zelten dann am Fuß der Dünen, zünden verbotene Lagerfeuer an, trinken, grillen … eben alles, was uns Männern so Spaß macht.«

»Aaaha«, machte Nele.

Dann klingelte ihr Handy, und eine aufgelöst klingende Sophie war am Apparat. »Nele, du musst sofort kommen, irgendjemand hat uns den halben Laden ausgeräumt. Wo steckst du?«

»In List, bei Ole«, antwortete Nele verwirrt. »Aber nun mal ganz langsam, was ist eigentlich los?«

»Fast alle Bücher aus dem vorderen Raum sind verschwunden, aber ich kann keine Spur von einem Einbruch entdecken. Was soll ich denn jetzt tun? Die Polizei anrufen?«

»Du machst erst mal gar nichts, Sven und ich sind in zwanzig Minuten bei dir. Fass bitte nichts an, beruhige dich, trink einen Tee. Bis gleich, Süße.«

Nele versuchte ihren Herzschlag und ihr Nervenflattern

unter Kontrolle zu bekommen. Was war denn nun schon wieder los? Nach dem Wasserschaden nun auch noch ein Einbruch im *Büchernest?*

»Du klingst wie eine strenge Kommissarin«, sagte Sven, nachdem Nele das Telefonat beendet hatte und mit ihm zum Auto ging. »So in dem Stil: Fassen Sie weder die Leiche noch den Tatort an, Sie könnten Fingerabdrücke hinterlassen. Hat Beas Krimiautorinnengen schon auf dich abgefärbt?«

Bevor Nele antworten konnte, erreichte sie eine Nachricht von Bea, adressiert an die WhatsApp-Gruppe *Büchernest: Dringendes Team-Meeting bei mir zu Hause. Bitte alle sofort kommen. Bea.*

»Ich fass es nicht, was ist denn da heute Morgen in Keitum los?«, stöhnte Nele, stieg ins Auto und erklärte Sven, was passiert war.

»Klingt wirklich mysteriös«, meinte der. »Aber die Hauptsache ist, dass es offenbar allen gut geht. Der Rest wird sich ganz bestimmt gleich klären. Mach dir bitte keine Sorgen. Soll vielleicht lieber ich fahren? Du zitterst ja wie Espenlaub.«

In diesem Moment wusste Nele, dass sie Sven liebte wie noch nie jemanden zuvor. Es tat unendlich gut, ihn an ihrer Seite zu wissen, zu spüren, dass er sie ebenfalls liebte, egal, was passierte.

»Ja, das wäre super«, antwortete sie, stieg aus und nahm dann auf dem Beifahrersitz Platz.

Im Radio lief *Better together*, einer ihrer Lieblingssongs des Sängers Jack Jones. Noch nie hatte Nele ihn als so passend empfunden wie in diesem ganz speziellen Augenblick.

Doch es war leider nicht der richtige Moment, um sich an Sven zu schmiegen und ihm zu sagen, dass sie ihm nun verzeihen konnte. Zuerst musste sie Sophie schreiben, dass sie doch nicht ins *Büchernest*, sondern direkt zu Bea fahren würde.

Eine innere Stimme flüsterte ihr zu, dass es einen Zusammenhang zwischen dem Verschwinden der Bücher und Beas Nachricht gab.

Nur welchen?

Keine halbe Stunde später wusste Nele, dass auf ihre Intuition Verlass war. Bea öffnete die Tür des Kapitänshauses, hinter der bereits Vero, Hinrich, Adalbert und Sophie warteten. Lissy tauchte in dem Moment hinter Nele auf, als diese »Moin« sagte und fragend in die Runde schaute.

»Jetzt bin ich aber mal gespannt«, sagte Lissy.

»Das darfst du auch sein«, erwiderte Bea schmunzelnd.

Sie hat wieder diesen *Ausdruck* in den Augen, dachte Nele, die im Lauf der Jahre gelernt hatte, in Beas Gesicht zu lesen.

»Also, ihr Lieben. Hartelk Welkimen im neuen *Büchernest*.«

Mit diesen Worten öffnete Adalbert die Tür zum großen Esszimmer, das ins Wohnzimmer überging. Alle betrachteten fassungslos die vielen Bücher, die überall im Raum verteilt waren, ähnlich schön präsentiert wie in Inekes Haus. Am tollsten wirkte die alte, türkisfarbene Kapitänstruhe mit den Messingbeschlägen, die seit Generationen der Familie Hansen gehörte. Sie war bis zum Rand gefüllt mit maritimen Romanen und Bildbänden – harmonischer ging es kaum.

»Aber ... was ... wie?«, stammelte Vero, und Lissy fasste Nele bei der Hand. »Ich meine ... erklärst du uns bitte, was hier los ist?«

»Das ist ja wohl mehr als offensichtlich«, antwortete Bea in einem Tonfall, als seien alle Anwesenden ein bisschen zu beschränkt, um zu erraten, was in ihrem eigensinnigen Friesenkopf vor sich ging. »Dieses Haus wird nach einem kleinen Umbau das neue *Büchernest* beherbergen. Vorausgesetzt, ihr findet die Idee alle ebenso toll wie Adalbert und ich. Vero, wir müssen noch eine Genehmigung wegen der Nutzung der Küche und der Terrasse für den gastronomischen Betrieb einholen, aber das wird schon klappen. Adalbert ist seit Montag an diesem Thema dran. Also was ist, Kinners? Ist das toll, oder ist das toll?«

Lissy, Nele und Sophie fielen einander abwechselnd um den Hals, dann waren Bea, Vero, Hinrich und Adalbert dran. Und zuletzt Sven, der die ganze Zeit stumm neben Nele gestanden und die Szene mit einem strahlenden Lächeln verfolgt hatte.

»Das ist so was von toll, dass uns die Worte fehlen«, sagte Lissy. »Aber wo wirst du künftig wohnen? Weiterhin oben? Und was wird aus dem Pavillon?«

»Ich ziehe zu meinem Mann«, verkündete Bea mit fester, stolzer Stimme und gab Adalbert einen Kuss. »Es hat lange gedauert, bis ich mich zu dieser Entscheidung durchgerungen hatte, aber wenn ich jetzt in eure glücklichen Gesichter sehe, dann weiß ich, dass ich das Richtige tue. Es ist Zeit für einen Neuanfang und Zeit, meinem alten Leben als oller Kapitänswitwe Adieu zu sagen. Und was die Frage nach dem Pavillon angeht – der gibt garantiert ein sehr, sehr schnuckeliges Café ab, nicht wahr, Vero?«

Tränen rollten über Veros rundes Gesicht, aber sie war nicht in der Lage, ein Wort zu sagen.

»Ich glaube, sie findet die Idee gut«, sagte Hinrich an ihrer Stelle und umschloss mit seinen Händen zärtlich die seiner

Frau. »Danke, dass du über deinen Schatten gesprungen bist, Bea. Wir wissen alle, wie schwer dir diese Entscheidung gefallen sein muss.«

»Und was euch Süßen betrifft, Nele und Sophie: Wenn ihr mögt, könnt ihr die gesamte obere Etage haben. Vorausgesetzt, ihr kloppt euch nicht.«

*

Am Abend dieses aufregenden Tages ging Sophie am Keitumer Watt spazieren, so wie es auch Lissy gern tat.

Es war bereits dunkel, die ersten Sterne standen am weiten Himmel über dem Kliff. Vor Sophie ragte der Tipkenhoog-Hügel auf, wo früher das Biikebrennen stattgefunden hatte.

Sie konnte kaum glauben, was in der Zeit seit dem 21. Februar alles geschehen war: Sie hatte die Liebe gefunden, wundervolle Menschen, die zu Freunden geworden waren, und einen Beruf, den sie mehr liebte als alles andere.

Die kommenden Wochen würden aufregend werden und anstrengend. Doch Sophie konnte es kaum erwarten, gemeinsam mit allen anderen anzupacken und das neue *Büchernest* zu gestalten: Das Keitumer Buchcafé, das sie alle von Herzen liebten und das schon sehnsüchtig darauf wartete, in neuem Glanz zu erstrahlen und weiter Geschichten in die Welt hinauszutragen. Denn ohne Geschichten, das fand nicht nur Sophie, war das Leben nur halb so schön …

Anhang

Das Rezept für Veros legendäre Kartoffel-Krabben-Suppe (gern auch mit Blumenkohl)

Zutaten:
mehlig kochende Kartoffeln
(eventuell Blumenkohl)
2–3 Möhren
Nordsee- oder Büsumer Krabben
Instant-Gemüsebrühe
Salz
Pfeffer
Muskat (wenn möglich frisch gerieben)
Chili
Ingwer
Schlagsahne oder Milch

Zubereitung:
Kartoffeln schälen, vierteln und kochen.
Blumenkohl putzen und in Röschen teilen.
Möhren schälen und raspeln, dann in eine Schale füllen.
Kartoffelstücke und Blumenkohl in einem Topf mit Gemüsebrühe kochen, anschließend pürieren.
(Vero mag es, wenn noch kleine Stückchen darin schwimmen, also das Gemüse nicht ganz zermust ist.)
Nach Belieben einen Schuss Milch oder Sahne dazugeben, mit Salz, Pfeffer und Muskat abschmecken.

Wer mag, kann auch Chili und Ingwer dazugeben, das ergibt – besonders im Winter – eine Extraportion Wärme im Bauch.
Erst zum Schluss die Krabben hineingeben und wärmen, dann die geraspelten Möhren »on top« streuen.
Schmeckt nicht nur lecker, sondern sieht auch toll aus!

Bei diesem Rezept gilt: Alles kann, nichts »muss«. Also einfach ausprobieren und, je nach Geschmack, selbst variieren. Guten Appetit!

Danksagung

Zuallererst möchte ich den **LeserInnen** danken, die der *Büchernest*-Serie um Bea, Lissy, Nele und Vero schon so lange die Treue halten und geduldig auf diese Fortsetzung gewartet haben. Es ist für mich immer noch schier unfassbar, was aus dem ersten Roman, *Inselzauber,* entstanden ist.

An dieser Stelle spanne ich den Bogen zu **Dr. Andrea Müller,** die maßgeblich dazu beigetragen hat, dass *Inselzauber* von Anfang an so viel Beachtung im Buchhandel und damit bei den Kunden gefunden hat: Sie kämpfte für das tolle Samtcover mit dem Muster eines friesischen Teeservices, das heute Sammlerwert besitzt. Liebe Frau Dr. Müller, Sie haben meinen Weg als Autorin bereitet, indem Sie mir den ersten Buchvertrag gegeben und mich seitdem gefördert haben, wo es nur ging. Dass Sie den Knaur Verlag nun verlassen, betrübt mich zutiefst, wenngleich ich Ihnen von Herzen neue tolle Aufgaben gönne. Danke für alles, was Sie für mich getan haben. Ich freue mich auf ein Wiedersehen in Ihrer neuen Heimat Hamburg.

Dem **Verlagsteam von Droemer Knaur,** das sich unermüdlich darum bemüht, meine Bücher schön auszustatten, in den Buchhandel zu bringen, Veranstaltungen zu organisieren und überhaupt alles dafür zu tun, dass meine Romane so erfolgreich sind.

Silvia Kuttny-Walser – für ein tolles Mittagessen in München und das nette Angebot, mich Tag und Nacht bei Ihnen melden zu können, wenn ich mal nicht weiterweiß. Aber vor allem dafür, dass meine Figuren, durch Ihre Augen betrachtet, für mich noch lebendiger wurden, als sie es ohnehin schon sind. »Des passt scho!«

Meiner neuen Lektorin **Nina Hübner** für ihren sympathischen, engagierten Einstand. Freue mich auf das erste gemeinsame Projekt, den Föhr-Roman.

Meinen Sylt-»Mitstreiterinnen« und wunderbaren Kolleginnen **Gisa Pauly** und **Sina Beerwald** für tolle Gemeinschaftslesungen, und Dir, liebe Gisa, für das Quote.

Marie Matisek, Heidi Rehn und **Sabine Kornbichler** für unser tolles und oft auch informatives, motivierendes Autorinnenquartett. Vielleicht sollte ich wieder nach München ziehen. Schön, dass ich Euch mit meiner »Insta«-Sucht infiziert habe …

Mandy Forbert und »Bo« von der **Galerie *Dünenstrauss*** in List (http://duenenstrauss.de/) für selten gewährte Einblicke hinter die Kulissen der Galerie und einen wunderbaren Abend im Restaurant *Königshafen*. Es war mir ein ganz, ganz großes Vergnügen! Ole aus dem Roman hat nicht viel mit Dir gemein, außer der großen Liebe zu allem, was an Schönem aus Treibholzgut entstehen kann. Ich freue mich riesig auf die Buchpräsentation bei Euch – und auf Ladenkater Jochen.

Dem Team der **Badebuchhandlung Klaumann,** allen voran Rahel Winter und Uli, für das Mini-Praktikum, die Geduld und die tollen Sylt-Anekdoten. Ich verspreche: Ich rühre Eure Kasse NIE WIEDER an ...

Sonja Röhrs, die mich zu Wikipedia gebracht hat und jeden Fehler entdeckt, der im Zusammenhang mit Veranstaltungen entstehen kann. Sonja, Du weißt: Ohne Dich wäre so manches »inne Büx gegangen«. Freue mich auf weitere gemeinsame Trips nach Föhr.

Meiner Freundin **Viola** für ganz besondere Infos zum Thema Schwangerschaft. Glückwunsch zum kleinen Niels!

Meiner **Familie** und den **Freundinnen** und **Freunden,** die meinen Weg begleiten und (fast immer) Verständnis dafür haben, dass bei uns Autoren irgendwie alles ein bisschen »anders« läuft. Ich weiß, ich bin manchmal nervig und anstrengend.

Ein besonders großer Dank gebührt **Dr. Meinhard Wohlgemuth** für einen großartigen Recherchetrip nach Sylt, der mir viele neue Schauplätze und Facetten der Insel eröffnet hat.

Und meiner wunderbaren Agentin **Anja Keil,** die schon so manche »Schlacht« für mich geschlagen hat.

Ein Küsschen für alle, die meine Bücher lesen, verschenken, im Handel verkaufen, auf Blogs oder in Artikeln rezensieren, weiterempfehlen, zu meinen Veranstaltungen kommen, mir auf Facebook und Instagram folgen, mir Tipps für neue schöne Handlungsorte geben – und mich immer wieder motivieren, weiter zu schreiben. Solange es Euch alle gibt, werde ich dies mit großer Freude tun.